疼痛的课桌

高丽君 著

从一张课桌的视觉切入，用一叶落而知天下秋的手法，去感知西部校园生活里的甜酸苦辣咸，去触摸那似水的青春年华如花朵一般璀璨或凋落的疼痛人生。

中国文史出版社

图书在版编目（CIP）数据

疼痛的课桌 / 高丽君著. -- 北京 : 中国文史出版社, 2018.9

（实力榜·中国当代作家长篇小说文库）

ISBN 978-7-5205-0500-0

Ⅰ. ①疼… Ⅱ. ①高… Ⅲ. ①长篇小说－中国－当代 Ⅳ. ①I247.5

中国版本图书馆 CIP 数据核字(2018)第 198555 号

责任编辑：全秋生
封面设计：杨飞羊

出版发行：中国文史出版社
地　　址：北京市海淀区西八里庄路 69 号　　邮编：100142
电　　话：010－81136602　81136603　81136606（发行部）
传　　真：010－81136655
经　　销：全国新华书店
印　　装：北京温林源印刷有限公司
经　　销：全国新华书店
开　　本：787×1092　1/16
印　　张：16.25　字数：248 千字
版　　次：2019 年 1 月北京第 1 版
印　　次：2019 年 1 月第 1 次印刷
定　　价：49.80 元

目　录
CONTENTS

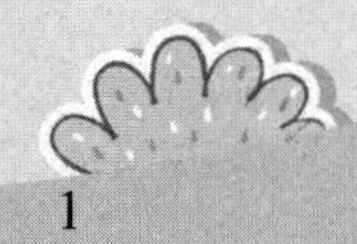

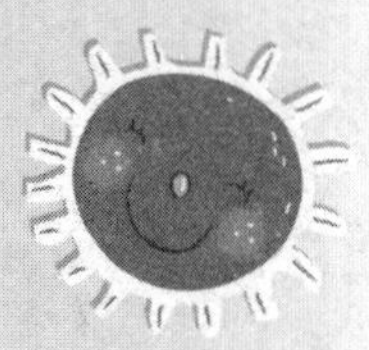

退 学 记

我闻琵琶已叹息，又闻此语重唧唧。同是天涯沦落人，相逢何必曾相识！

——人教版高中语文必修三《琵琶行》· 白居易

1

爬上那座陡直的山梁时，人已筋疲力尽。她松开拉我的手，咬着嘴唇，向山坳里望去，很急切。

我坐在地上，偷偷瞅着身边的她。校服裹着微胖的身子，像装了面粉的袋子，矮胖敦实；熟悉的短发，刘海把稚嫩的圆脸遮了一大半。这个一说话就脸红的山里女子，单纯腼腆的高三学生，看起来没任何变化。

三个男同事气喘吁吁爬上来，似乎一下子变老了很多，一上来就坐在地上喘气。

老海叹一声："这驴脊梁路，就不是人走的。"说完有些不好意思，起身兀自站在山梁上，敞开衣襟，任凉爽的山风吹过，打散浑身的燥热和汗水。小陈和张老师不说话，盯着远处的青山黄土。

她忽然回头，笑了一下，指着山洼处："老师，那就是我家。看，就是种了一大片小茴香的地方。绿绿的那片。"

老海马上回头，紧张地看我一眼，我知道他意思，苦笑摇头，然后顺着她手指的方向看过去。

几座大山怕寂寞似的，手拉手挤成一个圆圈；初秋的气息弥漫开来，给天地洒上一层透明的壳；秋色漆染着苍茫大地，仿佛色彩的盛会。夕阳呢？是归家的男子，不疾不徐地赶路，顺手把一把金丝抛出来；风当然是喜欢热闹的，挟裹着山谷吟唱，呼啦啦跑过去。

从熙攘的城市，猛然置身苍茫山野，世界仿佛停住了脚步，呈现出亘古未变的原貌。只有远近的电线杆随着山势，高高低低，被电线牵引，追逐着时代的滚滚洪流。几缕夕阳照过来，群峰、大地、树木、庄稼、我们，顿时变成了金子做的了。一个土院像只鸡窝，羞怯地躲在对面山坡身后。

世外桃源，山水田园，脑子里跳出两个词，可惜此时没一个人有心思去欣赏。

“还有多少路？”胖老海问。

“不远了。”她低眉顺眼，不敢抬头看他。这一路，她谁都不敢看。

“我的意思是怕你累了。”老海一向威严惯了，如此温柔大家都觉得不习惯。

“老师，我不累。就怕你们累。”

“那咱们就起来走吧。”

五个影子在窄窄的土路上细细长长，一晃一晃，晃向看得见的远方。人人心里揣着块石头，只管闷头往前走。

如果时光能够倒流，如果那件事没有发生，如果……如果日子能掐断，我宁愿连根掐断这几天。

2

周一早上，两节课后。偌大的图书馆里，照旧只有一个同事守着电脑翻牌。阳光在空荡荡的空中逡巡，一盆盆吊兰葳蕤生姿，愈发蓬勃茂盛。我打了声招呼，沿着高大的书架，寻找适合自己的书。玻璃门吱吱叫起来，挤进一个高大的身影。所有人和物都惊奇地瞪大了眼睛。

年级主任匆匆跑过来：“快点快点，咋不接电话？翻了天地找你呢。”

“我来借书了。没拿手机。咋了？”

他没有直接回答，只说：“快回办公室里拿东西，都在校门口等你。”说完，大步流星，自顾自走了。

我赶紧抱起一摞书，急急忙忙往回赶，气喘吁吁回到办公室抓起手机，十几个未接来电。校长的、年级主任的、行政办公室的、同事的……不知道发生了什么事，我拿起包就往楼下跑。

花园里，芍药顶着硕大花朵，紫丁香味越来越浓，良辰美景，姹紫嫣红。一辆警车堵在正门口，警灯一闪一闪。我边走边想，警车咋又进校园了？这几年，学校动不动就发生一些偶发事件，打架啦、盗窃啦、家长闹事啦，警车常常出入。学校如今也远非一片净土，倒像个小社会。

“快上来！”抬头一看，车里除了两个正襟危坐的警察，还有年级主任老李和政教主任老海，大家一齐定定望着我。刚一上车，警车就如一尾游鱼，滑出校门，滑向熙攘的大街。

“什么事？”我下意识看看表，十一点二十。尽管没人说原因，但明显感觉到气氛不寻常。

“第二节你是×班语文？”老海严肃地问。

“是。上完课才去图书馆的。”我皱皱眉，觉得在接受审讯。

“你上课时×××在吗？”扭头一看，后座上还坐着三班班主任晓峰。

“在啊。今天你班娃娃都在，没人请假。”

晓峰马上开始解释：“第三节课前她才说肚子疼要请假。我本来不想请，又觉得她兴许真是身体不好，就签了张假条。女生嘛，男班主任又不好问。谁知……”

“学习情况？最近有没有异常？家庭情况？”前排一个警察开车，一个头都不转，拿着笔边问边记。

“她高一在二班，高二分科后才到我们班的。平时也不太说话，性格内向些，成绩一般，但很少惹事，属于好学生。家境也一般。父母都是农民，东边山里的。”

我全神贯注听了半天，也没搞清楚发生了什么，只好又一次问旁边的老李到底咋了？

“×班的×××，被人强奸了。”

天哪！心被无形的手拽了一下，又拽了一把。看看车内的几个人，大家一律面无表情。

3

一只小小的狗汪汪叫着滚过来，身后还跟着几只花鸡。

她娇憨地跺脚，喊了一声：“没见有人吗？”黑黄相间的小狗猛地一

刹车，摇着尾巴在原地转了几个圈圈。鸡们懂事地咯咯咯，转头用尖嘴在土里找东西去了。

“这路，还得了！没想到这娃住在这么个地方。”老李红头涨脸，弯下腰不停喘气。

“望山跑死马嘛。一看你就是城里人，没走过山路。你看我们，就好好的。”老海揶揄道。我顾不上说话，弓腰捶腿，实在走不动了。单下山这段路，就走了好长一段。

她愈发不好意思，嗫嚅着：“老师，马上就到了。你坚持一下子。我先回家叫我爸妈。”接着转身就跑，狗和鸡一齐跟着，圆滚滚地一堆堆跑远了。年画上的场景。

“现在咱统一下口径，见了家长咋说？谁先说？”老海不愧是领导，关键时总以大局为主，此时他严肃得看起来有些可怕。

“我们几个和她父亲说，你负责她母亲”。老李也迅速变回了年级主任角色，“一定要注意措辞。要说透彻，还不能留下后患。特别是女人，想不开就容易走极端。你平日里亲和力强，一定要稳住她妈。”三个男人互相望望，然后一齐望着我。

脑子里顿时一片空白，我茫然地看着不远处几棵树，望着一扇矮矮的木门，忽然就腰不酸背不疼了，仿佛才想起此行翻山越岭的任务。

“好了，大家各自想好要说的话。山里人老实本分，但也保守偏执，还不定出啥事呢！大家记着，无论家长说啥，都先稳住情绪后再随机应变。可一点都不敢再出啥事了。”老海说完，大步往前走了。老李和张老师满脸凝重，也相跟着。剩下我，脚下像灌了铅一样，愁眉苦脸开始走。

木门里，很快挤出来两个人。一老一少，一高一矮。一个拄着个木棍，慢慢挪过来；一个跟在身后，紧张地望着我们。

“爸，这是我老师。这是我们年级主任。”她神色张皇，头都不敢抬。

“呀，这远路，老师都来了么。赶紧进来撒进来撒。”父亲满脸笑意，热情地招呼我们进院。一张黑黝黝的脸，灰蒙蒙的头发，脏兮兮的蓝色中山装，皱纹里藏着老实本分。

干干净净的院里，枣树上果实累累，将树丫压得更低。杏树绿油油地铺开枝叶，枝繁叶茂。“你们早来些，还能吃上。这树杏儿可甜呢，甜核子，很好吃。老院里那几棵都是苦核子。”她父亲见我们四下里看，略带遗憾地解释道。

面前的上房，和山外普通人家一样也好像不一样。我看来看去，恍然大悟。原来院子是背靠山崖挖了个四四方方的坑形成的。正房的后墙紧贴着崖壁，也就是说，山墙就是崖背。

正屋门口，一个高挑的黝黑女人，揭起门帘，羞怯地笑着："来了，赶紧进去喝口水。"

4

周五一进教室，就看见讲桌上放着张十六开纸。

"老师，学校规定课前先要填写点名单。"班长很负责，站起来说。

我看着这张表格，似乎上面落满了沉重和眼泪。学校前日下发了紧急通知。科任教师上课前，必须仔细清点学生人数，必须一行行一排排查清楚，必须认真填写应到人数实到人数。有人请假，必须在第一时间和班主任联系，必须注明原因，具体请假时间必须精确到几点几十分，而且必须签上教师名字。很多的必须像一座座山，压得人喘不过气来。连着几天，各级各类会议上，校长主任们疾言厉色，一遍遍重复：我们的任务就是确保学生安全，然后才是传授知识。稳定是第一大事，安全是重中之重。说句不该说的话，你就是个放羊的，主要任务是保证自己的羊不出问题。科任教师一律没请假的权利，谁的课堂上出了事谁负主要责任。同志们哪，出了事，责任估计谁都负不起啊。

我开始点名，按照学号喊名字。学生们都在，老老实实坐在座位上等着清点人数。

"×××……"倒数第二排靠墙的角落，一张课桌空荡荡，像张着大口的窟窿。我才意识到，她已不在教室坐着了。

"老师，×××请假了，几天没来了。"

"怎么了？"我随口问她同桌。其实也想试探其他孩子知不知道原因。

"好像是出事了？"长发细眉的女孩小声说。

"啥事？"我声音陡然大起来，其他学生抬头一齐诧异地盯着我。

"好像说她爸腰有问题，腰椎间盘突出。估计念不成书了，休学伺候她爸住院。"

我舒了口气。被秘密折磨的心是多么沉重啊！我再次深呼吸，调整

情绪，准备讲课。

“同学们，今天我们一起来欣赏李清照的这首《声声慢》。首先，请大家回忆一下与作者相关的知识。谁能讲讲你心目中的李清照呢？”

一个学生站起来说了半天，又一个站起来补充。

“寻寻觅觅，冷冷清清，凄凄惨惨戚戚……”学生们开始大声读课文。眼前闪现出她的样子。还是那个角落，还是那个背影，还是低眉顺眼趴在课桌上，还是长相模糊如土豆、很少引人注意的女生。

“守着窗儿，独自怎生得黑？梧桐更兼细雨，到黄昏、点点滴滴……”正看着底下学生满满当当，认认真真开始朗诵课文，我突然浑身像打摆子，赶紧伸出左手压住右胳膊，但压不住。又使劲跺跺左脚，还是一个劲儿颤抖。拿起一根粉笔写字，可右手不听使唤，只好拼命深呼吸几次，咽几口唾沫：这是平日里教给学生解决紧张恐惧心理的最佳方法。

孩子们读完课文，静静地望着我。我不看他们，调整情绪，开始讲课：“大家看，这首词是李清照晚年时期作品，应该按照知人论世法去鉴赏。本词情景交融，最大的特点就是叠词运用和借景抒情……”一阵巨大悲哀袭来，我转身冲出教室。秋风拂过来，楼下花园里草正绿花正艳树正茂，眼泪却淹了人心。

这段时间，每次上课，都有一种无力感无意义感。我看着课桌看着黑板，看着粉笔教案和课本，看着学到痴傻的弟子，常感觉无限悲哀。一遍遍翻译着之乎者也，分析着实词虚词特殊句式，盯着学生们认真地记在作业本上，力求刻在脑海里写到试卷上，但我忽然对自己的课堂充满悲愤，对自己只会贩卖知识的行为感到羞愧，似乎第一次对自己的职业产生了深深困惑，对盲目的坚守表示强烈怀疑。我不知道教书几十年，到底给学生教了些什么？读了这么多年书，他们到底掌握了哪些知识技能？天天训练各种题型和掌握做题技巧，教这些东西有什么用？学这些东西有什么用？除了参加一次次考试，具体到卑微如蚁的生活中，有没有意义？我们最应该教给他们哪些东西？

我不知道，教育的目的何在？育人的功能是什么？教育最终要解决什么问题？一个高三的女生，居然不知道如何保护自己，那么我们所有的辛苦到底都不值得。是为了考试吗？但考试的目的是什么？为了上大学。上大学的目的是什么？是为了有房子、车子和票子。有了这些东西以后呢？让生活变得更美好。美好生活的标准是什么？让人们健康、快乐、幸福。怎样才叫作健康、幸福、快乐？无言以对。

过了好一阵，擦干眼泪，我慢慢转身又回到讲台上。教学任务完不成，浪费高三学生的一节课，是教师的最大失职。

学生们大气都不敢出，趴在桌上悄悄看书。偶尔有人眼镜后眉毛挑起，等待我开口。

“好。咱继续来看第四题。请大家仔细看这个题得分点在哪里？请一定注意罗列点答题……”孩子们唰唰唰写起来，教室里顿时一片笔尖落在纸上的声音。

没有人知道实情最好！高三了，很少有人会过分关注班里那个默默无闻、寡言少语的女生哪里去了，他们已被训练为做题机器，习惯了与试卷书本打交道，除了学习之外，一切都是闲事。这个早晨和以往并没任何不同。

5

一阵寒暄后，老海递个眼色，我转身走出正屋，走进厨房。

女人正慌慌张张往红色木盘里摆放碗筷，她坐在锅台前烧火。狭长的窑洞里，火苗一闪一闪，和门口射进来的斑驳光影绕在一起，半明半暗，半阴半亮。

“老师，你咋进来了？赶紧到大房里，缓着灶房里脏乱的。”她站起来，双手都不知放到哪。

我忙解释：“我想看看窑洞，没见过。”

她腼腆地笑，继续忙活：“你别笑话，山里就这个条件。”

“你家几个娃？”我换个话题。

“两个。男娃出去打工了，在平凉。没念成书，只能到砖厂里搬坯子”。

“收入呢？”

“一个月也就是个两千多。下苦活，人不轻松，进了冬就停了……男娃吃点苦不要紧。女娃下不动苦，就想着供着念书，书念成了就不下苦了。”她看了烧锅的女儿一眼继续说，“做个公家人，把苦日子就丢了。”

女儿一动不动：“妈，让我们老师吃馍馍。”女人答应一声，端起盘子出去了。她眼泪唰唰唰掉了下来。

“老师，给我妈咋说？”

“我不知道。”其实真不知道。

“那就不说了。”我自己说。

我们都不说话，瞅着地上的影子，听大房里人们推让过来推让过去。

她转身走出去，我也跟着。

大门外，榆树上传来麻雀的叫声，叽叽喳喳，叽叽喳喳。

“老师，那就是我们的老院，里面有两棵杏树，苦核子，不好吃。我小学时上学要翻过两座山，很远。每天都要走十几里路。初中我住了校，一周回家一次。每周回家，远远看见杏树，心就踏实了。高中一学期回一次家，梦里都是杏树呢。这坡洼里就是小茴香。你闻闻，可香呢。”

满地亭亭玉立的茎秆上，缀满了细长的果实，轻轻随风摇摆，摇着一畦翠绿。我蹲下来，摘一片叶子，嫩嫩的、绒绒的、细细的、软软的、柔柔的。那香气，馥郁浓烈。

正屋里传来碗筷掉在地上的声音。我俩屏住呼吸，好半天，才听到女人压抑的哭声。“天啊，老天爷啊！”那声音混合着茴香的味道，钻出正屋，爬上杏树，攀过墙头，跑到远方去了……

6

一行人走进派出所，走上二楼。

整齐的木牌镶嵌在门框上，审讯室、户籍处、事故处等铝合金牌闪着银光。阳光透过玻璃窗，将地面照得亮闪闪，如一块玻璃。我们很快走向最后一间屋子。四周寂静，脚步杂乱，谁的高跟鞋敲在地板上，发出响亮的噔噔声音。四下里看看，才发现那是我的，于是赶紧慢了下来，将脚尖踮起轻轻踩下。

她站在墙角，低着头，矮矮胖胖，黑红脸蛋，像个不起眼的土豆。我的弟子啊！

年长的警察没任何过渡，直接开始问询，姓名、年龄、家庭住址、本人身份、父母情况……年轻的在电脑上敲敲打打，主机嗡嗡嗡。几个人怔怔站着，看她回答。

“再复述一遍具体过程？”

“我说过了……”

“再说一遍。这是例行手续。现在你们老师都来了，你得对你所说的每一句话负责。”年长的警察尽量放慢语速。

“第三节课下了……具体时间是十点四十，课间操做完，我给班主任请假，说我身体不舒服。”她沉吟了半天才说。

“你签了请假单？”他回头问班主任。晓峰吓呆了，机械地点头。

“班主任问需要同学陪吗，我说回宿舍躺躺就好了。十点四十，我给那个哥哥……哦，那人打了电话。不到十分钟，他就在学校门口了。”

“开车？”

“嗯。什么牌子，什么颜色？”

“好像……白色的。牌子我不知道。”

“继续。”打字的速度越来越快。

“我们到了一个地方，好像是个酒吧。他拉着我的手说，不要紧张，就是坐坐。然后进了一间小小的屋子，灯光很暗。他要了几瓶啤酒，要了一盘瓜子，说坐下来聊聊天。服务员放下东西走出去了，我有些害怕，站起来想走。他说，‘还不放心我。来来，喝一口啤酒。’我说不会喝，没有喝过。他拿起杯子倒了一杯，就喂我喝。苦，涩，不好喝，但不知不觉就喝下了一大口。他拉着我的手，让我坐在他腿上，然后亲我……”

“然后呢？”

“他自己喝，让我倒酒给他。一会儿，他拉着我的手，慢慢解开裤带。”

“然后呢？”

……

“你得说出详细过程。”

“后来，他把我放在沙发上，手伸进我的校服裤子，拉开，爬上去。”

“怎么说？”

“他说，‘我慢慢来。’我挣扎着要起来，可是我起不来……”

“进去了吗？几次？”

屋里人屏住呼吸，怔怔站着。我不敢相信自己的耳朵，不敢听这些不堪入目的语言。我气愤地盯着警察，惊恐地看着她，愤怒、惊恐将我变成个木偶。

“然后呢？说，接下来他怎么了……”

我一跺脚，转身跑了出来，高跟鞋在空荡的楼道里噔噔作响。腿软，脚疼，只好靠着墙。阳光正好，树枝的影子照在镜子般的地板上，扭曲破碎。一阵微风吹过来，影子晃荡晃荡。我冲到楼梯口，抓住栏杆，慢慢蹲下，坐在台阶上。楼道里没一个人，前面屋里有人大声说话，但我听不清。

早上第二节课，她还被我叫起来朗诵《琵琶行》的啊！“自言本是京城女，家在虾蟆陵下住。十三学得琵琶成，名属教坊第一部。曲罢曾教善才服，妆成每被秋娘妒。五陵年少争缠头，一曲红绡不知数……”她很少站起来主动回答问题，或者说我们很少注意她。她属于那种可有可无但绝对省心的孩子，这次回答问题还是按顺序每人几句。她站起来，脸红耳赤，毫无感情念完，迅速坐下了。有学生偷偷地笑。谁都没料到她会请假出去和网友见面，谁都不能料到不到半个小时就被……

“你咋坐在这里？”我抬头看，原来是同学的丈夫，正考虑怎么回答，他恍然大悟，“哦，就是那个强奸案吧？你的学生？”

我不知怎么回答。他快言快语：“现在的娃娃，胆子大得不得了。就说你们这女娃吧，真不敢让人相信。网友约了就见面，见面还敢跟人走。去了还敢喝酒，被人强暴时都不知道跑。完了还和朋友商量报案。报了案自己又打电话给那人，约定继续见面。我们是在一个网吧门口抓住他的……”

我懵了，傻傻听着他嘴巴里吐出的一串串词语。

“看你，还是个老师呢，先把自己吓坏了。我们天天审案子，都麻木了。”我尴尬笑了一下，说：“缓缓就好了。”

他很热情，说：“进来喝口水吧。你还是读的书多事经得少，老师倒比学生单纯。那个嫌疑人现在在审讯室里。”

我一下子爬起来：“哪个里面？”

他指了一下，我几步跨了进去。

靠门的地方坐着一个人，我直冲到他面前。“你就是那个人？”

他正在沉思，猛然抬起头，一个脏兮兮的年轻人。满脸粉刺疙瘩，黑瘦单薄的脸，小小的眼睛，浓密的头发。“你咋能忍心啊？她还是个孩子！”我喊了出来。

他愣了一下子：“我害了她？她害了我咋不说？她是自愿的。你去看我们聊天记录就知道了……”

我伸手扇了他一巴掌，然后不相信地看了看自己的手，我居然打了人？

朋友丈夫追进来，呵斥道：“还有理了？三十几的人了，娃娃都有了，出来干这种事？学生你都敢动，真是吃了豹子胆。”

他低下头，双手摩挲着。我才发现，他坐在一张特制的、笨重的不锈钢椅子里。两只手两只脚固定在粗壮的栏杆护板里不能动，像个趴在小小桌面上等着吃饭的小孩。

我茫然地四下里看，审讯室里和其他屋子没什么不同，办公桌上放着电脑打印机，屋里摆着一大盆巴西木，几张椅子懒洋洋地站着，见奇不怪。

“叔叔，我们可以走了吗？下午还有班主任课，不去要挨批评的。”

再一看，角落里四个穿校服的孩子蹲在地上，挤作一团，像一群嗷嗷待铺的麻雀，张大嘴等着父母喂食。一个孩子抬起头，胆怯地问，其他三个眼巴巴望着我们。

“就你们几个碎家伙还撒谎？问题都没交代清楚就想走？班主任的课看起来重要得很，抢人就不重要了？”一个年轻的女警察一边在电脑上敲着字一边气呼呼地说。

朋友丈夫说：“别看这几个碎蛋蛋，人不大胆子大得很，穿着校服就去抢劫！没钱上网了，就约好去抢，还专门找女出租司机下手，一共抢了两趟，抢了三十八块三毛钱。这不，还惦记着下午上课，还怕班主任呢。”

女警察接着说：“不知道你们这些老师一天咋教学生呢，都给学生教了些啥？娃娃们咋都成了这样？”

我无言以对，只好站着看朋友丈夫恩威并施地审讯。一会儿，兄弟学校来了几个老师，懵懂懂进屋，见自己学生戴着手铐蹲在地上，惊愕极了。

我低头走了出来，遇上晓峰他们，人人脸上蒙了一层土，谁都没说话。

几个人一齐站着，她也跟在后面。阳光耀眼，人们集体沉默。年级主任手机不时响起，他到走廊尽头接打电话，也不知说些啥。

年轻警察手里拿着一沓纸张，匆匆忙忙从一个屋子到另外一个屋子，然后跑出来。年长警察过来说：“走。去医院。”

7

正屋里有了动静，低低的说话声，低低的哭诉声，一切都是低低的。

我们依旧站在茴香地里。“你要坚强。事情已出了，记着老师说过的话好吗？”许久，我才说。

“老师，你放心，是我自己的错。已经是这样了，我不会抱怨别人，也不会自杀。老师，这个世界上坏人多还是好人多？”

“你觉得呢？”

“我觉得还是好人多。”

“是啊！好人还是占绝大多数。坏人也有，被你撞上了。”

“我自己倒无所谓，就是怕父母……我爸腰不好，不能干重活。我妈老实，眼睛不好。他们一心盼我念成书长脸呢，可我偏偏不争气。老师你看这一大片小茴香，长得多好啊。我爱吃茴香饺子，我妈专门种的。每次给我包好饺子，煮熟让过路车捎给我……我的梦想是学医，当个大夫，给我爸看腰，给我妈看眼睛，赚钱给我哥娶媳妇。我哥攒钱给我买了个手机，说让我拿着查资料，可我却学着上网，用 QQ、微信聊天，就聊了一周……我想见识一下外面的世界。那人说有个亲戚在医学院，只要成绩差不多可以花钱进去……出事那天中午，我朋友说最好多要些钱算了，我不想要钱，我就想上医学院。可那人却说得跟他三年才办事。我一听就生气，当面和他吵。后来，朋友说不行，不能让坏人白占便宜。她就报了警。警察来时，我们还在一起说笑呢……

“老师，警察叔叔说了，只要给那个坏人判了刑，还可以上学，我还可以好好读书，还可以考大学的，对吗？”

我点点头，百感交集。傻孩子啊……

院里有人出来了，我们一起跳起来，紧张地盯着大门。低矮的木门里，挤出来她母亲。

女人走过来，拉住她。“超女子，你咋做了这么个事啊？”三个女人眼泪肆虐。

她哽咽着说：“妈，我错了，我以后好好念书。我担心你……”

“妈都是闲，你一辈子的日子，以后咋过啊？”

“妈，我老师说了，没几个人知道的。我现在继续好好念书，半年

后就高考了，我会考上的。”

女人突然跪下来：“老师，真感谢你们，为了我家娃操尽了心。我没啥要求，你们替我多看着点，她还小，以后的路还长啊……”我拉也不起来，不知怎么办，也急忙跪在地上。她急了，也跪下来。绿茵茵的茴香，瞅着身边哭得上气不接下气的三个女人。

8

医院永远熙攘如集市，人们匆匆忙忙赶着生赶着死，赶着尝尽喜怒哀乐酸辣苦甜。

妇产科门口，两个穿白大褂的医生和我们一样神色凝重，等着年轻警察填各种单子。法医门诊几个红字蹲在银色牌子上，无比威严。她躲在我身边，胆怯地看着身边来来往往的病人家属、医生护士。我拉着她手：“不要怕，就是例行检查。”

一个大个子男人凑过来：“你们谁出了啥事？”胖医生没好气，“去去去，闲着没事出去转去。”回头解释：“这是个老赖。车祸蹭破了大腿软组织，就赖在医院里天天输液，害得肇事者不得安宁。那次车祸死了一个伤了三个，他是最轻的。”我们看着他讪讪走远，慢悠悠凑到另外一拨人群边问来问去。

“谁是×××？”终于喊她名字了。我带着她绕过一群抱着新生婴儿兴奋不已的人群，走进了检查室。

两个医生包裹得严严实实，手上戴着塑胶手套，盯着我们。一个指着高高的检查床：“上去躺下。”

她一把攥住我：“老师，我害怕。我不上去。”另一个不耐烦地嚷：“没见这么多人在等吗？你是特殊的，不然还排着队呢。快上去。”

我拍拍她的圆脸：“赶紧上去，就是普通检查。”然后对医生说：“她还是个孩子”。她们都不做声了，鄙夷地看着她脱衣服脱鞋，登上高高的检查床，躺下。

“把裤子全脱光，这个样子怎么查？”

我走上去，帮她拽掉裤子，她羞愧地闭上了眼睛。年轻健康的胴体完全暴露在外，灯光下惨白惨白。

胖医生头戴面小镜子，低头细细查看，毫无表情地说：“精液估计排在体外了，不过几个裂痕呢。”然后报各种数据，说：“真是个畜生！”

时间仿佛过了很久很久，她躺在床上一声不吭，我听着那些数字瑟瑟发抖。医生们又在一台机器前指指点点，终于说了句，“可以了，起来穿上衣服。”我把抱在怀里的衣服递过去，她机械地穿，像是一截木头。

胖医生边打印单子边咬牙切齿，“把这个坏人给判个死刑才对”。另一个从头至尾一句话也没说。

出了门，不见其他人，我从口袋里掏出电话，校长的未接来电几个。我拨打过去，几秒那边就通了。“怎么样怎么样？”校长问。

我脸一下子红了，不知怎么说：“医生说……”

“说结果。”他一向雷厉风行，干脆麻利。

“医生说……”我张了半天口，还是没说出来。

“你身边谁？老海在吗？让他接电话。”我回头一看，几个人从另一个门里走了过来。“校长电话。”老海接上，走远了。

所有人下楼，站在医院门口。警察把老海叫过去安顿着什么，跳上车，走了。

“接下来咋办？”晓峰脸色苍白，望着不远处站着的她。

老海压低声音说：“你先回去，一班学生呢，千万不能再出什么事了。所有人一定要保密。这可是人命关天的大事。”

晓峰走过去，给她说了几句，匆匆走了。他胖，弯着腰，像只企鹅，疲倦的仓皇的企鹅。

“你现在的任务是跟着她，寸步不离地跟着。就怕娃娃想不开出大事，这两天不能回学校。毕竟是孩子，住在宿舍里，保不准会出什么事。校长再三叮嘱了，不敢再出什么事了！”我点点头。走过去，拉住她的手，冰凉冰凉的手。

9

晚上，我们住在离学校不远的一家宾馆里。她提出让好朋友过来陪她。短发夹克的女孩一会儿就来了，两个人挤在一张床上看电视。湖南卫视让她们一会儿哈哈大笑一会儿手舞足蹈，全然忘记了痛苦磨难。我

已很久没看过电视了，更不爱看这类节目，现在却有些理解这些无厘头搞笑节目的存在意义了，至少它能在人们无奈无助无力时带来暂时的快乐。我拿起手机胡乱翻看。手机啊，这把双刃剑，在高科技给人们提供迅捷便利的同时，也戕害了多少人多少个家庭！

夜是如此漫长。她们很快就睡着，可我一点也不瞌睡。在窗前，盯着一轮弦月，爬过树梢爬上楼顶，低过楼顶低过树梢，想起自己年少时的经历。每次晚自习回家，也是这样的夜这样的弦月，我都莫名害怕，但那时不怕人只怕鬼。二妈门前的小巷那么窄长，黑狗那么厉害，我背着书包一路奔到家门口，使劲拍打着门环。“妈妈妈妈，开门来。”母亲总是慢腾腾出来，“这个死女子，鬼拔毛着呢”，但她过不了几天就安顿晚自习往回走小心些。我答应着，继续在妖魔鬼怪上纠缠，从不会想到人有多可怕。

又想到傍晚时打电话给女儿时的情景。因不知道怎么说，只能含蓄委婉地问，“如果，我说如果一个陌生男人，也就是网友，约你出去见面，你会去吗？”她在那端笑嘻嘻。“不可能。第一我不相信他；第二要见也是在大庭广众下，还要几个人去见，一个人绝对不去。”我放下心来，继续追问。“如果，我说如果那个人送你礼物，还接你去吃好吃的，你会去吗”？

她嘴里嚼着什么，含混地说，“不可能。我会想别人为什么无缘无故对我这么好？才不上当呢。”她返回来追问，“妈妈，出了啥事？你问这些干啥？”

“没有啥，只是想问问。妈妈有事，你晚上和爸爸一起收拾好，就休息去”。

她顿了一下，说：“好。放心吧，老妈。我班主任早打过预防针了，我们知道怎样保护自己。”我充满感激地想起她的班主任，那个有一对双胞胎女儿的女教师。养女儿的人操的是养女儿的心啊。

她长长叹了口气，我吓了一跳，连忙回头看。灯光下，两张苹果一样的圆脸发出釉光。她在做梦呢！漫长的人生路，她将如何面对，这件事将怎样影响到她的未来，她将有怎么样的心路历程，将会遇到怎样的坎坷羞辱，将会和怎样的男子结婚生子度过一生，我不敢想象，也不愿想象。

10

“老师，你们回去吧。不怪你们，只怪娃命不好，遇上坏人了。现在已经这样了，就在家里歇缓两天，下周让她哥哥送来上课。要考试了，可不能耽误课程。不管怎么样，我们供她这么多年，一定得考一下子。考不上，我们也死心了。”

父亲双手拄着木棍，艰难地挪出院门。母亲一句话都没说，呆滞地望着脚下的黄土地。她跟在后面，像只才出窝的兔子，怀里抱着一堆东西。

“这几包小茴香，你们带上，是调料也是药材。煮肉时放上肉味道香，胃疼时碾碎泡水喝很管用，就是不能多吃，人说吃多了眼睛看不着。”她把一包包东西放在大家手里。我们不知怎么办，集体看老海。老海笑笑说：“那就拿上吧。谢谢啦。以后我们还会来看你们的。”

“娃娃……”父亲看了一眼她继续说，“以后你们多替我操点心……我就这么一个女女……”

老海没有回头，摆摆手说：“进去吧，进去吧。”

天色暗了下来，回头路比来时路好走多了。背着一脊背眼睛，背着沉沉夜色，背着无以名状的愧疚和伤感，我们疾步前行。

“真没想到，遇上这么老实的一家人。”张老师走着走着，感慨万千。

“还想着他们会怎样哭闹整人提要求呢。看来想得复杂了，要是别人，一定整个天翻地覆。那年×××班里有个×××，自己女娃跟着人跑了，后来怀孕，父母到学校闹腾，讹了十多万。还有×××班里的娃娃，生病了父母接回家输液，医生挂错了药出了事，也来学校整，要人要钱。这些年，咱们都被家长整怕了。

“可惜了这么好的娃，以后咋办呢？”老李手机微弱的光，像只萤火虫引导着我们拨开黑暗。

老海胖，落在最后：“不要紧。总会过去的！娃娃还得读书，高考还得参加。但愿不要过于影响。”

大山深处，一片漆黑，来时的羊肠路已完全不见，我们凭印象走啊走……心都湿了。

11

一周后，她来上课。日子一如既往流淌，所有人继续上课下课做题看分数，一分钟也不愿意浪费。她更沉默寡言，一句话都不说。我有意无意总想多关怀，也不敢过分。

一切都如期许的那样正常运行，一切似乎都恢复了原状。我们几个偶尔遇见，彼此点点头，心照不宣地笑笑。

公安局传来消息，那人被判了二十年，在牢狱里要度过人生最美好的光阴，为自己可憎可恶的罪行付出代价。

高考前一个月，我正在另一个班上课，忽然听见楼道里吵吵闹闹，也没在意继续上课。回到办公室，才听说那人的妻子，一个知道实情的女人，不知以什么借口跑进学校，在高三楼里大吵大闹。虽然保安很快将她拉走，但还是有学生听见了。

校长第一时间叫大家去办公室，以个人名义电话给另一学校的校长为她转学。我们又一次开着车，拿起的她行李，送她去那座学校。

大家担心地盯着她，她却语气坚定："老师，你放心，我才不会死呢。我要好好活着，参加高考，我爸妈还等着我考上学孝敬他们呢。"

我们都扭头掉泪。她不知道的她母亲，那个不太说话的女人，吃了满满一把苦杏核子，自己把自己毒死了。她还不知道她哥哥，砖厂窑塌了，压坏了脊椎，正躺在医院里……

泪眼中，眼前又一次出现了那块茴香地。满地亭亭玉立的茎秆，缀满了细长的果实，轻轻随风摇摆，摇着一畦翠绿。我蹲下来，摘一片在手。那茎秆细细的、绒绒的；那叶片，软软的、柔柔的；那香气，馥郁浓烈，似乎吟唱着一首祈祷的歌。

转　学　记

恰同学少年，风华正茂；书生意气，挥斥方遒。指点江山，激扬文字，粪土当年万户侯。曾记否，到中流击水，浪遏飞舟？

——人教版高中语文必修一《沁园春·长沙》·毛泽东

1

“帮帮忙吧，不到万一，我也不会张口。老同学，你知道我要这个儿子，多不容易……”乍听这苍老的声音，一时不知怎么回答好。

“今年形势你也知道，一卡制学籍管理，名额太紧张，要不让孩子在初三补习一年，怎么样？”我忙劝慰。

“补习班不准办了，插班也进不去。再说孩子也不愿补习，我也想赶快供他上个高中，考上个好大学，给我争口气。我的情况你知道……”

“关键是这分数……真有点低，据说还要交很多钱。”我真有些难为。

“钱不是问题，我想办法。行情我也知道，这个你放心。只要我儿能转进去读书，多少钱都不心疼。”话说到这份上，我只好点头答应。

每年临近开学，接电话看短信就发怵。本城几十万人，只有四所高中。一中为百年老校，重点中的重点；二中升学率次之，堪称高考后备班，同样是重点；还有一所回中，虽为新校，但侧重于民族生，属于国家各种补助扶持的民族重点。只有我校是撤了乡下所有高中教学点整合资源而迅速崛起的新学校，尽管生源是各重点校一轮轮挑拣后剩余的“豆子”，学风也整体偏差，但相对来说师资环境好，所以也成了抢手的“高中”。

在这里已教书十三年了，准确地说，从高一到高三春夏秋冬循环了多次，一不是校长二不是中层，三不想张口求人不想看别人脸色，平日里属

于角落里被遗忘的人，因此提起转学生就发愁。特别是教育部实施学籍卡制度后，转进去个学生更难。为避免麻烦，开学前一周早上关机中午才开机。这不，刚刚战战兢兢打开手机，就有短信滴滴跑进来，打开一看，果然是央求转学生的几个消息。最让人吃惊的，几十年没任何联系的他发来了信息。我忙拨电话过去，听他在那边忧心忡忡地诉说着难肠。

2

接完电话，我躺在沙发上想，这个无论如何都得帮，不单因为是老同学，还有很多复杂情感在内。

三十年前，在乡下他是声名远播的“奇才”，比老师还老师。不但会做教科书上任何一道题，还能把各种课本倒背如流。小他几岁的我们，常见他一身发白军装，在校园里走来走去，屁股上一圈圈补丁整齐匀称，瘦高如竹，昂首阔步，从不正眼看人。到了高三，他居然来到我班，和传说中的一样从不拿书本纸笔，也从不和任何人说话。每当年轻的数学老师在讲台上被难题纠缠得头冒热汗，他便一脚踢开凳子，站起来环视四周，玻璃瓶底厚的眼镜片后射出睿智自负的光，佝偻着的身子似乎也伸展开来，啪啪作响。他昂首阔步走上去，拿起粉笔，唰唰几笔列出算式。字迹流畅潇洒，思路清晰顺畅，然后丢下粉笔头，瞅着站在一旁脸涨得通红的老同学，然后大步流星走下去。一趴在课桌上，就迅即还原成弯腰驼背的学生，像只大甲虫。我们看看他，顿生好感；又看看据说是他同学的数学老师，些许遗憾，那风流倜傥英俊潇洒的形象就大打折扣。

还有一次，语文老师忽然抽查起《沁园春·长沙》背诵，全班没一人会，老师大怒，罚我们站着上课，还不准回家吃饭。他忽然站起来，一口气不换地背。背到“指点江山，激扬文字，粪土当年万户侯……时”，胳膊伸出来，豪情万丈地挥手，伟人一样有气势。我们拼命鼓掌，老师叹口气，什么也没说，看了他一眼，走了。

命运如此奇怪，他的博学多识和倒背如流都不能挡住一次次名落孙山。班主任曾说他大约为赵括的后人纸上谈兵的代言者，心有雄霸天下之志，虽手握千军万马，但不能上战场。每年的高考场上，他便虚汗不止，头晕眼花，手握不住笔，笔写不了字，一次次晕倒在考场上，被人背出去。现在想来，就是典型的“高考综合征”。尽管老师、家人同情惋

惜，他也不甘心，下一年又踌躇满志地出现在考场上，

但还是重蹈覆辙。一连八场，足足一个“抗战史”。终于在第八次失败后，他认了命，偃旗息鼓，卸考归家，从此和高考无缘。

他彻底放弃高考时，我已大三。偶尔假期回家听家人同学提起，难受了好一会儿。有这样的经历，作为老同学，几十年后，但凡他张口，谁都不忍心拒绝吧。

3

我给同事电话，“择校生分数线出来了吗？”

“出来了，五百四十五分。”她正急躁不安，“烦死了，我手里有实在推不过去的一个等着呢。”

“我这个分数更低啊，可怎么办呢？”

“得等政策。你问校长了吗？要不等等，看开学了怎样？”

“没有问呢。这个学生转不进去，真不好交差。你有新情况赶紧告诉我一声。”我们闲话了半天，其实都忐忑不安。

接下来他便天天电话，我也详细地汇报情况，解释政策，表示一定全力以赴，只是目前还不知道低分分数线。尽管自觉心虚，但还是信誓旦旦。

日子在各种大道小道消息中度过，心口像压着块大石头，焦虑无奈，沉重无比。开学第一天，细雨霏霏，几节课下来，嗓子冒烟。下班回家，疲惫不堪地爬上六楼，见他在家门口站着，风尘仆仆，身边躺着一只白色化肥袋，装尿素的那种，里面鼓鼓囊囊。

“下雨，家里活不多，顺便上来看看……现在也不种其他庄稼了，化肥上得太多，地都烧死了，不好好长粮食了，种啥死啥。只能种些饲料玉米，还有几亩洋芋……我问隔壁邻居要了几个黏玉米……”

我越发惭愧，连连解释说一定会帮忙的，只是要等几天。现在是最紧张时，校长连人影都找不见。低分一般都是开学几周了才能找个机会解决。他坐在沙发上，低眉俯首，局促不安，手脚都不知道放在哪。我眼前的他，头发花白，皱纹沟壑，裤腿一只高一只低，神情木讷紧张。隔着茶几，我们之间已横亘着一条叫作命运的河流，彼此无话可说，只好共同看眼前一堆玉米发呆。桌上一杯茶，热气疼痛般拧着身子，袅袅上升。

“我走了。娃娃的事就拜托你了。”他坐了半天，又说了一句。

“你放心，我尽力。咱们一起出去吃饭吧，小区门口有个汉餐馆，很不错的，保证你满意。”我尽量装得轻松一点。

“早上已吃过了。”他大赦般，迅即站起来，拿出一沓钱，“现在办事都难，听说要请人吃饭送礼，你看我这个样子也不会请个客，这点钱你放着请人吃饭吧……”我一下子懵住了，有点反应不过来。

“你怎么这样，我真生气了。”他满头是汗，嗫嚅了半天，推搡了好一阵。我使劲把钱塞进他口袋，叮咛了几句。他说要赶车，转身走下楼梯，老人一样佝偻着身子。

送他下楼，外面车尘滚滚，却发现阳光四射，万物明媚。云开雨霁，榆杨槐柳，被清洗得干干净净，苍翠欲滴。几个孩子在奶奶爷爷带领下，跑跳嬉闹。真羡慕他们，只有这个年龄，才不用操心上学的事吧。

4

下午，一进办公室，对面同事就探头过来，小声问：“今年你手里有学生吗？”我忙说：“有。一个同学的娃娃，分数差得还多，实在推不了”。

“据说到今天为止，教师没一个开出高费条子的。今年指标少政策严，没学籍即使转进来也是黑户黑娃娃。”

“那怎么办？”我一下子紧张起来，没想到形势如此严峻。

“你去‘中南海’问问？”因行政办公室全在二楼，不知什么时候起，大家戏称为“中南海”，平日里没事大家很少到那里。

“你去问过了？”

“我才不去呢。转个学生好像低人几等。有人进去笑脸一张，有人进去冷若冰霜。张了口站半天，人家正眼看都不看，屈辱得很。这几年就是天王老子来找我也推掉了，才不看那些人的脸色。老了，划不来为别人去下贱。”同事们走过来围了一圈，默默站着。

“我确实推不过去，实在不好意思拒绝，所以才这么着急，拜托各位有消息通知一声。”大家苦笑，都说好，然后散开，上课的上课，改作业的改作业。

我走下二楼，想碰碰运气。楼道里到处是人，教务处、校长办公室门口集市般拥挤。背着书包的学生，背对墙俯视楼下，满脸茫然，看着

操场上棵棵紫藤列队环绕，整整齐齐排队上体育课的新生们，新面孔新校服，晨曦中，一切都那么崭新美好。更多是卑微可怜的家长，默默站着，面如土色。瞅着关得紧紧的门，执着坚定地等着。很多时候，等待是他们在希望渺茫时唯一能选择的方式。

我只好去上课。注意力不集中，讲题间隙还想这么低的分，应该怎么说才不会被一口拒绝。如果被拒绝，又该怎么说才会留有余地。哎，宁可上一天课，也不愿受这个罪。好容易下了课，急急忙忙往回走。拐过楼梯，一下子没刹住，碰到一个人身上，抬头一看。呀，原来是校长。一张愁苦的脸皱纹紧紧拧在一起，一头花白的头发贴在脑门上，看起来心事重重。

我脱口而出："校长，我有个亲戚娃娃，分数比较低，你看……"他满脸旧社会："今年情况你也知道，高分都没指标，更不用说低分了，目前一个都没考虑呢。我手里光各种关系的条子就有近百人，没办法啊。这不，我才准备去局里问问具体给咱们多少指标，有了指标后会通知大家的。都是老教师了，按说应该解决一个。你理解理解，我记着你这个"。

我松了一口气，没想到会有这样的机会，张开了口，倒消除了各种顾虑。反正已说了出来，能得到个确定答复也不错了。

5

回到办公室，一看手机，十一个未接来电，赶紧回过去。他在那边焦急万分："能不能快点呢？哪怕多花点钱，让娃娃赶紧念书吧。我儿子这两天躺着，都不吃饭了。"

我忙说："刚问过校长了，说都没报名呢，再说也没指标。"他停顿了半天，说："我们村里张××的娃娃比咱娃还低十分，人家都已在你们学校念书几天了。"

"那人家找的人本事大嘛。我们还有没参加中考也没分数就直接进尖子班的娃呢。"我也有点委屈。

"你别生气，我没埋怨你的意思，只是娃娃不吃饭，心急得很。你知道我得这个儿子，可不容易。一连生了几个女子，送人的送人，糟蹋的糟蹋，四十岁上才有的……"

我打断了话头："再等等吧，估计这几天就有结果了。"放下电话，

我自言自语，早干啥去了，考了那么点分数，这会还不吃饭了，饿几天才对。接着上课下课，批改作业，其余时间所有老师都盯着校长室。人人表面上不动声色，但眼睛尖得像锥子，飞进去个苍蝇大家都知道。

大多时候那扇门总闭得紧紧，毫无动静。我们上课时路过财务室，总见有人拿一厚沓红票子，等着交钱。身后跟着无所谓或羞愧万分的学生。那些家长们卑微地笑，小心翼翼地问，弓腰驼背，满面忧戚。有人在楼道里站了好几天，有人手拿电话一直在打。哎，也不知那些通过关系转进来的孩子，进校后会不会好好念书。这学也上得太不容易了。

6

有一个早上，三节课后，见他等在办公室门口，这次倒没有大包小包，只是胡子拉碴身子更弯曲，老远就挤出一丝笑容，笑得我心里直发毛。

“打你手机不接，我心慌意乱，带儿子来看看。”

顺他目光看去，我大吃一惊。眼前的孩子蓝条纹衬衣、牛仔裤、耐克鞋、耐克小背包，小脸白皙，瘦弱高大，完全不是个农村孩子。这个时尚帅气的城市少年，耳朵里插着耳机，边听歌边站在拐角生闷气。

“我说过不着急，给你电话再上来，不然耽误干活。”

他迅速瞥一眼，说：“看我怎么说的，阿姨会帮忙的，她不说假话。”那孩子回头看了看我，神色傲慢，脸上没一丝表情。

他不好意思了，作势吼一句：“还不过来问声好。”接着又小声说，“快把东西拿出来。”

少年撇撇嘴，不情愿走过来，拉开书包，拿出报纸包的一堆东西，满不在乎地丢在他怀里。他接住，拉我到一边，神秘兮兮，“这是两万，你拿着，只要办成了事就好。不能让你办了事，还要在钱上为难。”

我烫手一样缩回去：“这个你先拿着，我们有规定，得等校长开了高费条，拿着条子你自己到财务室交钱，然后才能报名。现在给了也没用，我还怕丢了呢。”

他为难地挠头：“你拿着吧。只要人家收就赶紧交了。现在办事，哪能不花钱呢？没个熟人，提着猪头都找不到庙门，幸亏还有个你。”

见我们推搡，那孩子扭过头看，他忽然声音高了起来：“不要紧，花多少钱我都想办法，只要娃娃能念成书，砸锅卖铁我也心甘情愿。”

我明白了，便接过话茬：“你放心，娃娃一定能念上书的。”那孩子依旧面无表情，似乎面前这两个人，和他毫无关系。

7

下课了，我直冲冲推开校长办公室门。他一愣，随即笑着说：“你再等等，一定会解决的。这几天情况不妙，如果给你开了条子，其他老师都来了怎么办呢？”我愣了一会，自然不能勉为其难，只说：“那你记着我这个学生好吗？”屋里一个人正手拿条子往出走，看了我一眼笑着说：“都是实在得不行的人，不然谁会来给学校添麻烦呢？”

校长笑笑，有点尴尬。

晚上他又电话，似乎喝了酒，语无伦次，絮絮叨叨。说老婆、儿子嫌他没本事赚钱，老妈老了弟兄几个推诿没人管；地里用化肥太多庄稼长不好；又说国家政策好得很但年年种地还是没多少利惠；又说同学谁谁干成大事当了官，他去找人家不但不认还骂他神经病；说年轻的村支书掌握了全村人的章子，低保补助退耕还林款项下来一律截留一部分，想给谁给就给谁；说乡村学校读书减免一切费用天天营养早餐午餐但没几个学生；说教师这个职业他曾多么向往。总之是醉话，听得人心烦，也心酸。

“我知道你心里笑话，一个农村娃怎么会养成这样子了？说实话，是我刻意培养的。”他声音忽然大起来，吓了我一跳，“当年千辛万苦四处躲藏担惊受怕地生下儿子，我就发了毒誓，自己受过的苦吃过的亏，我儿绝不能重复。我这人命不好，穷命鬼一个，老天一再亏待，这辈子已完了，再爬也爬不起来，但我相信我儿一定会圆了我所有的梦……

“那些年，年年补习年年落榜，我都死过几次，但还是不甘心，又活了过来。三十好几了好不容易才成了家，貌不惊人，眼睛近视，挣不来钱，话也不会多说几句，总觉得亏欠了儿子、老婆，所以啥事都由着他们。我从小就把他当城里人养活，只要是城市娃娃有的我娃娃也一定要有，再苦再累都心甘情愿。儿子就是我唯一的精神支柱……这孩子模样长得好，你都看不出他是乡下人吧。”他得意地一笑，“我们村里人都说这娃娃生来就是个贾宝玉，该疼着护着的。可惜咱家穷，给不了娃娃想要的生活。现在人大了，也管不住了，我万万没想到他不好好念书。你知道吗？从小学一年级我就四处托人，把他转到城里念书，小升初没

考上花了钱进去，原以为大点会懂事，结果高中又没考上。唉……”

“孩子嘛，还是不要太娇惯。有时让吃点苦反而是好事，这样下去怎么办？”我听得心惊，随口劝几句，其实也不知说啥。那么老实本分的人培养出了个公子哥，我不得其解，现在全明白了。

8

时光倏忽，转瞬一周。星期一下午正改作文，忽见校长室大开，人们进进出出。同事走进来：“快去，今天开条子了，据说可解决最困难的几个。”

我抓起准考证就跑。到了二楼，校长急匆匆正准备出门，依旧笑眯眯：“局里紧急通知有个重要会议，我回来给你开行吗？”

我也顾不得惹人烦，忙说：“麻烦您给我开了吧，不然我真是天天操心，夜夜睡不好。”

他低首蹙眉：“我答应了的，一定会办到。明天早上来开吧。最近一个月日子真不好过，开了条子大家都高兴，不开就惹人，骂我的人一层。据说还有人借这机会赚钱呢，给家长说转一个学生两万，好处费就要四五千。你说，这学校都成了啥？”

我自然不好意思，连忙告别。一边上楼一边想，越想越不对，他说这话啥意思，是另有所指还是指桑骂槐？想得多了，头疼欲裂，但不管怎样，事情总算有点眉目，可以给他有个交代了。晚上，我短信给他：明天你带孩子上来吧。

星期二早上，上完课回来，见他和那“少爷”站在楼梯口等。少年换了一身衣服，黑色带白花的夹克、牛仔裤、李宁牌鞋、李宁牌背包，更像个走遍万水千山的背包客。

“你们先等等，我去开条子。”我放下书，正准备下楼。忽然，楼道里大声嚷嚷，夹杂着叫喊声、跑步声、桌子凳子杯子破裂声。办公室人呼啦啦往外跑。有人满脸惊慌进来，喊：“不得了了，好多家长闹事，砸了教务处，110 都来了……”

组长跑过来：“都不要下楼，家长正闹事呢。据说砸了校长办公室，还说要去市政府上访，大家待在办公室里不要出去。”

我惦记那爷俩，忙跑出去找。三楼没有，二楼聚满了人。一群家长

对着校长乱吵："他妈的，学校就是让学生念书的地方，我们都站了几天了，才拿到高费条子，钱也交了，教务处又说没指标不要了，说退钱。后面来的人怎么一个个都报了名，不让念书这么多娃娃哪里去？放到社会上谁放心？学坏了谁负责？"其他人随声附和，教务主任被一矮胖男子压在墙角，气得声音颤抖："这是学校，你们怎么敢乱来？"

两三个警察迅速跑上来，隔开人群，一人大声喊："冷静冷静，闲人退后，都散开散开。"校长整齐的头发散乱，围在中间被搡过来推过去，满头满脸是汗。

我瞄见那高大佝偻的背影，喊他名字，他转过身挤过来，眼里冒火。

"怎么办？咱孩子条子都没开出来呢。"

我也傻了眼，只说："你快上楼到我办公室，人太多，这会不说这个。"他边走边说："头发很多很白的那人就是校长？"我说："是。"他马上说："当个校长也可怜，被人一连踢了几脚呢。"

大家嚷嚷一团，这么多年，学校还真没发生过家长大规模闹事事件，到底怎么回事，谁也不知道。几个班主任们很自觉，迅速跑出去，把看热闹的学生赶回教室。其他同事待在办公室里乱猜。他坐在一旁，神色张皇，我问他："娃娃呢？"

他倒不着急，说不知道蹿到哪里去了，跑不远。我擦把汗，正准备说话，站在窗边的人又喊，"快看，那些闹事的家长走了。"我们一齐跑到窗前，见一百多人气哼哼从校园往外走，警察紧随其后。

教务主任脸色青白走进来，大家忙问怎么回事。"能有怎么回事？局里说好的给指标两百个，现在又说不给了，家长学生等了几天，着急了不闹事才怪呢。现在据说去市政府上访了，要个说法。也好，咱们一再反映也没个人管，现在去了看领导们怎么答复。"

他拉拉我袖子："那咱娃娃怎么办？"

"我也不知道怎么办，今天这个情况，你说呢？"

"现在只能等等看了，我们先回去。"他清楚得很。我感激地笑，送他下楼。

9

上课下课批改作业，学校一如既往平静，昨日的涟漪也不会掀起什

么大风浪，教师们继续忙本职工作，间或听听小道消息。有人说家长去了市政府上访，市长亲自接见，答应迅速解决。有人说局里很生气，家长闹事明显是扇了局里一耳光，说明工作不但有漏洞，而且漏洞很大。也有人说，也要家长闹闹事呢，不然太不合理了。明明学生分数很高，只是户口不在本区，就要赞助费几万多，谁掏钱谁心疼。差个一分半分的孩子，高中上不了，初中补习班又不让办，娃娃们到底未成年，放到社会上哪个家长放心？谁都希望子女上个高中考个大学，所以才到处托关系花冤枉钱，导致邪气成风。现在人家花了钱还不让上学，不整事才怪呢。七嘴八舌说了半天，谁嚷嚷一句："这样一闹，政策更紧，咱手中的学生咋办？"大家都不说话了。

我更发愁，半辈子没办过大事，也没骗过人，如果转不进去这孩子，丢人现眼都是小事，问题是他到哪去读书呢？

第二天一早接到校讯通，通知全体教职工停课开会。市教育局、区教育局来了很多人，召开插转生问题现场会。会上，家长代表局里代表学校代表各执一词，各说各的困难，群情激昂。领导言辞恳切，请大家原谅工作失误，说集思广益找寻解决办法，说了几个可行方案，人们纷纷表示同意，很快达成共识。不管怎么样，娃娃读书是天大的事，领导们也说尽快研究，马上解决。

接下来几天都没见他电话短信，我知道他见此窘况，愈发不好意思，只好紧盯事态发展，明知现在找校长谈转学生一点都不可能，但还在心急如焚中还抱有一丝希望。

又过了两天，办公室短信通知教职工登记各自需要解决的学生，我赶紧跑去登了记。接着有消息传来，明早统一开高费生条子。呀，所有人长长出了口气。阳光明媚，云淡风轻，早自习，学生大声朗读《再别康桥》："……我轻轻作别，作别西天的云彩。"我想，一会儿，只要拿到高费条子，就可以彻底作别此事了。不觉伸长胳膊，作挥手状，见学生偷笑，顿觉赧然。同时暗暗发誓，以后不管谁游说，决不会再揽这"瓷器活"，没有金刚钻的滋味，领教太深了。这段时间，真是愁煞人。

好容易等到下课铃响，三步并作两步回到办公室，慌慌张张翻开手机短信，抄下那孩子姓名准考证号，噔噔噔飞下楼去，见很多同事在校长室门口等，心照不宣地互相苦笑。

校长抬起头来，说："真是不好意思，让大家等了很多天。真是没办

法啊，这些天我根本不敢接电话看短信，头都被缠麻了。希望大家理解。”人们忙说：“理解理解。”看他曾经乌黑的头发，多一半都白了，心里也一紧。

终于拿到了高费条子！我轻飘飘走出，迅速跑到教务处，教务干事计算机嗯得吱吱响，很快计算出孩子的裸分(减去体育小三门等综合分)，按照插转生收费制度，需交纳一万多。五位数字看得我心疼不已，不知他一年能赚多少，即使赚到了，一家人难道不吃不喝？根据多年教书经验，那娃娃一点也不像爱读书能读成书的样子。三年高中，四年大学，他的梦杳如白鹤还远在天边呢。

不管怎样，赶紧电话过去。打了几次也没人接，我想他应该在地里干活，中午才会回家。

中午，浑身轻松地哼着歌回家，找到高压锅，麻利地做了个大盘鸡，配了西兰花的小菜。老公、孩子回家一看，眼睛笑成一条缝：“今天做这么好吃的饭菜，有啥好事呢？”我得意得很：“成就感蹭蹭啊，转学生的事解决了，一块大石头落了地，怎能不高兴呢？”

午休时接到他电话，嘴里好像含了石子，结结巴巴，“老同学，真不好意思，我儿子已转到三班读书几天了，没敢和你说。那天见你太难为，回来给老婆唠叨。正好她妹妹给××领导家看过孩子做过保姆，现在还一直联系，关系也好。没想到一打电话，人家立马就同意了。第二天我就找你们校长报了名，交钱不多，只有一万……”

脑子里一片空白，我半晌才回过神来，忙说：“不要紧，只要娃娃有书读就好。三班是尖子班，你让娃娃好好读书。”

“太感谢你了，为我儿操心这么长时间，哪天上来再专门谢罪。”他还幽默了一把。

“不用不用，只要事情解决了就好。”

10

日子一如既往，课改开始，培训演练，每天忙得脚不沾地。

某天电话显示一生号码，我没理睬。但那边坚持了好几分钟，一副不接不罢休的架势，只好接起来。

“怎么不接电话，×××上吊了，你知道吗？”

“啊！？”打电话的是另一同学。

“我前几天才见他的，好好的啊。怎么回事呢？”

“好像他儿不上学了，偷了家里摩托卖掉后出走了。他受不了，在野外的一个厕所里吊死了。”

我站在窗前，怔怔地。午后的阳光，暖暖地射在紫藤树上，闪着粉紫的光芒。一片片树叶攒在一起，紧紧依偎。做棵树多么幸福呢，一年一年，春绿秋黄，来年又会发芽伸枝。

我找到三班班主任，提起那孩子他大怒：“说实话，你问的这个娃娃就不是个好东西。进校不到一个月，抽烟喝酒上网，夜不归宿给女生写情书，没一点学生样子。连家长的电话都问不出来，一直说的是假号码。上周上网几夜未归，我让他叫家长，人家花了五十元在街上随便买了个“爹”帮他请假。后来我找了好几个学生，辗转才问到了他父亲的真实号码。他父亲知道情况后，气得当时就晕过去了。你看，现在留了一封信，直接说不想读书，背起书包周游世界去了。”

我接过信纸，乱七八糟的字，画了一页半：

> 老师，我不想读书了，现在给你留下这封信，目的是不连累你。我的出走与你无关，与学校无关。其实，我一点也不爱读书，之所以坚持到今天，都是为父亲考虑。我父亲当年想上大学都想疯了，可是考了八年也没考上，所以对我读书极为重视，他希冀我来完成他的大学梦。可我一点也不想重复他的命运他的无能。我恨他，就是他害了我，既然不能提供一个富裕的生活环境，还娇惯纵拥（怂恿）我，把我养成懒惰无能没有毅力的人。他天天幻想我考大学找个好工作为他争口气，我才不愿意重复他无能的一生。我要出去闯荡社会了。

11

秋深了，庄稼被农人们纷纷领回了家。焚烧过的玉米地，一块块黑乎乎的；荒草干枯茂密，淹没小路；泥泞不堪的路上，一只肥猪哼哼而过，忽然摔倒在地，挣扎了半天爬起来，呼扇着耳朵跑远了。

一行人开车四处问路，找他家。村口，几个老人挤在一起晒暖暖，两个人蹲在地上用石子下棋。“哦，你们找郭××啊，前几天刚刚死了。

那人年轻时读书读坏了脑子，自己没本事考大学，生了个儿子当老子养，供养了个活菩萨，结果儿子不争气，听说不念书跑了，就要了老子的命。”

穿碎花棉袄的人站起来指路，愤愤不平的：“亏了他们老先人了，寻死也不好好死，还跑到村头一个狗都不去的厕所里吊死。吊死前，还拿一块红布遮了自己的脸。”

另一个老人看着远处，轻轻叹气：“羞见他老先人吧？”老人们集体鄙夷。“他还知道羞？他死了，老妈还活着呢。弟兄几个都没人要，现在眼睛都哭瞎了，谁养活呢？”

“听说他死了，儿子都没回来，真是个白眼狼，白白疼了一场养了一趟。”

点燃几张纸，我们在坟前站了很久。翻新的泥土上，几根细碎的小草铺展开来，葳蕤鲜嫩，像断断续续哭泣的声音。一个人来世间一遭，踽踽独行，在纷乱和幽暗中不断寻找，盲目地乱转了一遭，又归于尘土。

抬眼四望，“野阔牛羊同雁鹜，天长地草接云霄”，清晨的田野，白霜包裹，笼罩着一层清癯的岫光。一个红衣女开着拖拉机突突驶过，高大如山，车上装满了柴草颤颤巍巍。一棵老树伫立路边，阅尽沧桑，虬枝绽开，笑看世人为细碎事呼天抢地寻死觅活。一个黄帽老人左手拉羊右手扯孙，大呼小叫送孩子上学。他走了，人们照样生活，世界依旧热闹。

那个世界有什么呢？但愿有书本有大学，有琅琅书声的学校，有个高个佝偻的教师，手握教鞭，轻轻地领读：

万物开始四处环顾，
我们数以百计在阳光中行走。
每个人都是通向一个适合
每个人的房间的半开之门。

——托马斯·特朗斯特罗姆

作 家 记

江畔何人初见月？江月何年初照人？
人生代代无穷已，江月年年望相似。
——人教版高中语文选修《春江花月夜》· 张若虚

1

今日小雨，天气微冷，暗夜里，教室外漆黑一片。又一个学期开始了，分科后熟悉面孔少了一些，他们已坐在另外的教室里，成为同事的弟子，又一批陌生面孔在眼前出现。

我知道这些坐在课桌前的孩子，在今后很多天，将和我一起度过无数个琅琅书声的清晨、无数个做题讲题的长夜。此时灯光下，我坐在讲桌上，抱着厚厚一沓作文在改；学生们照旧埋在一堵堵高高的书墙后，咬牙切齿地和文字数字方程式斗智斗勇。

她走上来，递过来一笔记本，老师，帮我看看，给个建议。

我抬起头看她，单薄、瘦弱、白皙、黄发，黑框眼镜遮住了多半个脸，宽大校服罩着一棵小树。她低着头，不安地用手指在讲桌边画圈圈。

作文改完了看可以吗？

现在就看看嘛，想听听您意见。她抬头娇嗔一笑。我知道她在写小说，已坚持很长一段时间了。

翻开，一篇篇看过去，字迹整齐，文面整洁，故事清晰；题材虽多为小女生梦幻、王子童话翻版，但情节跌宕起伏，人物形象鲜明，细节描写很生动。作为从事语文教学的老师，面对会写且能写好文章的学生，还是很欣慰。经过多年努力，硕果挂在枝头，发出灼灼之光。

但我还是合上本子板起脸，不是说好了嘛，暂时放放。高三了，还是先练习写考场文吧。等你考上大学，再拾笔搞创作。现在的任务，就是要保证高考作文不出任何问题，拿到保稳分。

我爸妈也天天这么说。老师，您可是个作家哦！她红了脸，抬起头，眼神倔强，充满期待。

我也是为你好，要知道高考时，你这样的文章一般给低分，也许还会得零分呢。我是以语文老师身份来要求你的。

大人都说不要把大好时光浪费在写无用的创作上，到底学语文为了啥？有用的是哪些？我一时语塞，半天回答不上来。

她看我窘迫，换了个话题，老师，您每天坐这里改我们胡编乱造的文字，有意思吗？

我被惹笑了，怎么说呢，有意思也没意思。说实话，我也矛盾挣扎过，但考场文延续了这么多年，已形成了固定套路和模式，没人改变也改变不了。教你们学写考场文就是我工作的职责，也是意义所在。高考可不是赌博，咱赌不起也输不起，所以提醒你先练考场文，再去想其他。

老师，我的理想就是上中文系，做像张若虚一样的作家。她满脸憧憬。“江畔何人初见月，江月何年初照人？人生代代无穷已，江月年年只相似……”多美的文字啊。

那得有上天赐予的才华、坚持不懈的勤奋、不断提升的过程，还得有不怕饿死的勇气。首先要解决生存问题，你觉得自己有没有这个能力？

我叹口气。

靠稿费版税也能养活自己的呀。说不定还能赚大钱呢。

我愣了一下，你要知道，作家可不是你想象中那么风光无限，不但需要过人的天资、丰富的情感、阅读的领悟、扎实的写作功底，还要有敏锐的观察力，更要有几十年如一日地坚守，甘于清贫的心态。单是那份辛苦心酸、孤独寂寞，就不是常人能坚持下来的。再说……

普通作家能不能赚很多钱？

不能。

那我也愿意，因为我热爱写作，我一定要做个作家。她转回身，瘦削的背影硬邦邦，快速走下去。真是个执拗的姑娘。

我拿起红笔，边改作文边胡思乱想。现在作家这称呼，越来越边缘化，越来越没吸引力，年轻人很少有想当作家的了，他们的偶像是歌星

影星运动明星，因为能赚钱。即使有，也是郭敬明、唐家三少之类的作家，富翁榜上排名靠前的。我们做过调查，高三十几个班一千多人，没一个读过四大名著原版的，连八七版电视剧也没看完整过，只有对动画版的《西游记》还有点印象。几乎不读书，遑论坚持写作？

想了想，收起笔，半开玩笑地问学生，大家喜欢写文章吗？

学生们惊讶地抬起头，齐声回答，一点儿都不喜欢。为啥？没意思。

写文章和写作文不一样的哦。我期望着某个答案。

他们七嘴八舌，那也不喜欢。最愁写作文了。其实开始还觉得有点意思，后来就越来越不喜欢了。

从小学开始，作文一定要写成规定的套路，不能说真话不能述真情，只能编假话说空话。我现在最烦考场文了，没一点实际意义，纯属胡编乱造。如一锅沸水，教室里顿时热闹起来，只有她眼睛亮晶晶地盯着我。

好吧。大家继续做卷子，老师继续改你们的作文吧。学生们满怀同情地看着我，教室里很快就恢复了安静。

再次拿起厚厚一沓作文，愁得眉毛都要掉了。对中小学语文老师来说，批改作文实在是件太辛苦也太无聊的事。翻翻面前的一篇篇作文，《谈诚信》《诚信认知一二三》《扶还是不扶之我谈》，全是些毫无感情的高谈阔论，按照套路编写的投机文字，悲哀袭上心头。哎，没办法，面对越来越僵化的考场文要求，教师们像流水线上的机器，把自己埋在错字连篇、语法混乱的文字里，日复一日年复一年，熬白了双鬓，熬走了岁月。最痛苦的事莫过于，一些棱角分明、有真情实感、闪耀着青春光辉的文字，在我们所谓的批改中，被删减剔除、规劝束缚为高考固定格式。高一进校时那一双双明亮真诚的眼睛，到了高三就变成了厚厚镜片后的呆滞麻木。人人知道弊端，但没人敢放开手去改变去冒险。

2

第二次月考结束，照例是周末，照例是流水方式批阅。语文组所有教师集中在一个教室里，闷头批改自己分到的题。

老张突然站起来，高声嚷起来。他是教研组长，全年级作文都归他改。这学生哪个班的？怎么写这样的作文？太不像话了。

大家都停下笔，看他气愤地用笔戳开密封线，偏头查看试卷信息栏。×××，四班的。

我赶紧站起来，走到他桌前。你看这学生咋回事？敢拿考场文开玩笑。这要是在高考卷还得了，百分之百零分。我接过来看，顿时气得不知说什么了。她不但没按材料规定去写，还自立题目自我创新。那笔如匕首，像一篇讨伐檄文。

当我们想用笔倾诉时，你们在教些什么？

此刻，我坐在考场上，面对证明题一样可笑的作文题，面对说真话述真情的要求，忍不住想骂人。但想想，骂人是不对的。只好拿起笔，想和各位老师理论理论。

十年寒窗苦，粉笔染霜鬓。亲爱的语文老师们，当我们用笔倾诉时，你们都教了些什么？我们又学到了些什么？我不知道你们眼看着年轻的一代越来越丧失个性，越来越失去灵性，越来越缺乏独立思考，越来越放弃质疑创新，有没有担忧、羞愧过？你们觉得年复一年月复一月、天天讲解日日规范，只要把我们赶到一条人满为患、蜂拥而至的大道上，就觉得心安理得。我们呢？只需要按照你们总结的套路格式走捷径骗高分，就是成功？

大家都围上来，拿过试卷看。

咦，这孩子还不错嘛，洋洋洒洒一大篇，字也写得好，文面也整洁。

作为一篇议论文，不但观点鲜明行文顺畅，而且有理有据善用反诘，颇有鲁迅之风。

好文笔。破题点题，起承转合一气呵成，还把名言警句穿插其中。只是娃娃太激动了，笔尖都戳破了纸。

老张没做声，点燃一根烟，袅袅烟气汇聚成烟柱，映照在斜射的光线里，像是静物画。叽叽喳喳的人都不说话了，看着这位即将退休的老同事。他狠狠吸了几口，然后迅速捻灭，是个好苗子，但也太有个性了。这样的文章，只适合写成日记或发表出来，放在试卷上，不但背离了材料，而且言不及义，就是低分作文。

给一半分数也不行？毕竟她说了真心话也认真写了。我试探着问。

不行，这次不重重惩罚，就是姑息放纵，结果一定会害了她。如果在高考场上这么写，所有努力都会一场空，不能由着她去冒险。

他站起来，语重心长，奇了怪了，每届都会有这么几个狂热的文学

爱好者，义无反顾地做着文学梦。有个作家梦本来是好事，问题是文学可是一条坎坷路呀。且不说他们身上背负的责任不允许这样做，更重要的是一旦深陷其中，其他科目就不好好学，一心想写作，一心想当作家，结果怎么样？高考一定会失败。咱这样的穷乡僻壤，寒门子弟考不上大学，一切都是空的。你们还记得前几年在校园里乱跑的那个张××吗？就是个例子。进校时学习可好了，不但写得一笔好字，而且写得一手好文章。我把她当好苗子去培养，可一次征文竞赛获奖后就变了，不好好学习，成天想着当作家。不但严重偏科，还谈起了恋爱。高考成绩出来后，比她差的同学都考上了大学，后悔也来不及了。她不能接受这个结果，精神就有点问题。后来出门打工，吃了很多苦受了很多罪，又被考上大学的男友甩了，再后来就直接疯了。那是我教书多年最痛心的一件事，所以说这样的孩子你得注意点。咱们不鼓励不支持，有责任义务把她扳回正道。

人们散开，继续改卷子。

回忆连成一条线。那时我刚进校，主持校报校刊工作。一个头发乱蓬蓬、脸色苍白的女孩，每天都会拿着一个厚笔记本来找我，老师你看，这是我写的诗，这是我发表的文章。我翻开，一个字也看不清，全是乱糟糟线条。她在校园里四处跑，推开教室门就进，见了老师就问好。后来，他父亲找到学校，揪着长发撕扯着往回赶。她抓住门框哀号着，老师你看，这是我写的文章……

3

发卷子时，我念名字，其他同学都低头上来拿。只有她高昂起头，亮晶晶的眼神射过来，像一面战旗。

×××，她跳起来，脚步轻盈地走上来。我递过卷子，你认真看一下作文。她看了一眼分数，愣了一下，眼神里的火苗扑灭了。

一下课，她就追出来，老师，不是要求说真话诉真情吗，为什么是零分？

评语中都写着呢，不按要求不合规矩，由着自己性子写。说过多少遍了，目前你的任务就是写考场文，考上了大学再写其他的。我没看她，加重了语气。她跟了几步，折回头走了。

以后的课堂上，就微妙尴尬起来。我带着学生继续各种题型分析，她继续埋头创作，渐渐就有些走火入魔。科任老师反映她不学数理化，一门心思写小说。班主任找她谈过几次话，也不奏效。她父母用尽了方法，也不见改变。我每次话里话外地敲打，她都置若罔闻，也不辩解，照旧我行我素。月考一次次在进行，作文一次次在批改，她一次次在特立独行。第一学期结束时，综合成绩已是全年级倒数几名了。

我实在忍不住，就叫她到办公室，这样下去怎么办？你真是太让我失望了。

老师，我没荒废光阴，也没浪费日子，我在充分展示我的天赋啊。除了每天写几千字，还在××网站上开了专栏。我写的网络小说，点击量高达几万。很多粉丝天天盼更新，送鲜花金币呢，我现在每天都能赚上近百元，足够生活了。

没有好成绩没有文凭，且不说对不起父母师长，你能对得起谁？是不是准备放弃高考了？

是。本来就知道自己考不上，所以我决定不考啦。老师，您看过《血战钢铁岭》吗？那主人公就是我偶像，为了自己的信仰，为了自己心中坚守的东西，决不放弃。我惊讶地看着她。单薄、瘦弱、白皙、黄发，黑框眼镜遮住了多半个脸，宽大校服罩着一棵小树，眼神中多了些坚毅和不服输。

老师，你的思想还停留在过去，以为拿到了文凭就拿到了就业通行证。现在很多学生都为了一个个证书在读书，这是一种错误导向。在你们眼中，读书不就是一种赤裸裸的投资？

高考也是一场较为公平的选拔，千几百年来，读书人都得过这个坎。你为什么就和别人不一样呢？

老师，我知道你为我好。虽然我成绩是倒数第一，但请相信我的写作能力是正数第一。如今社会既然提供了多元化的发展空间、选择空间，那么挤“独木桥”有啥意思？不是上了大学就一定有出息，我身边就有一个例子，表哥高中毕业后，在家乡承包了几十亩山地，决定搞养殖业。舅舅舅妈差点被气死了，亲戚朋友们都等着看笑话，但他不管不顾，只埋头做自己的事。他给柳林四周围上栏杆，放了一些鸡苗，进行原生态放养。虽然时间长一点成本高一点，但是绿色天然养殖；虽然也经历了很多困难，但很快就有了回报。现在，不但打开了销路，还投建了吃喝

玩乐一条龙的产业链，生意很火爆。“柳林家园”你去过吗？那就是我表哥开的。

4

早自习，学生们正大声背诵课文，她却趴在桌子上睡觉，看来又熬了一夜。看着这个有思想有才华的弟子，真是心疼加无奈。我不知道她放弃高考的念头和家长沟通了没有，也不知道父母知道成绩后会发生什么，因为要开家长会啦。每次家长会，年级组都会把月考成绩、班级排名、年级排名打印出来，和平时作业、各科试卷端端正正摆在课桌上，等待家长检阅。有的班级让学生给父母写封信，有的班级排练各种节目，有的班级会制作 PPT，总之希望通过家长会，让家长和老师进行有效沟通，掌握孩子在校的真实情况。

家长会在紧张活泼的气氛中如期举行。首先是班主任激情四射地介绍，我坐在旁边偷偷看她座位上坐着的中年男子。皱巴巴的西装里，仿佛装着一截伤痕累累的树干；麻色头发贴在头皮上，像倒扣着顶油腻腻的帽子。他拿着成绩单一行行数过去，顿时脸色煞白，浑身抖起来。人们都在凝神静气地听讲，他迅速翻了几页，准备站起来，但课桌间隙太窄，挤了半天又打消了念头。一会儿，他忽然伸出左手，使劲掐了掐右胳膊，又掐了掐右手，然后闭了眼，一行清泪沿着薄薄的脸颊，缓缓流进了脖子。

会议很快就结束了，其他家长纷纷站起来，边说边往外走，他们还要去多功能厅参加另一项活动——观看学校简介短片。 以下几位家长，请留一下。班主任点名的人中，就有她父亲。班主任一一接待剩下的家长，我也向前来问询的家长一一解释。

他茫然地坐了好一会，猛然搡开课桌站了起来，焦急地拿出手机拨打。忽然用手砸着胸部，然后晕倒在地，不省人事。老师学生们慌成一团。她被从一楼叫到了三楼，惊愕地慢慢走过人群，来到他身旁。盯着地上躺着的人看，仿佛不认识。救护车来了，医生护士紧张地抬起他放在担架上，人们七手八脚抬起担架下楼。她被两个女生搀扶着，呆呆跟着，不哭也不叫。

5

半个月后，她回到了教室，依旧单薄、瘦弱、白皙、黄发，黑框眼镜遮住了全脸。空荡荡的校服里，裹着一个憔悴不堪的身子。

她开始认真地上课做作业背单词背古诗词，开始疯狂地做试卷对答案估分数，虽然我们没一次单独交流，但我知道那沉默不语的外壳下，文学梦暂时被抛弃得很远，像从来没做过一样。

又一次月考，她第一次按常规完成了高考作文，观点鲜明，理据翔实，有点有面，前后照应。对她来说，写这样的考场文很简单，完全可以拿到高分。我重重画上五十三分，鲜红的分数在白纸黑字的试卷上，格外刺眼。

日子一天天过去，课本一天天变薄，试卷一摞摞叠起。教室宿舍家，卷子、卷子、卷子，师生们疲倦到麻木，人人不说话，和高考无关的话题基本上不提。最后一次模拟，是学校花重金从外地买来的绝密题。所有科任教师将自己几十年来总结的高考秘籍，毫无保留地奉献出来，恨不得制造成蜜丸塞给每个弟子一个。我略带神秘地卖弄这些试卷的重要性，但学生们似听非听，他们快要累疯了，没人愿意写一篇完整的考场文了。很多同学只对卷子做个简单的思路，然后想想如何扣准材料、如何表达观点举例论证。她却一点也不嫌麻烦，认认真真完成了最后一份试卷最后一篇作文，虽然还是沉默不语，但眼神神态明显柔和了许多。高考前夜，她发来一个长长的短信：

> 老师，明天就要参加高考啦，同学们叽叽喳喳说睡不着，我却没一点激动或惶惑。不管怎么样，一定要考上学，这是我对着父亲灵柩发过的誓言。我参加高考，说穿了不为自己，而是为了父母家人。都说成熟需要代价，可我付出的代价太大，大到一生都无法承受。父亲遽然去世，让我一下子清醒过来，以前的想法真是太幼稚了，像我这样的人不参加高考，可以说毫无出人头地的希望。要出人头地就要比别人强，要比别人强就要拼命考个高分。这么多年，一代代的人前仆后继地参加高考，我也不能脱俗。理想很丰满，现实很骨感，其实很多人都想走出这个怪圈，但很少有人付诸行动，有些人是不敢，有些人是不愿，有些人是不能。我想通了，写作是

个漫长的过程，作家也需要很多条件，不是努力了就一定能成功的，但我还是不想放弃。将来无论身在何处干什么工作，我心底都有个梦，都期望自己从基础学起，踏踏实实，扎扎实实，毫不气馁地走下去。您说过的，伟大的梦想不可能从幻想中胜出，光辉的时刻必定从一分一秒努力中得来。

6

半年后的一个傍晚，接到她微信。老师，我已在苏州的一所中职学校上学了，学的是护理专业。这座城市真美啊，真正的绿树成荫流水淙淙。进校参加的第一个社团就是写作训练班，真心希望自己在这个美丽的校园，不辜负多年的梦想，不辜负亲人师长的厚望，努力学习，健康成长。我要为自己，加油加油再加油哦。我笑着发出了一个笑脸。

职　称　记

万里悲秋常作客，百年多病独登台。

艰难苦恨繁霜鬓，潦倒新停浊酒杯。

——人教版高中语文必修三《登高》· 杜甫

1

躺在床上的，不是女人更不像男人，仿佛是个从没见过的“东西”。

光光的头颅上没一根头发，红灿灿的牙龈暴露在外；两只大眼睛青蛙般鼓起来，直勾勾盯着天花板。身边人试着喊名字，她慢慢收回神，

头微微一偏，好半天才找到声音来源。看见我们，她轻轻叹了口气，那口气在偌大的房间里游荡，飘过脏旧的床单、俗艳的粉色窗帘、灰色的窗台，慢慢消散不见。

她丈夫低声解释，十三天没吃东西了……糖尿病并淋巴癌、肺癌……

人们骇然，惊慌失措站着，似乎不相信自己的耳朵和眼睛。那个健硕有力走路压得地面作响的女人，那个满口脏话大步流星的女人，那个天不怕地不怕的极有个性的女人，怎么变成了这样的一个怪物？

她呻吟了一声，瘦高个大眼睛的丈夫马上转身取来一张尿不湿，拆开封条，用手揉了揉又铺展压平，熟练又小心翼翼地准备换尿布。揭开被子，所有人倒吸了一口气，一张人皮蒙在干瘪、丑陋、毫无生机、山干水尽的骨架上，像极了《指环王》中的精灵。一只骷髅在呼吸。似乎你能看得见那些癌细胞成群结队跑过来，占领阵地，肆无忌惮地吞噬着每一块脂肪肌肉。

她下意识地蜷缩了一下身子，但身体根本不听指挥，没一点反应，

只好抱歉地挤出一丝笑，无力地闭上眼睛。人们强忍住悲恸，背过身。

换完尿布，她精神了些，不断晃动手指，嘴唇微微闭合。丈夫忙翻译，她说自己难闻屋里难闻，不要待在这里。大家只好退出来，坐在依旧空荡荡的客厅，看着黑乎乎的墙面乱糟糟的家具发呆，刚才一再逼回的眼泪，顿时哗哗涌了出来。

第二天早上，照旧拿起手机翻。一向热闹异常的同学群，调侃逗趣红包游戏皆不见，几个冰冷的宋体字在屏幕上定格：康同学已于昨晚三点辞世！我"啊"了一声，跌在椅子上又猛然站起来，大声说，我同学走了！声音轻飘飘送出去，没起一点波澜，办公室里沸水一样，人们正各种嚷嚷。男人们义愤填膺地讨论一篇关于职称改革文章的真伪，女人们叽叽喳喳说谁的新衣服好看，没人理睬我的悲伤，我只好慢慢坐下，盯着办公室前方"清苦从教"四个字，茫然无助。这世界，生死更替本为常事，悲伤欢歌各行其道，一个人的离去只能在亲人心上刻下道疤痕，对其他人，除了几声叹息外没多大影响，何况她只是我的同学，与别人无关。

拨了电话过去，那端她丈夫慢慢说："昨晚三点走的。她一辈子心高气傲，脾气也不好，后来的事你也知道，为了个职称，惹了很多人，最后还没解决，也不可能解决。没办法，我只好找人买了个证……"

"假的？"

"假的！"

"她怎么说？"

"她看了一眼，含笑走了。"

我试图保持理智，但不行；想说一张破纸真那么重要，也不敢；浑身发抖中只记住了一句话："真是含笑走的？"

"好像是。"

"那最好了！"

她相信那是真的吗？以她的睿智，我想绝不会相信，但我又多么希望她相信啊！因为只有我知道，那张纸意味着什么，对她来说有多重要。如果离世前能有一丝慰藉的话，如果那个所谓的高级教师的职称证能缓释她对命运的怨怼仇恨的话，假的也好。我甚至感谢世界上还有办假证这个职业。因为不管相信不相信，她都走了。走了也好，那一个世界没有纷扰，没有欲望，没有不平，也没有怨恨；最重要的，也没什么职称

之类的事来困扰。

2

恶狠狠的秋风吹弯了老榆树，吹得槐树枝丫乱舞。天上下着毛毛细雨，冷得人蜷缩成一团。我正被世界历史大事年表整得头昏脑胀，班主任走了进来，身后跟着一个宽骨骼大眼睛的女子："你就坐这里。"他走到我座位边，指着空座位："老师，我身边有人。××请假了。"

"我知道。你坐下。"他虽年轻英俊，但从不多说一句话，而且脾气暴躁，动不动就打人，尤其是男生。我们都怕他，谁也不敢违背命令。每当那头发褐黄、目光凶狠的男人后背竖起，真像条凶狠冷酷的"狼"，我边想这恰如其分的绰号边往旁边让了让。

她坦然坐下，掏出书本，目不斜视，认真看了起来，一点儿也不局促。我们就这样成了同桌，在心比天高的少女心中，身边这看起来老成持重的女子，算不上真正意义上的同桌，加上原先的同桌兼着好友角色，就越发觉着别扭，我偷偷瞪了她几眼。她不知假装没看见还是不屑看，总之像个木桩，自顾自看书做题去了。

接下来的日子，我们之间很少说话，但慢慢就知道她的厉害。无论是理科还是文科，无论是本题还是变形题，哪一科课本上的题她都会做，哪一课的习题都难不住她。同学们以问问题的名义考察过几次之后，得出一个结论：她是个天才，做题天才。每天早上，当我们睡意蒙眬匆匆跑进教室时，她早端坐在座位上，捧着书本念念有词；晚自习结束后，大家赶紧跑回去，或在宿舍里捣闲话，或在家里胡转翻乱动，只有她，在教室里就着煤油灯继续学习。那墨水瓶做成的小灯，据说总亮到凌晨三四点。发卷子时，所有人都敬佩地看着她试卷上那鲜红的满分。她很快就成了老师口中的榜样全年级的楷模，不但认真刻苦踏实稳重成绩超好，而且谦虚谨慎从不骄傲。

但大家很快就忘了成绩好坏，照例边装模作样翻开课本学习边想着心事。课间，一帮男同学手拿粗木棍呼啸而出呼啸而进，摆开架势，集体"练武术"，间或密谋去打别班同学，并且付之于行动。女生们呢？因为男女不说话，不好意思大摇大摆跟着看，只能装作上厕所撵出去斜着眼睛瞟；大多时候女生都安静坐着，偶尔也夸张地大呼小叫，暗自春心

萌动。她似乎从没分心过，正襟危坐，做作业或看书，当各科老师夸赞时，总面无表情，好像夸的不是她一样。

关于她的小道消息渐渐多了起来，四处流传。她和班主任是同学。考了几年大学还没被录取。别看平日里成绩超好，一考试就紧张，一紧张就做不完题，做不完题自然分数低，分数低当然考不上。有老师总结说她心理素质差。也有人说她命不好。她在本地及周边学校名声大噪的原因是参加过六次高考。对我们这些对高考充满无限敬畏的少男少女来说，六次高考的经历，除了少许同情遗憾外，无疑和老山前线的战士一样，值得尊敬和崇拜。我常常看着她的侧影思忖，天哪，六年补习，不知见了多少题型知道了多少知识点。今年她一定会考上，而且是名牌大学；或许会上兰大吧，有可能还是中国农业大学（当年我只知道兰大是西北最好的大学，还隐约听说中国农大上学不要一分钱）。一群小女生在背后窃窃私语后恍然大悟，怪不得班主任从不叫她回答问题，也不正面和她说话。一个老补习生，成绩好有什么了不起？再说虽成绩优秀但长得丑，又年年考不上，有什么大不了的？一个天生就给别人上言传身教励志课的女神，头顶的光环瞬间被打散，羡慕嫉妒和莫名的快感泛滥开来，我们为此窃喜了好久。说实话，整整一年，我俩就像两条平行线，交集实在不多。

命运就是无常。高考结束后很久，我才知道，那么优秀那么努力的她，最终还是以三分之差名落孙山。而我，一个上数学课偷看小说睡觉严重偏科的人，却神使鬼差轻轻松松就考上了师专。虽和兰大无缘，至少也算个大学。我为此怅然了很久，觉得对不起她似的。那时年少正轻狂，还考虑如果能调换的话，愿意为她换一回，反正考起来很容易嘛。

当我在中文系的熏陶下风花雪月时，在图书馆拼命阅读世界名著时，听说她又在某校的高三补习班里发愤图强了。同学聚会时大家偶尔说起她，叹息一回感慨一下，就都忙着了。作为不亲的同桌，不知怎么我常会想起她，想起那似乎跌进了上帝诅咒的怪圈、一次次重蹈覆辙以几分之差落榜的同桌，也随时关注着她的消息。一次和好友相聚，她说你同桌现在又和比她年龄小很多的孩子坐在一起备战高考，又和以前一样兢兢业业孜孜不倦，只是更瘦更沉默了。那些踌躇满志的孩子们，和我们当年如出一辙，一面将她看作做题传奇、高考不老的神话，一面叫她“女范”。我追问了半天才知是“女范进”的省略语。范进当年中举有多难她

就有多难，有多可怜她就有多可怜。范进从二十多岁考到五十四 岁，她也咬牙切齿发誓不登红榜誓不还。

三年很快过去，我毕业分配到乡下一所中学。听说她又落了榜，先准备来我所在的学校补习，后来听说我已教书，断然转向另一学校去了。

在我工作的第二年，她补习的第九年，老天开了眼，让她终于考上了。所有人长长出了口气，欣慰地互相转告。欢庆之余，衷心感谢本地补习制度还未被取缔，她可以年年以临界的分数不花钱在各个学校的补习班之间来回读书。大家笑着说，九年啊，日本鬼子都被打趴下了，她可真有毅力！

再见时，是同学聚会。金碧辉煌的歌厅，我迟到后，悄悄坐在一边看。大家都喝高了，吵得天翻地覆。有人叫着她的名字，随即一个中年女人站起来，端起酒杯，一仰头就是一大杯，满嘴脏话，毫无顾忌。我大吃一惊，当年不是一句话都不说吗，怎么成了这个样？于是我们很夸张地见面打招呼，很夸张地互相拥抱寒暄。她一反常态非常亲热，回忆了许多同窗时的细节，但她说的那些我几乎没印象，好在大家迅速转了话题，又一轮喝酒聊天话说当年。人们在说笑中开始回忆，有人装醉表白，有人痛哭流涕，有人沉默不语，同学会达到了高潮。

她开始笑，接着哭，抱住我絮絮叨叨，含混不清地表达：这辈子命苦命穷，一步之差步步撵不上。老天待我太严苛……四岁上没了母亲，父亲疼爱有加，决定砸锅卖铁供女儿读书。年年补习的日子，哥哥嫂子的冷言冷语，周围人的讥诮眼神，拼命也要争口气的动力，补习到山穷水尽时的誓言，多少次的自杀冲动……终于考上了，到了学校，拼命吃喝玩乐，以补偿那么多年的辛苦压抑，以至于考试几科倒挂，差点被开除。感情呢？曾经发誓共同走向新生活的人孩子都几岁了（我始终怀疑和“狼”有关），好不容易毕业，家人马上介绍对象，处了一个月就结婚。后来，生了儿子，是世界上最乖的娃。然后呢？柴米油盐的日子，磨砺每个人的理想，磨灭了对生活的热望。我看着曾经的同桌眼前这喝醉的女人，陌生极了。她年轻时就没怎么好看过，现在看也过宽过高过胖，没颜值没气质，像个大大咧咧的男人，可她哭泣的样子真让人心碎，直让人感叹命运确有不公。聚会散了，大家各自回到各自轨道，谁也顾不上问谁怎么样，偶尔见到，互相打探，知道平常日子平常过，也就不多问。

3

再见她是在学校晨会上。开学第一场晨会，天气正热，升国旗奏国歌、领导讲话、教师代表演讲、学生代表演讲，总之得一个多小时。师生们正无奈地听一领导在台上喋喋不休，忽然身后一人晕倒在地。有人急喊，我一看，呀，怎么是她？

她被搀扶着回办公室了。我愣怔了半天，赶紧问人，才知道新调入的同事里有她，但她已是病魔缠身，身体状况极差，以至晨会上站站也会晕过去。据说她在乡下教书时极为认真，学生们很崇拜，家长们特别赞赏，是响当当的骨干教师。不知怎么转行到乡镇机关，后来又回到教育上。从乡下调到城里，走了几个单位，具体情况不得而知。“她和你是同学？”同事有些不相信。我忙点头。“这女人教书时可是把苦下了，做啥都太认真，有点执拗。据说她上晚自习途中，被车撞倒在地，车主吓得脸都白了，忙劝她去医院检查。她呢？一骨碌爬起来，连声说：‘看危险吗？差点耽误了一个晚自习。’后来才发现自己脚踝肿了，一瘸一拐了好久。唉，这就是教师，这就是女教师……”正说着，哄的一声，晨会散了。校长生气地边走边嚷，也不知道都说些啥，一个晨会把老师都站晕了还说。以后的晨会果然就取消了很多环节，大家都说是她的功劳，坏事里有好事。

学校大，人员多，她在另外年级组上班，见面自然少，即使见不是会场就是路上。某次下午放学，天正大雨，见她在路边等公交，我忙停车鸣号。她见是我，跑过来钻进车，浑身湿透了。“他妈的，”她张口就骂，“这天气不知道日鬼啥，冷死了。”我不好意思地竖起耳朵问：“你好吗？”

“好个屁。”她看着我，问：“你怎么样？还是天天看书？脑子都看炸了，成天看有啥意思？我现在一点儿都不爱读书，书把我念够够的了，看见白纸黑字就眼晕。”

我笑笑说：“也是消磨时间嘛。”她气呼呼，“他妈的，日子过得人想上吊。我上辈子不知亏了啥人，这辈子总遭老天惩罚，就没一天顺心的。小小上死了娘没人疼，虽说有老爹护着，可五个哥哥光娶媳妇闹分家不知闹了多少回，亲亲的姊妹弟兄为一双筷子都能打得头破血

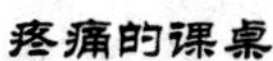

流。我早都看透了亲情，就盼着考上学离开那个穷家，偏偏一个抗战都打完了，自己还在补习。好容易上了中专，人家整整比我小一个时代，没同学没朋友；好容易有了个工作，能自己挣钱自己花了，偏偏老爹又死了；好容易有个家，积攒起了瓶瓶罐罐，一场大火烧光了几年的积蓄……”

“啊？咋回事？”

“倒霉了嘛。结了婚，终于有个窝窝，有了个属于自己的家，以为命运大门从此敞开了。虽说工资低，但两个人都属于过日子的那种，锅碗瓢盆案板水桶，慢慢添置了很多生活用品，还有了电视机、摩托车。最最重要的，我有了儿子。那时还在老公单位，一间土屋就是一个家。周末其他人回家的回家上城的上城，只剩下几个人在大院，正吃饭，没电了，我找出半根蜡烛点着。全屋就一张课桌，放着新买的电视，我随手把蜡烛放在电视上，督促那爷俩快点吃。饭刚吃完准备洗锅，后排两口子又吵又闹，我们放下碗筷飞跑去拉架。女同事嫌男人没本事，说有门路的都上调走了，剩下没门路没背景的待在穷地方受罪，我还笑着劝，乡下日子简单快乐知足吧，就听见有人喊着火了，跑出去一看，着火的是我家。”

“烧完了？”

“全烧完了，只剩下铁床的几个钢筋棒、摩托的铁架子，红彤彤躺在地上。我跪在地上，哭得都没了眼泪。从小算命的就说我命不好，我也认了，心想只要好好教书，别哄学生娃娃，一家人平安健康就是。可老天连这点愿望都不给，一把火烧光了所有希望。又过了几年，为调动进城，花钱托人托关系，好不容易到了离城不远的乡镇，偏偏遇着分流政策，咱没人也没靠山，只好在家闲了几年。后来政策变了，我们这批人重新分配，又回到教育上。孩子大了要读书，又花钱托人托关系，调了几年，才进了现在的单位。还没高兴几天，体检出得了大病。唉，我前半辈子嫌自己又胖又壮，不敢吃肉吃瓜果，现在得了病，医生嘱咐饮食上要注意，尤其是瓜果。偏偏我又馋疯了，管不住自己的嘴，看见啥都偷吃几口，结果病越来越重。年轻时天天嚷着减肥，体重噌噌往上涨；得了病又天天盼着体重不要降，拼命吃喝也无济于事，身体一天天消瘦，人一天天变老。你看你看，胳膊上一点肉也没了……”

我听着，没多说一句。窗外雨很大，心里的雨更大。

4

再以后，就更难见到她了。听说体检又查出来淋巴瘤，听说去了西京医院检查，听说淋巴瘤变成了淋巴癌，听说她不甘心去了北京肿瘤医院，被确诊为癌。一次次的听说均惊心动魄，我都不敢听说了。

正午，雪天路滑，等公交的人藏在各色口罩各种厚实棉衣中焦急地跺着脚。忽然一个穿赭黄色衣服的人直戳戳跌倒在地，人群很快聚拢，有人电话 120，有人扒开裹得严严实实的围巾口罩。我才发现是她，急忙扶起，坐在雪地上等救护车。

一会儿，她醒过来，摆摆手："老毛病，缓缓就好了。"

我问这么冷的天出来干啥，她看着眼前白晃晃的马路说："心急得很，想上班想上课呀，还想带个班好好教书呀！"

打车送她回家，一路上她说个不停，好不容易找到个倾诉的人，话变成一串串飞出来。她说和家人奔波在治疗路上的无奈无助，说放疗化疗的痛苦难耐，说等待死亡的恐惧绝望，说脾气不好爱人孩子的厌倦心酸，说决定放弃治疗的无所畏惧……"职称到现在还没评呢，等着评上了我就走。"

我大吃一惊："现在还要那个干啥？"

她却满脸严肃："当教师的人，工作了半辈子，就为个职称。每个月多几百块钱不说，也算对自己多半生的总结吧，可是不能马虎。"

我觉得不可理喻："你还操那心？好好养病吧。再说现在评职称艰难你是知道的，咱单位三百多教职工，一年高级给一两个名额，能挨上你我？多少人头发都等白了，退休了也没评上，不想这个了吧。"

她叹口气："那不行。我认认真真教书教了半辈子，就想有个职称，也算是给自己不完美的人生画个较圆满的句号吧。再说按照资格，我也到了评的年龄，过去单位和我一起的都评上了。我这半生……唉，不说了。"她忽然潸然泪下，接着放声恸哭。

我不敢说什么，只好坐在一旁陪着，替她发愁。这些年，提起职称，领导愁，教师愁，百姓愁，社会愁，真是人人愁白了头，人人头比背篓大，人人义愤填膺。一年一两个名额，几百号人都在等，按资排辈亏待了年轻人，按能力水平老辈们吃亏。单位每年都有为此吵架打架的、上

访告状的，奇葩事接连不断。有次，一个同事把炸药包都提到了校长室，逼着骂着要指标，连警察都出动了。110 来了准备抓人，惊惶失措的校长返回来又拼命保护教师，说一时情绪，没造成什么实质性的后果，校内警告一下子就是了。这件事虽过了，但在人们心中造成的阴影却挥之不去。说实话，我们这个年龄段，能在退休前评上副高，已属千幸万幸。再加上那些花大钱寻门路提前评了的人，占用了寥寥无几的指标，基层的机会就更少。她虽教书几十年，可总是踏不准步子。那些年乡下教师职称根本没指望，一年总共给不了几个名额，哪里来的机会？现在，职称开始向农村倾斜，她又调动进了城，而且进本校时间很短，按规定几乎不可能，再说进校后没上过几天讲台也没班主任经历。接着还生病请假，连评优选先都一票否决，评职称哪里会轮得到她？

但她似乎走火入魔了，躺在病床上，锲而不舍地打着一场职称战。一遍遍电话，一次次哀求，一回回找人，任谁都劝说不下。她丈夫急了给我电话，让我劝劝。电话那端，她激动得语无伦次："这辈子凡事错位我都认了，在职称上一步我都不让。辛辛苦苦几十年，到头来难道什么都没有？不管在哪个学校教书，都是为家乡教育事业做贡献，都是兢兢业业在干工作，凭啥一调动就不承认了？我就是不甘心，凭我能力和贡献，就是要一个破格指标也不为过。"

我只好拿自己举例说明，一起参加工作、同在一个办公室的同事，有的找人要指标已评了五六年，有的和我一样估计挨到退休也不一定有份。再说，身外之物，要那干啥？多活两年啥都有了不是？

此时的她变得无比亢奋，像个铁血战士，脖子一拧爬起来就去找局长。接着从局长到校长，从校长到组长，找遍了每一个人。人人答应想办法，但都表示有难度。她呢？毫不气馁，每隔几天就按顺序找一遍，祥林嫂般诉说一番，大家既同情她的遭遇又无可奈何，既觉得可怜又看着可气。

"我总得要个红本本才好上路。"说这话时，她已虚弱到扶着墙走路了，丈夫哄儿子劝都无济于事，她似乎将生命中最后的希望，全押在了一个证书上。

从西京医院回来时，据说医生已宣判日期。我去看她时，她毫不避讳，正瞪着大眼张开双手，凶巴巴地吼老公："都是你没本事，才让我受尽屈辱。你看和我同班的谁谁谁，男人当了官，人家职称都评了几年；

还有那个谁谁谁，成天花枝招展的，抽烟喝酒打麻将，从来不上班，照样评职称……然后软塌塌卧在床上，涕泪交流。高中时，常常不理解杜甫《登高》里的那句：‘万里悲秋常作客，百年多病独登台。艰难苦恨繁霜鬓，潦倒新停浊酒杯。’觉得他一生很可怜，命运坎坷处境艰难，可我现在比他可怜八百倍啊……”

没有人敢说话，也不知道说什么，他老公使个眼色，走到院子外才说：“现在已昏了头，满脑子就记着这件事。我也找了人求了情，哪怕花再多的钱，也是给她一个安慰吧，可这些事不由人啊。说着眼眶也湿了，我没办法，只好骗她说今年一定有她的指标。”

5

大雨哗哗倒了一夜，像是把天河里的水都泼洒在干涸的大地上。一大早，风寒刺骨，深秋的天比冬天更让人无法忍受。我穿了厚棉袄，开车赶到她家。小区院子里，帐篷搭了起来，几个人在里面转来转去，不知在干啥，大约是冷得坐不住。火盆里不见火，浓烟滚滚，卷成一股黑绳，冲上灰蒙蒙的天空。一个盖了红布的棺材，孤零零躺在一边，金色的流苏仿佛还给阴冷的气氛增添了些许喜色。一个破了半边的碗里，白米被浸得浑浊虚胖，里面插着几根香。一股青烟袅袅，扭曲着身子冲上天空。

沿着楼梯往上走，遇到的人皆满脸凄楚，点点头就算是打招呼。灵堂还没设置起来，到处乱糟糟。客厅里，沙发被挪到墙角，呆呆坐着几个人；茶几上摆满了碗筷、一次性纸杯、酒瓶、茶叶盒；泥水在瓷砖上留下一个个脚印，又被另外一些覆盖。麦草散发着腐烂的味道，上面躺着她。她被红色床单裹得紧紧的，双脚捆绑在一起，脸上蒙了张白纸，头顶是一张放大了几倍的遗像。

我走进她卧室，不由得一阵恓惶。枕头、床罩、衣服、围巾，包括鞋子袜子，她所有东西都被堆起来，像座花花绿绿的山。两个女人正从衣柜里往外撕扯，见我进来，一个惋惜地抬手：“看这裙子吊牌都没摘，还好好的呢。”

“这都拿出来干啥？”

“烧！”

“全都要烧掉？”

“她的东西，谁敢要啊？不烧也是麻烦。病了这么久，说不定还传染呢。”

我走过去，捡起那粉红色的半裙，眼泪扑簌簌。这是不久前，我们一起去逛街时买的。那天大家心情都好，吃了冒菜，试了口红，四处乱转。她忽然不好意思地说，我想买个裙子穿。

“买吧，买吧！”我忙鼓励。

“想我这半辈子，连个裙子都没穿过。就这么死了，真不甘心啊！”她笑着说。

我气愤地嚷：“自己不穿还是别人不让穿，买不起还是舍不得？”

她羞赧地笑了笑，说：“都不是。我觉得自己长得丑，怕人笑话说丑人多作怪嘛。这么多年都没敢尝试过，再说人家也不让穿。”

“你穿了看谁敢说个啥？”

“好。谁要乱说，我就偏偏在他面前多绕几圈，气死去。”我们俩大笑，惹得卖衣服女人也跟着笑。几个女人笑成团。

6

到了中午，灵堂设置起来，白纸白花，黑字黑布，屋里顿时庄重肃穆了起来。一拨拨人来吊唁，一次次烧纸奠酒，她年幼的儿子跪在地上，跪在一对童男童女、一对纸马的旁边，给每一个前来的人磕头，稚嫩的脸上看不出多少悲伤。她丈夫走出走进，陀螺般被人指挥着转动。她呢？已变成了一张照片，端端正正摆在一堆纸做的东西中，立在鲜花水果等祭品中，端庄秀雅，比活着时候好看得多。手机、电脑、金元宝、银锞子，大面额冥币，纸糊的东西一大堆，忽然，似乎看见了一张证，红艳艳，亮闪闪，搁在最里面。

我踮起脚尖，伸长脖子，使劲揉揉眼，还真是。看了看那证书，看看红被褥里的她，看了看照片中的她，李煜的《乌夜啼》扑面而来：

昨夜风兼雨，帘帏飒飒秋声。
烛残漏断频倚枕。起坐不能平。
世事漫随流水，算来一梦浮生。
醉乡路稳宜频到，此外不堪行。

杀 手 记

臣无祖母，无以至今日；祖母无臣，无以终余年。母、孙二人，更相为命。

——人教版高中语文必修五《陈情表》· 李密

1

今天上课的内容是《陈情表》。处理完字词，我慢慢导入新课："苏轼讲过，读《出师表》不下泪者，其人必不忠；读《陈情表》不下泪者，其人必不孝；读《祭十二郎文》不下泪者，其人必不友。今天我们学习的是一篇辞官的文章，也是一篇至情至性的孝敬报恩的文章。西晋时，有个叫李密的人，给晋武帝写了一个奏章，叙述了个人命运乖舛、从小孤儿的情况，回顾了祖母抚育自己的大恩大德，及报答祖母侍其终老的决心。除了感谢皇帝知遇之恩以外，又倾诉不能出去做官的苦衷，它是中国文学史上最具抒情的代表作之一……"接着有意识看了他一眼。

他没有抬头，只是低头看课本。我知道此时的他，内心一片汪洋大海，浪涛翻滚。师生一起读课文，"臣无祖母，无以至今日；祖母无臣，无以终余年。母、孙二人，更相为命"。他没有读，忽然趴在课桌上，一动不动。

他同桌看了我一眼，说："老师，××不舒服。"

我走过去："需要去校医室吗？"

他没回答，索性用校服袖子遮住了脸和头。同桌连忙掩饰："今早他就说自己胃不舒服。"

我挥挥手，没说什么，继续讲课。文言文教学，正字正音后，梳理

文意是关键。大家一字一句翻译课文，处理文言诗词虚词语法现象，他猛地站起来，眼睛红红的，说："老师，我出去一下。"

"好。"我不动声色。他挤出座位，背上披着一片同学愕然的目光，低头走出了教室。

2

昨晚晚自习，学生都在做练习册，只有他躲在最后一排的角落里，忽而眉头紧皱沉思冥想，忽而脸颊发红挥笔疾书。我以为他在抄作业，便轻轻走下讲台，到他身边，顺手拉过课桌上的纸。他悚然一惊，支起身子，茫然看着我手中的东西。

沿着他目光看，才发现原来是给朋友的一封信，还加了标题：《一个血性汉子的梦想》。手机微信遍地花开的今天，还会有写信的学生？我好奇地盯着纸上的文字，忽然觉得手在抖心在跳：

> "小盟，你知道，我的梦想是什么吗？我告诉你，我想做一名杀手，刀不离身枪不离手的那种。为此我忍受了很多年的委屈卑微，承受着常人难以想象的背叛凌辱；为此我从不接近任何人，任何人也别试图接近我，除了你和我奶奶。多年以前，当父亲将巴掌落在奶奶脸上时，我就发誓要成为内心凶狠的人；当我母亲喝了农药被小叔用架子车拉回老家的土炕上时，我发誓一定要报仇雪恨。我希望自己赶快长大，武功盖世，枪法超人。我渴望有个师父，一个能带着我走向杀手生活的领路人。如果需要试试我的决心和胆量，那么第一个死在我手下的人一定是我父亲，那个丧失了做人根本的人，一个没良心没良知道德败坏的人。但你放心，我不会莽撞也不会胡来，法律知识让我知道要实现这个梦想首先要学会保护自己。其实，我也不想一下子杀死他，猛然死了太便宜他了，我要砍断他的双腿，打断他的双手，让他在这世间慢慢被痛苦悔恨折磨，然后受尽苦难再死去，这样才觉得解恨……"

我盯着他，有些不相信自己的眼睛，甚至有点恐惧，感觉低估了他的智商情商，忽略了眼前这个瘦小干瘪的孩子，一个从来不笑的男生，很少被人们关注的角落里的人。他抬起头，不但没有被发现秘密后的恐慌，反而毫不畏惧地盯着我眼睛，像只警惕的小狗，仿佛在示威：你能把我怎么样？

我脑子飞快地转了转，退回去还是拿回办公室？他站起来睥睨着我，我很坦然地迎了过去，眼神交汇处，江湖纷纷，几十秒仿佛过了很久。

下课铃声响了，拿起那张纸，我心情复杂地走出了教室。

秋雨连绵的夜，到处湿漉漉冷冰冰。楼道里，雨水积攒起一摊积水，身旁有学生来来往往，但我仿佛在旷野里行走，踮起脚尖，冷得哆嗦。一个身影跟了过来，我知道是他。

“老师，你保证不给别人说？”他单刀直入。

“又没成为事实，我给人说有什么意义？”我也简单直接。

“我想和你谈谈，怎么样？”他跟着走了几步。

“好。”我继续往前走，他脚步明显慢了下来。我们就在这里谈，我不想进办公室。

“嗯。办公室里人多嘴杂，不是谈心的地方。”

在楼道拐角处，一对师生在雨夜里，进行着一场艰难的对话。

“写的都是真的？”

“是的，真的。”他毫不隐瞒。

“你才多大的人，怎么会这么想？”我觉得不可思议。

“为了复仇。这个世界有些人生来就是享受亲情的，有些人生来就必须承担责任义务，有些人生来就是为了复仇雪恨的，我恰恰是后者。我不想躲避或者说谎，背离本心。”他很成熟，至少在心理上比较强大。

“你是奶奶拉扯大的？”我倒吸了一口气，转向另外一个话题。

他不说话，思忖了半天，才说：“是。奶奶就是我的父亲母亲，是我最亲的人，对我最好的人。这个世界上，只有奶奶说的话我听，其他人说什么，我根本不在乎。”

“那咱们就没谈话的必要了。”我将手中的纸递过去，“你拿回去，好好想一想。希望你在剩下的一年半时间，直到高考前，不要在学校里做出什么事情来。至于这样的梦想，考虑好了再说。”

他犹豫了一下，似乎没想到我会这样，怔了半天，小声说：“老师，能和你说说吗？”

“可以。但希望你将我当作朋友，这样才能坦诚相见，诚实交流，我们的谈话才有意义。否则，我无法说服你，你也不听我的建议，咱们之间只能是一场无效劳动，我不希望浪费彼此的时间和师生的诚意。”

3

回到办公室，其他同事都去上第二节自习了。我让他坐在对面椅子上，自己疾步到教室，安顿好了学生，一路小跑，回到自己座位。

屋里静极了，电流声透过惨白的灯光，传递着一种荒诞的真实。他抬起头，缓缓叙述，思维清晰，口才惊人。从能记起事说起，城郊的村庄、贫瘠的家庭、和睦的家人、美丽的母亲、慈祥的奶奶……

“我妈做的洋芋糊糊很好吃，洋芋煮得烂烂的，甜香无比，加上一小碟咸韭菜，一家人端起碗吸溜吸溜地吃，那种场景一直留在我的脑海里。变化是上小学时开始的。村里开始传言政府要征地，我们家里离城很近，有几十亩平地几十亩山地。父母没黑没白地在平地上盖房子，盖了很多间。房子自然不是住人的，就是用砖头和着黄胶泥砌的墙，屋顶上用石棉瓦铺起来的那种，目的是征地时多要些钱。奶奶和雇来的人连夜在山地上种杏树苗，不管大小，插到地里就是。据说一亩果林地要比白地多一半的补偿款。那真是疯狂的一年啊，房子被城管推搡倒，我们毫不气馁，连夜又盖起来，拆了盖，盖了又拆，折腾了好几回。一家人似乎见面很少，见了面也是忙忙碌碌，我总是在水泥袋子、帐篷里睡觉……再也没有人做饭，都是在外吃。

“父母和村里其他夫妻一样，很快办了离婚手续，听说这样就可以多得到两套楼房。盼啊盼，征地很快就轮到我家，不负辛苦不负忙，我家得到了五套楼房和几百万补偿款。住进了楼房，我们成了真正的城里人。那段日子真是天堂一样，钱多得数都数不完。他买了豪华的轿车，妈妈买了全新的首饰，奶奶买了两个金镯子，我想要啥就可以买啥。我奶奶说，宁做城里狗，不做乡下人。看看，咱还是沾了城市的光。但她说自己睡觉都会惊醒几回，感觉有啥大事要发生。

“有钱的日子并不好过，他似乎一下子没了以前的精气神，吃喝玩乐，喝酒打麻将，很快沾染上了赌博。一夜之间，就将两栋楼房输了。奶奶带着我找上门去，他输了房子和钱，急红了眼，手里不停地摇着骰子。奶奶过去喊他小名拉他起来，当着那么多人的面，他打了奶奶一巴掌，然后坐下继续押大小……败家的消息一个接一个，我们家在几个月之内就一贫如洗。只有胳膊上刺青的人不断来来去去，拿走了所有楼房

的钥匙和房产证，还命令我们搬出去。奶奶气得晕了过去，妈妈气疯了，带着我四处找，他似乎从地球上消失了。一个雨夜，他忽然出现了，跪在地上，痛哭失声，说自己一时鬼迷心窍，糊里糊涂上了当，然后请奶奶原谅，请求和妈妈复婚。妈妈边哭边说他，他也不生气，可怜极了。可是，复婚不到半个月又消失了，等我们知道，他已经输掉了原本属于妈妈的楼房，还和另一个女人大摇大摆跑到家里要钱。妈妈气愤不过，喝了一大瓶农药，死了……

“好好的家就这么散了。他一点也没悔改之意，到处赌博，四处欠账，从不管我和奶奶，好像我们也是他的累赘。我从天上跌到地上时才上五年级。奶奶靠着给别人家看孩子拉扯我。我们租了一间屋子，屋里只能摆下一张床。煤气灶，锅碗瓢盆白天摆在炕上，晚上摆在脚下。奶奶总是睡不着，嚷嚷腰酸背痛。晚上睡不着时，我们就回忆以前的日子，她总说你爸爸是被坏人引诱成这样了，但我不这么认为，我觉得就是他自己忘记了做人根本，害死了妈妈，害得我现在无家可归，四处流浪。我觉得他这种人活在世界上没有一点用处，死了倒好。我越来想妈妈，想起她就盼望自己快快长大，长大了就可以杀死那个人。是他，亲手毁了我的家，害死了妈妈，害得奶奶心口疼，我要让他尝尽痛苦的滋味，他给我多少痛苦，我就回报多少痛苦……”

他一口气说完，挑衅地看着我，似乎在为自己的计划扬扬得意。我静静听着，看着对面这个被愤怒和痛苦烧灼了的少年，他才十七岁，已被仇恨和报复包裹得严严实实。

“奶奶现在谁看护呢？”我忽然发问。

“我。”说到这点，他似乎很欣慰，“我每天放学回家，帮她做力所能及的事，我一定要为她养老送终。没有儿子，孙子照样可以报答恩情。咱们今天课文中有句话，‘生当陨首，死当结草’，对吗？”

“那你杀死你父亲，或者说报复了之后，她怎么办？”

“我不是替她和母亲报仇了吗？没了他，奶奶至少不担惊受怕了，不再受他气了。”

“其实，你和你父亲没什么两样。”我直截了当说。

他气得站起来：“他是什么东西？我和他不一样，我甚至都不想提到他。”

“别激动。听我说，你父亲吃喝嫖赌抽败家，搭上了你母亲的一条命。现在，你为了报仇杀死他，搭上你一条命。那么，你奶奶谁供养呢？做个杀手，那是背着刀子出生入死的职业，奶奶知道后会怎么样，你是不是比你父亲更让她失望？”

到底是孩子，他似乎第一次想到这个问题，站在课桌边，很久才说：“我只想替她报仇，没想到我也会让她更痛苦。”

“想想看，奶奶和你相依为命，拉扯你这么大，实指望你要比父亲更有出息，她老了之后还有个靠头。你报复的人，无论怎么说，也是她儿子。孙子杀死儿子，或孙子打残儿子。你不是将她活埋了吗？”

“那我妈难道就白死了？”他叫起来。

“那你杀死了父亲，难道她在九泉之下就高兴了？表面看起来你计划周密智商很高，但犯了一个致命的毛病，那就是以怨报怨，以仇报仇。父亲给你带来的痛苦，比起亲人间互相残杀，谁比谁更高尚呢？”

他忽然坐到椅子上：“老师，你让我想想，我需要整理一下思路。”

“好。你可以仔细梳理，问题出在哪里。孝敬奶奶的唯一方式是你要比父亲更有出息，而不是拿自己的生命前途开玩笑。再说，杀死父亲或打残他，法律对你就没有任何惩戒吗？你进了监狱，奶奶谁来照料？你口口声声说为了孝敬她才这么做的，那么你的孝敬体现在哪里呢？”

4

隔了一天，又是语文课。师生们继续在《陈情表》的孝道和忠义之间徜徉，他似乎一下子长大了许多，当大家讨论何为真正的孝时，他忽然举手。

“我以为孝还有另外一种解释，就是让自己有出息有本事，踏踏实实做事，本本分分做人，才是对父母亲人最好的告慰。”

“是啊，孝顺孝顺，有时顺者为孝，有时逆者也为孝，但最大的孝就是自己做个有出息的人，有担当，有责任心，不让亲人们操心，才是最好的报恩。”我顺势做了总结。

“你认为你父亲做家长不合格，那么你呢？你以后准备给自己的儿女做怎样的家长？”

“我一定要比他好得多。我原则和底线，和他绝不一样。”

“现在你想做的和他有哪些不一样？”

“老师，我明白了。”

“读书并不仅仅是上大学找个好工作，而是知书达理明辨是非好好地生活，对吗？”

“对！”

“那就好好读点书，以后当你成家立业，你的孩子长大以后，让你的孩子心中有个值得尊敬和爱戴的父亲，多好。不要让你的孩子和你一样，为有那么一个父亲而耻辱！”

他点点头，眼神里闪着自尊坚定的光芒。

女 孩 记

天夜了，有一匹大萤火虫尾上闪着蓝光，迅速地从翠翠身旁飞过去，翠翠想："看你飞得多远！"便把眼睛随着那萤火虫的明光追去。杜鹃又叫了。

——人教版高中语文必修五《边城》· 沈从文

1

今日春分，校园里照旧书声琅琅。

走进教室自习，见前排课桌上卧着个墨水瓶，圆乎乎如着蓝衣衫的可爱少女，心底一荡，什么东西在胸口摇了几下。已很少有孩子写钢笔字了，自然很久不见墨水瓶的身影。阳光摇曳中，我记起了你，写一笔漂亮钢笔字的你。

那时你颀长瘦弱，一脸茫然地站在楼道拐角。

"老师，班主任说让来找你。"

我抬眼望过去，你比我高一大截，竹竿一根，肤色白皙。

"最近怎么样？"

你没说话，转身弓腰趴在窗棂边，朝窗外看。楼下，有几个班在操场上体育课，蓝天白云，阳光明媚，蓝白相间的校服在红塑胶跑道、绿色人造草坪的映衬下格外干净。

我装作若无其事，一起看楼下。昨天晚自习，你班主任凑过来，紧张地说，有时间赶快给我们班晓静疏导疏导，她最近表现特别异常。上课都不能专心听课了，动不动站起来四处走；在宿舍也不好好吃饭睡觉，半夜起来大声背书读英语单词；常常无缘无故大声哭闹，吓得其他孩子

都不敢和她一起住了。我给其他老师、学生都安顿了，让大家尽量不要刺激她，看有没有转好的可能。唉，这样下去，这孩子很可能精神出问题……

我有些伤感地盯着你。不知怎么回事，学校隔段时间就会出现和你一样心理素质极差的孩子。前几年那个古娜，毕业后常常跑来学校，拿着破旧的作文本让每个老师改；后来又是李亚宁，抱着足球在操场上疯跑，一圈一圈；去年有个张媛媛，嘴里叽里咕噜一直说英语；现在又是你……

你嘴里嘀咕了一句什么，忽然直起身来，眼泪喷涌而出，河流一样哗哗漫过瘦长苍白的脸，明媚的阳光下泪珠晶晶亮。接着全身剧烈颤抖起来，然后抽搐，似乎要跌倒。我吓坏了，忙上前拍着你肩膀："听话。不要这么激动。有啥事咱慢慢说好吗？"

其实，你的情况我大概知道一些。校时成绩好，容貌也好，写得一笔漂亮的钢笔字，让所有人刮目相看。分进尖子班，青春自信的你，在干净整洁的作业本上，总是用钢笔写下潇洒整齐的字体，一度被学生戏称为"钢笔妹妹"。后来不知不适应某些课程还是压力过大，成绩下滑得厉害，高一结束时，成为全班倒数第一。高二重新分班，第二轮被选拔进尖子班自然毫无可能。你去了普班后，状态更不好，又要求学文科，几周后又换回理科，来来去去折腾了几次，半学期已过了。

我安抚着你，从闲话聊起，说一些无关紧要的话，试图走进你的世界。比如有没有男生喜欢你，你喜欢什么样的男生；最讨厌哪个老师，喜欢什么颜色什么样式的衣服，最喜欢哪个科目哪些内容。大约没想到会问这些话题，你张口只说："《边城》，老师，我特别喜欢翠翠，还买了一本《沈从文集》呢。"接着羞涩一笑，慢慢平静了下来。

"老师，你说现在人咋都这么坏？大白天都来抢我东西。"

"谁？抢了你什么？"

"我同桌，还有班里同学。他们太虚伪了……一个个装得一本正经听课写作业，一转眼就伸出无数只大手，把我脑子里的公式概念抢了去。那些公式概念串成一长串，笑眯眯跟着人家跑了，我想抓也抓不住啊，问起他们还不承认……"

我知道这是幻视幻听，而且比较严重。我也知道，老师、同学特别是班主任为你，真是煞费苦心。一百多人的班里，任由你选座位，想听

课时就听不想听也从不强求；十二个女生的大宿舍，大家都让着你哄着你；同龄人从不和你发生任何冲突，即使你多次无端冒犯她们。大家宽容到了极点，想尽办法来化解你的心结。

“你父母最近怎么样？”我装作不经意。

“别提我家人，我恨他们。”你又颤抖起来，眼泪又冒了出来。

“慢慢说，为什么呢？”

“你说为啥大人一定要生个儿子呢，女儿就那么卑贱？难道生活的目的就是为了生个儿子？”你气愤不已，“我爸压根就不想要女儿，一心想要个儿子。这么多年，他天天阴沉着脸，我和妈妈都怕他。我妈天天给我说，你一定要争气啊，一定要考上个学啊，这样我后半辈子才能有底气活着，老了才能靠着你。从小到大我一直很努力，从不敢放松不敢惹是生非，更不敢奢望其他孩子有的东西，但他还是不高兴，永远在抱怨永远在气愤。老师，我成绩好点心里还好受，成绩不好心里就特别难过。我觉得自己对不起妈妈对不起他……在尖子班，我很吃力，压力大，越来越恐慌，尽管自己那么努力，但还是学不进去了。上课听天书一样，成绩这学期已三次倒数第一了。我妈知道后，每次都哭。他本来就不在乎，现在更是看都不看我们一眼……怎么办啊？老师，以后会疯掉的……”

你的那些眼泪忧伤悲愤我感同身受，因为我父母也是生了五个女儿后才有了一个儿子的，作为过来人，我深深知道那滋味。那次，我们说了很多，我以为对你帮助很大，至少你很快会解开一些忧郁纠结。

但是我错了。

2

第二次见面时，你已明显和常人不一样了，坐卧不定，神情呆滞。

你的班主任给家人打了很多次电话，甚至言辞非常激烈，才见到了你父亲。他面色赤红，头发乱蓬蓬，一见面就不耐烦地骂：“这个死女子，真不识好歹！千辛万苦赚钱养家让你读书，到了学校不好好念书，不知道一天胡思乱想啥？早知这样就不让你读书了，白白浪费我的钱。”

你蜷缩着身子，蹲在墙角，大声哭泣，喊着，我不回去。爸爸，我一定会读好书的，会考上学的，一定会给你们争气的。

你父亲走过去，一把拉起你，说："我还有那命，等你养活我？别人家女子早都出去打工挣钱了，给父母大把大把钱花。我倒好，现在还供给你上学。原指望你考上了给我们点帮衬。你闲着没事干，哪来那么多乱七八糟的想法？这书念得好就念，念得不好就赶紧滚回家。书没有念下，人倒念成个神经病了。"

我们连忙站起来劝慰："孩子读得不错呢，只是最近成绩有点下滑，也不要紧。你别当面嚷嚷，她有病，再说还是个孩子呢。"

后来在你父亲炫耀式的谈话中，我们才知道你家境还不错。父亲平时边种地边打工，还有几亩松树苗已成了林，单凭这一笔就可以净赚十几万。母亲尽管在家受尽委屈，但日子也算过得去。我们背着你和家人商量，要他们积极配合，不要给你压力，心病在读书上，学校也决不会将包袱推回家庭推回社会去。

第三次见面，我给你父亲直接打电话，建议能不能带你去专业医疗机构看看。你已完全坐不住了，一上课就四处乱蹿，动不动站在讲桌前指责老师同学，还在黑板上乱讲习题；但下课却安安静静，也从不到校外闹腾。你父亲一听就火，"谁说我女子有神经病的，这名声传出去还得了，以后她怎么嫁人？你们这学校是干啥的？教书教成个傻子才给我们说。我不管。"

我已气得说不出话来，你的班主任接过电话慢言细语，多年的班主任工作，她已磨成一池湖水了。交涉的结果是由家人和班主任带你去一趟上海，回来后，你好转了很多，大家终于放下心来。

日子没有多少波澜，很快到了高考。第四次见面是 6 月 9 日，高考第二天。因学校远离城区难打车，校长在例会上倡导有车的老师接送住宿生去考场。其实这么多年，接送考生已是我校教师的光荣传统，也是义不容辞的义务。我和你班主任接你和其他几位学生去六小考点，一路上怕你们紧张，都没敢怎么说话，只随意地戏谑：高考嘛，不过一次月考，只是换了个地点而已。不要紧张，不是你们经常说大考大玩小考小玩嘛。

大家都笑，你也是。下了车，你走过来抱抱我，然后又紧紧抓住我的手。我摸摸你的手，干瘦冰凉汗涔涔，我尽力安慰："别多想，好好考就是了。题难大家都难，别让题吓倒咱们。"

她点点头，说："好的。老师，我妈说谢谢你们了。爸爸说好今天下午他来接我。”

“不客气。父母也不容易啊，他们年纪大了，也不会怎么说话，嚷嚷也是为你好，有点矛盾也很正常，父亲说啥你也不要多心。”

“老师，我记住了。”你点点头。

班主任走过来摸摸你的手，说：“听话。去考试吧。”

她走了几步又返回来，问：“要是考不上怎么办？”

我大声说：“考不上就考不上，你回来补习，我们两个负责给你找学校。”她的眼泪又下来了，转身就走。

“不要有负担，考怎么样就怎么样。”班主任杨老师追上几步，大声说。

我们看着黑压压一群人走进隔离线，排着长队的孩子们，手里拿着身份证准考证笔袋，壮士般走向考场。

3

目送你进去，转回身却遇见你父亲。他穿着一身新西装，看起来非常精神，满脸笑意：“老师啊，我一定要请你们吃饭的。我这女儿不知前辈子积了什么德，遇见这么好的人。你看，我最近家里卖树苗，实在腾不开身。再说，我老婆生了个小的，儿子啊！我现在得为儿子好好赚钱呢，得留一份大大的家业给他。不是我偏心，女儿这样子，能考个学？考上了也供不起，供出来也是别人家一口人。我都打算好了，考试一结束，就托付表弟带她去广东。听说那边工资高得很，女娃娃更好找工作。我花钱请了客人家才答应带她出去的。外面的世界多好，说不定这一出去，心就开了，也就天天不净想读书的事了，人就没那么死脑筋了。”

他滔滔不绝，神秘地凑过来：“我在家里已求菩萨了。庙里说她是被身孝（在本地，有孝在身的人轻则三天重则四十九天不准到别人家）冲了。真是的，我家那傻女人啥都不懂，她娘家二嫂的妈死了，没过七七四十九天，就跑来我家借东西，结果害得女子成这样了。我花钱找人禳改了一下，人家说了，这娃娃还是个金命，能赚钱，老了还要靠她吃饭呢。我就说嘛，好好地读书去了，怎么会神经兮兮的，都怪那个老女人……”

我们听着，谁也没搭那个话题。“晓静爸爸，下午考完，你记着接她

回家。”你的班主任叮嘱你爸。

“好好好，放心。你们忙你们的。我自己女儿我知道心疼。”他有些恼羞成怒。

我俩边走边嘀咕：“真没有见过这样的家长。这世上，啥人都有。”

“终于能睡个好觉了。这半年，我都熬老了，人老了，心老了。”你班主任叹息一声：“但愿能平平顺顺的。”

是啊！但愿能平顺。

4

电话铃刺耳，我一骨碌爬起来，你班主任大声嚷：“赶紧开车过来，带我去找找晓静，她找不到了。”

“不是她爸爸接吗？”我一时反应不过来。

“她爸爸说没接上，人找不到了。”

我们会合后，她气得涨红了脸：“这家长真不负责任，说好了他接的，结果到了六点半才给我电话，说孩子不见了。原来咱走后，他遇见了一个也接孩子的老乡，便一起去棋牌室打牌了，出来后人家孩子在晓静不见了。”

“他到底一天操的啥，啥，啥心？”我气得结巴起来。

我们边走边看。夕阳罩着大地，金光灿灿。高考完，店铺的音乐也响起来了，分贝高得吓人；饭店门口聚集着一群对答案说笑的学生，家长们在一旁抽烟闲谈。马路上到处是轻松说笑的人。也是，这么多天的艰辛努力，不管结果如何，积郁多日的压抑沉重烦闷压力均一扫而光。如同一个盛大的节日，人们终于放松了。对高三的学生家长老师来说，今天真是个节日呢！

“这么多人，哪里去找？她父亲呢？”

“说是准备报警。你说这人真是的，那么大的女儿了，一点也不操心。都是天下做父母的，还真有不心疼子女的人。倒是咱这当老师的，当爹当妈操碎了心。一定在学校。”你班主任说。她是个慈母型的老师，对学生永远像对自己的孩子，带班经验丰富，处理事情温和，难怪家长都说，遇上这样的班主任，真是福气。

“这孩子真可怜。去年从上海回来，医生家人都说回家休养，她一

听，病更重了，成天要死要活要读书。还是咱学校好，校长也说，我们不能为了减轻负担，把麻烦和责任推到社会上去。学校就是教育人的地方，她爱读书，就让在班里待着吧，不要出大问题就是。如果离开学校，恐怕她早都满街疯跑了。”你班主任在车上继续说着。

一路堵车。我们在红绿灯下各自沉默。世界总是慌慌张张叫嚣呼喊，把人生目标树立为高大上的词语。殊不知，健康快乐的生活才是根本。

5

到了校门口，门卫笑着说，两位老师可真敬业啊！“高考完了，你们还来干啥？”我们也笑笑说，“想学校了。一天不来，心里堵得慌。”

沿着教学楼南楼走上去，高三年级教室门一个个都上了锁。门口干干净净，楼道里空空荡荡，安静极了。夕阳顺着树影照过来，黑白版画般简约。校园里静谧一片，真是个好地方。

教室没有，我们又气喘吁吁赶往宿舍。班主任熟门熟路，几步跨到307宿舍门口。门虚掩着，推搡开，几个孩子横躺在床上说笑，见我们进去，马上坐起来。“老师，你们咋来了？”

“见晓静了吗？”

“没有啊。不是她父亲在六小考场喇叭上播报寻人启事了吗？我们还以为找着了呢。晓静下午走时还哭了，说舍不得宿舍，舍不得老师同学。”

我们急忙跑下楼，顺着三幢宿舍楼慢慢找过去。

一个黑影蜷缩成一团，斜着身子窝在宿舍楼靠厕所的一个角落里。神情痴呆，头发粘了满脸，乱蓬蓬像一堆蒿草；怀里抱着书包，“晓静，你在这里干啥呢？”你班主任走过去。

“老师，”你抬起头来，猛然一惊，“我，我……”

“怎么了？怎么了？”我们蹲下去，你跪在地上，紧紧抱住班主任。

“老师，今年一定考不上了。我多想念书啊……我爸说过几天后就让我去广东。我舍不得这里，不想去……”

“你先起来。”我们拉你起来。你身子弯成一只虾。

“我知道考不上了。昨天做语文卷子，作文都没写完，数学更是一塌糊涂。老师，我学的知识都到哪里去了啊？我不想和我妈过一样的日

子，一辈子生个儿子才能被男人看得起。我喜欢学校喜欢你们，真想一生都在校园里度过。家里怎么回去呢？回去就是骂吵打闹。现在有了弟弟，我爸爸更有理由让我出去赚钱了……别人都说我是疯子。文疯子。不打不闹，但脑子有病。我也知道自己心病在哪。如果再给我一次机会，我一定会把书念成的……”

我们抱成一团，静静站着，上厕所的学生陆续走过，狐疑地盯着三个人。

下课铃声响了，学生们从各个教室里拥了出来，校园里顿时熙熙攘攘起来。初中部的一群小孩子冲过来，趴在高低单杠上，互相嬉闹；秋千上，几个女生互相推搡；更多的孩子三个一群两个一拨，说着笑着四处追跑。

班主任拉住你手，说：“不要紧。咱先回家去，不是还有长长一个假期吗？不要多想，先调整好心态，想读书开学了再说。这么大个世界这么多学校，还会没有我们念书的一张课桌？你放心，只要我们在这里，你想读书就来，老师学校随时欢迎你。”

她抬起满是泪水的脸，说：“老师，我知道你们对我好，我也知道自己考不上，即使考上还是没机会读。不过，我想通了，各人命不同，智力也有高低，但我会因为你们而努力活着的。无论以后去了哪里干啥工作过怎么样的日子，我都会想念你们的。我也会好好练字，你们总夸我钢笔字好看，这是我唯一的爱好了。”

“这才是好孩子呢，不管怎么样，都要好好活着，健健康康快快乐乐地活着。”我长长出了一口气。

上课铃又响了，孩子们一溜烟跑回了教室，校园里又静悄悄。电话响了，你父亲气急败坏：“找到了吗？这个惊公害婆的东西，得赶紧打发了才是。天天跟着操这心，烦都烦死了。”

“找到了，一会我们过去，你在门口等着。”

“老师，我……”她凄惨一笑。我们示意你不要说了，大家都明白。

你父亲来了，我们看着你坐上电动车后座，像只断了翅的小鸟，蜷缩在他身后，渐渐远去。

天空洒下万丈金光，大地铺上了金色光芒，万物静默不语。远处传来清真寺里梆子的声音……

低　保　记

子曰：参乎！吾道一以贯之。曾子曰：唯。子出。门人问曰：何谓也？曾子曰：夫子之道，忠恕而已矣。

——人教版高中语文必修四《论语·里仁篇》·孔子

1

喇叭声吱吱呀几声，把正在早自习的学生老师吓了一大跳。大家竖起耳朵，一齐盯着黑板左上方的黑匣子，像是盯着一个衰老咳嗽的病人。

一个标准的男中音清了清嗓，然后说："通知通知，请全体教师迅速到三楼会议室开会……"

我走出教室，查看究竟。今日大雪，但西海固的冬天不但无雪，还特别温润；微风送来缕缕清凉，很舒服，倒有初秋气息。阳光抛下一张金网，将万物包裹得严严实实。远山黛黑，静如处子；田野龟裂，仿如褐毯；高楼低屋，静静伫立。

楼道里站着几位同事，互相打问。现在开会？估计是大事，不然咋这么着急！停课开会，早自习开会，这样的事一般不会发生。当然"二般"除外。

人们满怀疑虑地往会议室集中。一进门，就觉得寒气逼人。早到的同事静悄悄坐在固定位置上，瞅着台上一排领导，领导的脸都像下了雪，刺骨寒冷。

"同志们，请安静！现在我传达教育部文件。"平日里慢吞吞的副校长语速极快，凌厉的声音透过话筒，小刀般飞过来。

教育部！大家顿时嗡嗡嗡起来，交头接耳打听到底发生了什么事。

对于偏远的西北小城城乡接合部的普通中学来说，这个词有点像珠穆朗玛峰，遥远而巍峨，只适合仰视。

“强调了无数遍了，遇上事不要盲目处理，不要大发慈悲心，不要好心办坏事，给自己给学校给行业惹麻烦。有些老师总是不听，总是无组织无纪律，没有自我保护保护学校保护行业的意识。现在可好，一个家长因为资助金，把学校告到教育部了。教育厅下发文件，专门就此事要求我们整改。市教育局、区教育局指示我们停课检查……”原来如此！大家恍然大悟，随即皱眉，又是资助金！

这些年，国家富裕了，惠民政策多了，教育投资力度更大了。各种助学政策，企业的各种资助项目齐聚学校。九年制义务教育期间营养早餐午餐除外，学生读书几乎都不要钱。加上政策倾斜偏远山区和民族地区，因此奖学金、各种资助金的发放便成为学校工作的重中之重。这项惠民政策的确深入人心，老百姓拍手称赞。学校、师生更是满心喜悦。作为五六千人的大校、三千多寄宿制生的混合校，不用说有项目资助机会很多。每学年每个年级每个班每个学生都有机会拿到。说实话，只要学习好、户籍在本地的学生，单是学校发的钱也花不完，尤其是那些贫困生，真是受益无穷。有这样强大的经济做后盾，班级管理也趋于正规化制度化，学业成绩考核分数就是硬性标准，基本上做到了学而优则助。可随着惠民政策全面铺开，高中部资助数量渐渐减少，虽说尖子班数量仍较多，但普班名额明显减少了。加上审核越来越严格，后来就变成有低保证、残疾证、特殊家庭特殊证明的学生才能全员享受资助政策。随之而来的矛盾也出现了：一个班就十几个名额，是不管成绩好坏，只要符合条件就能享受优惠政策，还是按照成绩和在校表现有所选拔？再后来，因为这些钱的发放，学校和家长、师生之间出现了不少矛盾，班主任更是怨气冲天。因为按照学习成绩，好学生没有证件居多；差学生证件齐全，但不好好学习，还不遵守纪律。好学生觉得不公平，因为努力了，却得不到应有的；差生呢，不但不知感恩反而觉得理所当然。当很多矛盾集中在钱上时，班主任工作就很被动，以至于一些班主任扬言不想要这笔钱，但被告到教育部的事，还是第一次。

校长接着语重心长地说：“现在国家政策着实太好了，好到很多家长学生不但不知感恩，反而以为理所当然。现实如此，也没办法。我说过

多少遍，凡是符合享受资助金条件的学生，不管成绩好坏平时表现如何，该给的全部要发放到个人。只要不惹事就好，钱的事太敏感……”

“那学校成了什么地方了？我们又不是养老院，也不是救助站，难道就眼看着一批成绩差品质差的学生，整天拿着国家的钱胡吃海喝还洋洋得意？难道资助金的目的就是培养些懒汉？”

人们齐刷刷转身看，高三年级组组长老张气得脸红脖子粗，站起来大声说。会场里一时愣住了，台上的领导们、底下的教师们，直愣愣地瞅着他。“我觉得学校就是教育人培养人的地方，不是纵容恶习的地方。自古以来学生交学费念书，天经地义，还必须遵守校规校纪，现在倒好，家长全成了无赖懒蛋，把国家便宜占光占尽还不得行。个别学生不学习不努力，拿着各种证件当等要靠的资本。这个学生抽烟喝酒打架赌博，半夜翻墙上网，可以说无恶不作，还动不动扬言整班主任告学校。他的资助金是我主张取消的，出了这么大的事我个人承担。”说完一转身出去了。

校长苦笑着，皱纹满是尴尬，说：“大形势这样，没办法啊！现在不是谁承担不承担的问题了。大家也知道很多家长懒到骨子里穷出经验了，一听见发钱，跑得比兔子都快。学生呢？当然看样子了。但这个学生品质是一回事，资助金到底该不该给又是另外一回事。我的建议，以后出现此类情况，先按条件发放。只要人家属于资助范围内，就无条件给。安全稳定是第一大事，总比告到教育部强吧？如今咱们教育很被动，属于弱势群体，尤其钱的事一定不敢乱来。大家要高度警惕，好在教师没拿一分一厘，否则饭碗保得住保不住都不知道呢。”

大家叹气愤慨，如今国家政策好是好，但也太好了。现在有些人，不种地不打工，低保养着大人，营养午餐养着娃娃，还不知足，好像把大人娃娃都要国家养活上才对。学得奸诈懒馋，躺着挣钱，还返回来祸害人。和一个家一样，败家子花了钱还得了势，把人学得没有个人样了。唉，主要是感恩教育跟不上。

有人举例说明，大多数老百姓还是好的，知道感恩的。×××班的 ×××家长，就明确表示不要资助金，说给孩子这么多钱，倒是养成了各种坏毛病。国家有多余的钱应该给其他更贫困人家。这就是思想意识和觉悟问题了。怎么样的家长就有怎么样的娃娃，就像怎么样的班主任就带出怎么样的学生一样。

会议在各种嚷嚷中散了，大家心头都压上了一块石头。出了会议室，校园和平日里没有什么两样，琅琅读书声透过光秃秃的树干，穿过爬山虎干枯的茎蔓，蹿到马路上，传进小区里，慢慢散开。印象中，家乡一到冬天就应狂风肆虐雪大路滑路断人稀，可现在却暖冬寒春，也没什么惊讶的。这世界，变味的东西太多，人们也习以为常了。

回到办公室，我们才知道，状告学校的那个学生就是三班的。班主任小兰坐在角落里，正委屈地直掉泪："这个×××，咋这么爱生事？他自己主动提出把资助金分给同桌一半的，我还几次三番问他能不能做主。他打保票说自己说了算的，谁料想家长居然告状告到教育部了，给学校闯了这么大的祸，怎么办啊？"

提起这个名字，人们火冒三丈，因为他实在太不像个学生了。

2

三年前，也是一个严冬的清晨，雪花飘飘洒洒，铺满了校园的每个角落。办公楼前，正在开晨会。照例学生代表演讲、教师代表演讲、值周领导总结。政教主任一手握话筒一手高举着个圆圆厚厚锅盔一样的大馍馍（烙饼），痛心地说："同学们，这是我今天早上在宿舍楼后面垃圾堆上发现的。洗得干干净净的布包里，这样的白面馍馍两三个，真正的麦面馍馍啊！一口都没动，就直接扔进垃圾堆了。我不知做这事的同学是怎么想的。可怜天下父母心啊，母亲不知道花费了多少精力和心思，发了面烙成饼。父亲冒着大雪，送到学校，送到你手中，一口都没有吃，就这样糟蹋了。咋忍心呢？这已经不是节约不节约的问题了，这是道德品质的问题。我倒要问问这位同学，你来读书，读的什么书，成的什么人？一个浪费粮食的人是可耻的，一个不珍惜劳动成果不感恩父母之恩的人更是可怕的。这件事我们一定要追查到底……"雪花静静地落在每个人身上，也落在那几个圆饼上。

政教主任说到做到，很快就查出了是高一（3）班的新生。他被班主任叫到办公室时，大家正准备关于感恩教育的演讲会，学校要求各年级组利用各种形式进行习惯教育养成教育。他站在墙角，脖子拧在一边，满不在乎地和老师辩解："就是我抛的，也没有什么大不了的。我说了不爱吃家里的饭菜，她硬要送的。"

年轻的班主任站在他身边，像姐姐谆谆教诲。“你先说这样做对不对？你家里还吃着低保，就敢这么糟蹋粮食？你这么做心里就不愧疚？”

“我觉得没啥，又没犯错误，没偷没抢也没违反纪律。”他振振有词。

“你这样不仅仅是纪律问题，是思想意识问题。你知道吗？就你抛在垃圾堆上的馍馍其他老师都掰开吃了，边吃边掉泪。那可是父母的一片心啊！我们那时候读书十几年，全靠这样的军用干粮养活。”数学老师冯老师站起来冲到他身边。

“你们那时是没条件嘛，我们现在有了条件啊，学校饭菜比家里好多了，说了不让她送还送。我不想吃就抛了。”上课铃声响了，他拧着脖子走了。年级主任在地上转圈圈：“这还得了，叫家长叫家长。”大家更是气得都不说话。

下午上课回来，果然见一个很时髦的男人坐在凳子上说话。我站在地上看他，偏锋头发，吹得高高，像个鸡冠。窄西装高腿裤，正大话流星地高谈阔论：“我这个娃娃，可是几代单传的。我家三个哥哥两个姐姐，都是女娃，就我生了个男娃，多少人惯大宠大的。也没指望他念书考大学，老师你们看着让长大就是，再说娃娃又没犯啥大错误。”

班主任脸色凝重地翻记录本，说：“家长也要配合教育呢。你的娃娃才进校已迟到了很多次，旷课了好几次，上课不听讲睡觉，下课不交作业，从来不打扫卫生，动不动就请假。每次打电话请假，我问原因都说你家里有事，也不知道他出去干啥了。这样下去，恐怕不行吧？”

他站起来，随手把烟灰弹进身边的花盆。“嗳，我都说了，一个男娃，宝贝疙瘩，让在学校混着长大就是了，你们这些老师事还多得很。”

年级主任老张匆匆走进来瞥一眼：“你就是×××家长？你家这孩子也太不像话了。咦？我咋觉得你这么年轻，不像他爸？”

那人慌慌张张地准备溜走：“咋不像？我就是他爸。我自家孩子我还不知道。”

老张大眼睛一瞪：“他是我亲戚家的娃娃，我咋没见过你？你站住，说清楚，哪里来的人冒充家长？不然我就报警了。”

他马上低头哈腰：“老师老师，别叫警察了，我说我说。”接着，絮絮叨叨解释。原来，他和×××是打麻将时认识的麻友。听班主任说要叫家长，他就用一百元临时买了个“爸爸”来应付。

3

人之初，性本善，似乎是千古真理。但有时候有些人的做法，会让你怀疑古人的说法也有偏颇。我们不知道他的顽劣是从哪里学来的，也想不通怎么会有这样的孩子。不到一学期，他的名字和“英雄事迹”源源不断在耳边擦过，打架了，抽烟了，赌博了，翻墙了，上网了，逃宿了，总之就没消停过。

月考完毕，团委通知第一批新生助学金到位，需学生提供资料和各种相关证件，大家顿时忙碌起来。老师忙着核对资料、给学生请假，学生忙着回家取证件、开各级各类证明。一时间，全年级乱糟糟。好在三天之内，各班迅速完成了资料收缴、人员统计、证件查验、上报名单、公示姓名的过程。

课间，他没喊报告，直接推门进来，冲到班主任面前：“公示单上咋没我名字？”

班主任也不客气：“你还来问？你说你进校这么点时间，做了多少违规违纪的事？”

“我可是符合政策呢。我家有低保证。我妈还是残疾人，有残疾证。我也有残疾证。”

人们都愣住了。“你不是好好的吗，哪里来的残疾证？”

他洋洋得意：“我家有关系嘛，这些证件都有。从小到大，我一直吃着低保领着残疾费，我爸说有证书就有资格，谁也不敢取消。”

“那也不行。”年级主任插话了。“啥事还没个规矩了？不好好学习还有理霸道地要钱，没门。”

他气乎乎地站了半天，揭开门帘，走了。

老张愤愤不平：“国家和爱心人士拿出这么多钱是用来支持帮助奖励优秀贫困生的，不是给那些不劳而获投机取巧的人的。给了他，其他老老实实的优秀生咋办？他们可是真正的好好学习呢。他这样的学生还拿资助金，对其他人公平吗？”

我担心地问：“这孩子有些拧，家长来找碴怎么办？”

“那正好，我正盼着家长来呢，叫了多少次，都各种推脱。你等着看吧，牵扯到钱的事，估计一下子就来了。听说他家非常有钱有人脉有资源，我倒要看看这个有各种关系的‘大咖’呢。”

下午刚上课，就有一对男女在门口站着。男的唐装短发，腕上挂着长串佛珠；女的长发飘逸，短裙高靴。我以为是同事的亲戚或朋友，就热情地让座倒水，然后拿起课本上课去了。下课回到办公室，傻了眼，里面已吵成一锅粥。

男人腆着肚子口沫四溅：“你也不打听打听我是谁？一个穷教师，还他妈的拽个啥？老子混社会时，你还在你娘肚子里转弯呢。”女人疯了一样，拽着小兰头发，三呼二喊。瘦弱的小兰，缩成一团，眼泪扑簌簌掉。同事们挤作一团撕扯着那女人。她忽然坐在地上开始大哭大喊：“打人了，四眼狗打人了。现在的教师不得了，国家给我家娃的钱不给，贪污了还打人。我要去教育局、教育厅告状，把你们泥饭碗一个个端掉。”

老张没作声，冷静地拿着手机拍照：“好啊，这样也好，你们闹闹也好。我们的饭碗本来也没几个钱，端了也无所谓。”

那人愣住了，站了半天，告诉你：“我就是专业上访户×××。老子这么多年，低保证、廉租房、残疾金，一个都没有少过。公安部、信访部、司法部也没有少逛，就教育部还没去过呢，可是你们给我路费机会的。我家娃娃从小学到现在，国家给的任何东西都没落下过，现在倒好，符合条件还没有我家的资助了。我要去找你们校长局长，看看这样的事情怎么处理。你起来，咱们走。”

两个人在众人愤恨的目光中骂骂咧咧走了。大家都站着，不知怎么去安慰小兰。

4

校长怎么劝说的我们不知道，我们知道的是，这人还真是上访专业户，这些年因为上访发了财。他一个女儿就是上访期间生在公安部门口的，叫“部生”，据说是公安部长亲自取的名。我们还接到通知，这孩子的资助金全部发放，而且在校期间的任何资助都有份。尝着甜头的他更加肆无忌惮，照旧每天上课睡觉不做作业，照旧不参加劳动，抽烟赌博追女生，还动不动就给科任老师找碴。谁也拿他没办法。科任教师管不能管，也不敢管；不管又觉得实在忍无可忍。老张一向疾恶如仇，现在却也保持沉默，逼急了，只说学校怕家长告状，影响不好，权当收了个

老爷，让坐着就是。他家长明确说娃娃到学校来是等着长大的，咱们着急干什么。但学生瞧不起他，也没人和他坐。他就一个人占着一大张课桌，像霸占着一个孤零零的碉堡。

日子继续，时光如流水，一个学期一个学年地流过。一眨眼，又一年过去了。学生们分了科换了班，他摇摇晃晃来到了三班，又成为永远趴在后排桌子上睡觉的那个，孤单寂寞的那个，继续享受各种资助金的那个。到了高三，资助金开始倾斜高一新生，班里名额逐渐减少到十个。除了固定享受政策的几个孩子以外，其他一律凭考试成绩核定。规定资助金不准学校、班主任、家长经手，直接打在学生的银行卡上。据说，每次一发放，他马上取钱请客胡吃海喝，校外的狐朋狗友一大堆。没人说也没人问，因为都习惯了。

高三时，班里转进来一个以前外地读书的女生，因政策必须回户籍所在地参加高考，成了插班生。又因没地方坐，只好和他成了同桌。这个一双大眼睛扑闪扑闪、像山泉流淌的回族女孩，成绩很好，积极阳光，热爱学习，热爱集体，动手能力极强，很快就用成绩和品质赢得了师生一致的尊重和信任。

听说她家境困难，但具体困难到什么地步，她从来不说。我们发现她一年四季除了一身校服，几乎没换过别的衣服。同宿舍学生说她很少吃菜，每天馒头开水就是一顿饭，偶尔买包方便面，也要把调料包分几次夹在馒头里吃。班主任几次想给她资助，她总是微笑着主动退回。科任老师们带来的吃食和衣服，她红着脸，推辞几次才默默收下，然后感激地说："老师，你们对我的好，我都记在心底呢。我一定好好学习好好做人，不辜负你们的期望。"

高三最后一次家长会，当她大大方方挽着一个瘦弱不堪、缺只胳膊的中年女人走进教室时，人们都惊呆了。按惯例，每个家长都会说一段话。轮到她时，女人羞涩地站起来连连鞠躬，说："我这次来，就是来感谢老师和学校的。那一年下雪，我和掌柜的到山里拉炭，蹦蹦车翻了，她爸当场就完了。剩下我，一条胳臂粉碎性骨折，也截了。我当年家里条件不好，只上了个一年级，现在托国家的福，我的女子不但也能念书，还念到了高中准备考大学呢。这么多年，学校不但不要钱还发钱，我们靠国家给的各种钱养活着自己，真觉得命大福大。国家真是替我们操尽了心，老百姓真心感激呢。现在我们日子能过得去，吃得饱穿得暖，娃娃有书念，考上大学听说还有好心人帮助，真是跌进福窝窝了。我给女子说你要好好念书，长大了当个教师，也教上一群娃娃，也算是回报国家和好人了。钱这个东西，多少是个够？有了还想有，多了还想多，但不是自己亲手挣来的，我们没脸要。就算是国家和别人给你的，你也得想拿上人家苦巴苦挣来的钱晚上睡不安稳。我也不会说啥，穷人有个穷过法，但靠着讨吃过日子，那就不如个要饭的……”

教室里静得连一根针掉在地上都能听得见。

又一次资助金下来了，又一轮的忙忙碌碌，又一轮的良心抉择，谁也没想到，他在班会上站起来主动说自己的那份不要了，给新同学。同学们用敬佩的眼光看着他，鼓起掌来。他低着头，脖子都红了，好像从那以后，懂事多了。除了依旧不学习外，不再捣乱，还积极参加班级的各种活动。大家看见打心眼里高兴。

5

没等到班主任调查，他就来到办公室，站在地上，泪花在眼眶里转。

“老师，没想到我爸会这么做。××同学本来就不要，班主任也不同意，是我硬要这么做，谁知事情变成这样。早知道他会这样，就不给他说了……”

“这么说，你父亲写信告状你不知道？”

“不知道。”他脖子青筋绷直：“你给我请假，我现在就回家问他去。”

“你母亲也不知道？”

他低下头，羞愧地说：“老师。那天来的不是我妈，是我爸的那个女人。”他的眼泪终于掉了下来，“我妈现在和我姐还在农村老家呢。我爸早都不要她了，离婚了，一人带一个孩子，我跟了他。高一时馍馍就是我妈烙了捎给我的，那时正二混子，觉得吃捎来的馍馍丢人，就抛了……呜呜呜……老师，我现在才知道我都干了些啥事啊？咋和我爸一样，成了人人瞧不起的人了呢。”

“我爸说他也是穷苦人家出身，还当过兵。年轻时在部队吃了很多苦，干了很多好事，还立了几次军功，但提干时被送礼多的人顶替了。

他回家后做过队长，也因为揭发支书贪污退耕还林款被撤职，后来他就成了专职告状的，从乡里到县上，再从市上到省上，后来就到了北京，只要哪里有重要会议就往哪里赶。每次被人接回来，不但会满足各种条件，还会有一大笔安抚费的。谁知道家里情况好了，他也不要我妈了，带着我住在楼房里，有钱花有好吃的好穿的。我一时糊涂，忘记了本……那天，当×××搀扶着她残疾的妈妈走进来时，我都羞愧得想跳楼。她妈妈一番话，彻底震撼了我。我发现自己白长了二十岁。张老师骂得对，我这样的人有胳膊有腿，不好好读书，凭什么资格享受国家的好政策，拿着别人的血汗钱？我连生我养我的母亲都能忘记，还大言不惭地要低保要资助金，算个什么东西？

“老师，这件事是由我挑起的，我自己处理。您给我请假，我回去和我爸说。”他站在那里，号啕大哭。

过了几天，果然学校不再追查结果，上面也没有什么处分文件下发，我们都以为事情过了，风平浪静了。但年终考核时，我们单位成了倒数第一，扣发第一个月工资。按照末位淘汰制，那就意味着这一年所有人的工作都是白干了。学校一下子像炸了锅，人们群情激昂，要个说法。同样工作，为什么辛辛苦苦兢兢业业一年下来成了这个结果，真是想不通。校长带回来的消息让我们傻了眼，告状都告到教育部了，理所当然是倒数第一。

有的老师当场大骂，发什么资助金，下一年我们班一个名额都不要。要来不但都给了不好好学习的人，还连累同事连累学校，这样的钱就是祸害，要它干啥。有的人准备去局里要说法。五六千人的学校，一年来没出现恶性事故，成绩也不比别校差，到最后拿这一项来一票否决，合理不合理？但嚷也是白嚷，更多人选择了沉默，尽管内心满是不平和愤恨。

消息很快蔓延到学校各个角落，他也知道了，转身背起书包，走出教室，再也没见回来。

6

紫丁香味道在六月的校园里弥漫，绿树红花，小草芬芳，校园美丽

极了。又是一年高考时。拍毕业照时，我让班长再三联系，他也没来。发准考证时，还不见他影子。我急了，一连几次电话。那边通着，就是没有人接。直到晚上八九点，他发来一个短信："老师，对不起！这么迟回您电话是有原因的。我现在在青海西藏交接处的一个偏远小学校。这里信号弱，网络时有时无，所以请您原谅。

"高中三年，说实话我什么知识都没学下，睡了三年混了三年，糟蹋了三年的青春时光。我的家庭我的父亲给我的教育是畸形的，我原先以为有本事的人就是不吃亏多占便宜，何况还是占政策的便宜。我老爸靠能力给我一定的便利，通过关系给我不劳而获的资本，这才是有本事。我觉得即使不上学不工作，靠着这些钱足可以过着优哉乐哉的日子，从没想过这样做对不对。

"但×××妈妈的一番话，彻底警醒了我，我几天几夜睡不着。我想，人世间绝大多数人都贫穷却不失尊严地活着，身处困难但自爱地走着。他们勤奋努力，以自己挣钱养活自己为荣，以伸手向别人讨要为耻。他们从不想去占别人便宜，即使是国家应该给的，始终有个根本，靠自己的双手养活家人。他们得到了别人的帮助知道感恩感激，想着报答和不辜负，知耻知恩，体面自尊地活着。

"因我的缘故给全校师生带来了那么大的麻烦，真是无颜面对。我回家和父亲大吵了一场，然后搬出了那个家，回到母亲身边。我不准备参加高考，也知道自己考不上。老师您常说读书的目的是为了知书达礼，向善求真，像我这样的人，即使考上学，拿着资助金上完大学又能怎么样？还不是个不知耻的寄生虫，没有感恩之心的乞讨者。当我决定跟着支教的表哥到藏区来时，我母亲说，去吧，受人滴水之恩当涌泉相报。这些年，我们享受了那么多，从来没有回报过谁。你就尽心替别人做点事吧。国家白白养了咱这么多年，咱也要想着为社会做点事。你大了，不要当讨吃，这是最没出息的人。你有一双手，我也有，咱们挣多少吃多少，堂堂正正做人，干干净净做人。

"老师，虽然我在这里没资格教书，但我可以帮表哥做饭，给娃娃们打杂，教牧民们上网，日子虽忙碌但充实了很多。我才体会到给予别人要比别人赐予幸福得多。我造成的损害也许一辈子都弥补不了，但请您相信，我再也不会拿着低保证残疾证去炫耀了。就在今天，我去采买东西，还看见几个穿戴精致的年轻人，每人手里拿着一张残疾证，不买

票大摇大摆走进景区时，真感到无奈和羞愧。我跑上前说，你们年纪轻轻，不要为了占便宜，连健康都不要了，丢了尊严和人格。他们笑嘻嘻转回来骂我，关你什么事？

“一个人可悲之处在于把别人的恩赐当作理所当然，毫不羞耻地扮演着讨吃的角色。这样的人，是越来越多还是越来越少了呢？

“老师，请您再次传递我的歉意。对于母校，我是有罪的。对于同学，我感到羞愧。但愿师弟师妹们，以我为鉴，不要再犯和我一样的错误。您告诉他们，如果能早些明白这样的道理，我应该是个好学生好儿子呢……”

跳 楼 记

我好像做了一场大梦。满园的创伤使我的心仿佛又给放在油锅里熬煎。

——人教版高中语文必修一《小狗包弟》· 巴金

巴老的文章，总是那么朴实无华却让人感动。第一节课，一女生正深情并茂地读课文——“有时我们在客厅里接待客人或者同老朋友聊天，它会进来作几个揖，讨糖果吃，引起客人发笑……”

“我出去一下。”全班抬起头，惊愕地看。他腾地站起来，弓腰塌背，长腿几甩，硬邦邦走出了教室。

“大家继续读。”我追出去。楼道拐角处，他蹲在地上，双手抱头，浑身颤抖，蜷缩一团，像只受伤的刺猬。

“怎么了？”他不说话，倔强地偏过头。春风刮过来，高大的柳树青色润泽，我低头看这涕泪泗流的俊朗少年。

“昨天布置的作文，我没写，不愿写。”

“老师理解。不过你大了，也是男子汉了，应该学会控制自己的情绪。正上课呢。”

“老师，我最近不知怎么了，总控制不住自己，莫名烦恼急躁，动不动想发火。有时晚上睡不好，越想越多，眼睁睁到天亮。有时觉得活在世上没任何意义，自己是多余的，一瞬间就想跳下楼去……我不会是抑郁症吧？”

“不是不是。”我忙安慰。说实话也很紧张。最近小城跳楼事件接连发生，单这半个月就有两起，都是学生压力大或作业没完成就去自杀。花季人生，以那么残忍的方式结束生命，不忍卒听，不寒而栗。

我有意开个玩笑缓解气氛：“只要是人，都会有情绪低谷期嘛，过了

就好了。你是不知道，我们女人一月就有一次低谷，所以千万不要和闹情绪的女人讲道理，那是比较愚蠢的做法。”

他脸上没任何表情，我只好收起笑容。

“老师，心里堵得慌，大道理都知道，可是做起来却很困难。昨晚我妈电话说，家里小狗多多跑丢了，到现在也没找到。一整夜，我觉得自己也丢了一样，魂不守舍，心烦意乱。那会听到××读小狗一段，直接崩溃……也许我和我的狗，一起消失了才好……”他说一会哭一会，过了好长时间，才站起来，“对不起，老师。刚才失控了，这下好多了。”

“好。那咱们先回去上课，好吗？其他同学都等着呢。擦干泪，振作点。无论遇上什么事，都得正确面对，对不对？”

我转身回去，他跟着进来，坐在座位上，一声不吭。处理完写作背景、作者简介、叙事线索、情感线索、思路层次、写作特色外，照例是讨论环节。“同学们，巴金先生在谈到自己文学见解时说过，人为什么需要文学？是需要它来扫除我们心灵的垃圾，需要它给我们带来希望带来勇气带来力量的。请大家就结尾这句话谈谈看法，‘这样的熬煎是不会有终结的，除非我给自己过去十年的苦难生活作了总结，还清了心灵上的欠债。这绝不是容易的事’。”投影仪上，白底红字，格外显眼。

学生们七嘴八舌，站起来纷纷说观点谈看法。他一如既往端坐不语，像块石头，眉头紧皱，但看得出也若有所思。

下午快放学，一个人探头探脑：“老师，能不能谈谈？”

“行啊，不过要付咨询费的噢。”

我边说边笑，看着对面的他。尽管满脸忧戚愁云惨淡，但还是个青春帅气颀长白皙的少年。

他沉默了半天，忽然站起来，紧跑几步关了门。站在门后，满脸通红，手舞足蹈：“真是憋屈死我了，有些话没法说没处说也没脸说。昨天写父亲的作文，不是不想写，实在是个伤疤啊，我不想揭开不愿提起。老师，帮帮我吧，真不知道怎么去面对现在面对未来了。”

我倒了杯水放在对面桌前，示意他坐下。

“那个人是我父亲，但我拒绝承认。我恨他憎恶他……”

我尽量保持客观冷静：“从现在起，你慢慢说，我慢慢听。想说什么都说出来吧。”

他坐下，又站起。在地上不断走动，顺手拿起一根粉笔，捏成几段。

我没阻止，只是坐着看。终于，他坐在椅子上，往后靠了靠，陷入了回忆中。

“小时候，我家在另外一个地方，比这里还偏僻。那里有沙漠有骆驼，有羊群有烧酒，吃肉都是手抓着一大块，还有奶茶喝。

“每次问起爸爸为啥不在家，妈妈都说他是个军人，是保卫人民的英雄，是为国家干大事的人。只要他回来，都会带很多好吃的好玩的，摆满一屋。我趴在他背上，抓他的胡须亲他的脸，幸福极了。最美好的记忆是我们一家三口去大连看大海。妈妈漂亮极了，穿着黄色裙子，像个大风筝飞过来飘过去。我穿粉白色衬衣，还打着小领结。我们去了五一广场，还去了海洋公园看海豚。

“后来，他转业，我们跟着回到这座城市，买了楼房，八十多平方米。我爱这个家，不管怎么样，终于有间属于自己的屋，别提多高兴了。妈妈把家布置得特别温馨，他照旧隔几天回来一次，总是匆匆忙忙。

“我从小就有个英雄梦，主人公就是他。我崇拜他是个堂堂正正的男子汉，一个坦坦荡荡的军人，一个顶天立地的汉子。他在家对妈妈柔情一片对我关爱有加，我以为自己是天下最幸福的孩子。有个最 MAN 的父亲。

“初一第一学期，和同学闹着玩，不小心碰破了人家鼻子，血流不止。我吓坏了，连忙道歉，他忽然恶狠狠地骂，你个私娃子，天生的贱人。我懵了，不知道啥意思。第二天到学校，发现其他同学都用怪异目光看我，指指点点。后来，还是最要好的朋友偷偷告诉我，他们传闲话说我爸爸，不，那个男人还有个家，还有个大老婆和两个孩子。也就是说，我妈妈是小三，我是个私生子。

“我不信，跑去问妈妈，她不解释，只是哭。我气愤极了，一种东西坍塌了。我恨他太自私，恨妈妈太懦弱，恨他们的孽缘把我带到这个世界上，却不给我一个正儿八经的名分。我羞愧以这样的身份存活在世上，快乐的童年似乎一夜间就结束，从此走上一条耻辱悲哀的窄路。

“我开始自闭，不说话不交流对一切毫无兴趣，还尝试过开煤气自杀。他不知所措，妈妈总是哭。他们带我去各大医院检查。只有一个老大夫说得对，心病。他说，这孩子心病重，太阴郁。

“一天，他带回来只小狗，我一下子就抱在怀里。我看见他们眼里露出一丝光，但还是不说话。我在心里给它取名，多多。它和我一样，也是个多余的东西吧？

“他更忙碌了，很长时间回一次家，但来去匆匆。我在沉默中长大，却发现一个可怕的事实，我越来越像他。个头、身材、头发、脸形，连左手有六个指头都是。他痉挛地伸出左手，老师，你看我左手现在是五个指头吧，其实以前还有个小指头的。初二时我自己砍掉的。血流了一地啊，我疼晕过去……后来慢慢长好了。

“生物老师讲遗传，我才明白这是无法改变的事实。无论怎么样，他都是我的父亲我也是他儿子。没办法，遗传基因。我只好用伤害自己的方式惩罚他们。

“可悲的是，我越憎恨他，但心底深处越依恋他。每次他回家，妈妈都高兴得满脸开花，做这做那，我气她的贱兮兮也气自己没出息。我喜欢看他抽烟时眉头紧锁沉思的样子，看他提米面袋子像提着玩具时的样子，还喜欢他表面上一言不发背地里叮嘱妈妈多给我买东西的样子。

“再后来，我知道那边家就在另条街上，不远。我见过他的老婆，一个比我妈老多了丑多了的女人。还见过他的儿女，都长得像他。他和他们一起上街，提着东西走亲戚，开着车去买菜，有说有笑，光明磊落，而我躲在暗处，像只老鼠，趴在洞口悄悄窥探。

“每当这时，我就很疯狂。为年轻漂亮的母亲不值，为自己感到悲哀，凭什么我们要过这样的生活？一段时间，我天天早上一睁眼睛，就期盼老天发场洪水来场地震，或者火山爆发地壳陷裂，一下子毁灭世界算了。但日子还在继续。初三我学会了上网喝酒逃课打架斗殴满街摇晃，他开始还和妈妈满城找我，后来也习惯了，不闻不问，好像我是一株野草，自生自灭的那种。只是他回家次数越来越少，妈妈哭泣的声音越来越大。

“中考理所当然失败了，他花了钱送我来到这里。妈妈的白发开始一根根出现了，他的头发更是花白。我忽然觉得我们都很可怜。同学们都很努力，我觉得再也不能这样浑浑噩噩混日子了，我要努力学习，考国防生圆当兵梦，然后走得远远的，再也不见他们。

“我开始狂热地搜集关于这个职业的一切，包括军服肩章武器。偷偷开始练体能，用消耗精力的方法宣泄内心的不满和忧伤。高二分科时，他听妈妈说我的志向，暴怒不已。他第一次动手打我，我毫不犹豫迎上去，我被打倒在地，血流了一大摊。他咆哮说自己当了多半辈子兵，再也不愿儿子到部队去。他也第一次哭，不愿意我去受苦受罪。我也说了最恶毒的话，妈妈气晕了过去。我们停手了，但他再也没回过这边家来。

“他在那边家里似乎很惬意，带着那个老女人去医院，为即将结婚的儿子准备结婚用品，和年轻漂亮的女儿逛商场，享受着天伦之乐。

“我不甘心，想破坏想报复，想了很多，决定找那个老女人当替罪羊。那是个夏天的傍晚，我清晰地记得凉爽极了，白天避暑不敢出门的人都出来了，忙着走路锻炼喝啤酒吃烧烤。我盯在那个小区门口守株待人，暗暗祈求老天让她待在家里，不要出来不要遇见我。

“但她偏偏就出来了，一个人，手里拉着条傻兮兮的板凳狗。我跟着她从一条街到另一条街。她老了，看起来身体不好，慢腾腾四处张望，走走停停。狗也是，贼兮兮跟在身后。

“我知道她每天散步的路线，也知道哪条街上哪个地段路灯坏了。她和往常一样，到了灯黑处，解开小狗绳子等它撒尿。我蹿出去，一只胳膊蒙住她眼睛，一只手拽住她头发，使劲甩。她小鸡一样倒在地上发抖，不叫也不喊。那一刻我想拔腿跑开去，但心中有个恶魔鼓励我，弄死她。她死了他就回来了，成为妈妈一个人的丈夫我一个人的父亲。我继续拽她拖她，板凳狗呜呜冲上来。我转身抓住它，拿起一块砖头，当着她面，使劲砸……狗被砸倒在地，鲜血四溅，终于成了一团血块……我边跑边摘掉头上的帽子墨镜……

“她昏了过去。听说由于惊吓过度卧床不起，进了医院，不久就去世了。听见她死了的消息，我应该高兴的，但我却没一点报复的快感。

“他终于回到这个家了，但变成了另一个人，沉默寡言，冷漠暴躁，石头一样硬冷。我也一样。妈妈一点也不高兴，她望着我们，就像望着两块同样的青顽石。

“这件事压在心底一年多了，每天都像锥子，时时刻刻刺着我脆弱的神经，折磨着我恐惧的灵魂。我常常想，像我这样罪孽深重的坏蛋、无耻的罪犯，就该去监狱就该消失。昨晚我妈电话说多多丢了，我想是不是老天暗示让我和它一起消失。半夜，我在宿舍楼顶徘徊了好半天，最终还是爬了下来。

“老师，以前只是恨，现在不知怎么回事，我开始可怜他们了。我不止一次地想，他老了病了还有儿女，我可怜的妈妈怎么办？失去的年华能不能补偿回来？失去的快乐幸福能不能找到？再也回不到从前……”

我目瞪口呆，一时不知这是小说情节还是现实梦境。屋里静极了，

听得见楼下乒乓球台边小同学挥拍戏耍，边叫边笑。

“你现在怎么想？”

“我也不知道。今天这篇课文对我触动太大了。特别是您最后提出的问题，我觉得咱班只有我才能真正理解那句话的含义——把心放在油锅里煎的滋味太难受了。那一瞬，我也忽然觉得动不动就想死的行为是不可取的，那是懦夫自私鬼的行为，也是逃避躲藏的方式，不是一个男子汉该做的事。”

“是呀。巴金先生九十多岁高龄，不但有严于解剖自己、敢于说真话的勇气，还有承认错误反思忏悔的度量。还记得《纪念刘和珍君》那篇课文的作者吗？”

他点点头：“鲁迅先生。我记得。”

“他也说过，‘我的确时时解剖别人，然而更多的是无情面地解剖我自己’。”

“但是老师，要还清心灵上的债务，该怎么办？”

“我想，真正的忏悔就是弃恶行善。明天老师送你本书，你看看，就知道怎么办了。那是当年我老师送我的，用他的话来说，做人不读都挺后悔的。”

第二天早自习，我把奥古斯丁的《忏悔录》放在他桌上。他正背课文，看了我一眼，眉头跳动了一下。我才记起，很多老师同学反映过，几乎没见过这孩子笑。他已不会笑很久了吧？

星期三上完课，他走上来，老师，我要交作文。我拿过来看了看题目，《一个年轻人的忏悔》。在开头，他引用了一段话：“良知啊，没有一人能丧失你，除非他离弃你，而离弃了你能走往哪里，逃往哪里去呢？不过是离弃了慈祥的你，走向愤怒的你。”

高大细长的身影慢慢走向座位，但柔软温和了很多。我开始布置作业：“同学们，今天咱小练笔话题为《读〈小狗包弟〉有感》，请大家自行组合，在网上搜索或去图书馆借阅《随想录》，然后写下真实的想法。”

学生们照旧开始愁眉苦脸讨价还价：“又要写啊。老师，能不能不写？”他抬起头来，重重地点了点头。

我盯着《小狗包弟》，心想自己也要好好读，读出那些文字里的精髓来。

我们，都应该好好读上一遍又一遍。

监　考　记

你需要知道的任何东西都在上边那些条条里。全规矩、爱和起码的卫生。生态学、政治学、平等观念以及健康的人生状态。

——人教版高中语文必修四《信条》·富尔格姆

我推上去按钮，红灯闪烁，环视一周后，大声说："学校要求必须搜查，请大家配合一下。"

学生从凳子立起来时，明显磨蹭了许多，但没人提出异议。也许他们只是为考试发愁，无论什么情况，考试都是令人不快不安的。

我满怀歉意，看孩子们自动把手高高举起，用投降姿势，像犯人一般。忽然觉得实在无法把手里叫金属探测仪的东西伸出去，只好故作镇静，笑笑，请大家把身子挺起来，别一副"投降"相。没办法，也是万不得已才采取的措施……

他们大笑起来，略带讽刺和自嘲。一女生明亮的眸子眨眨，善解人意地，安慰讲台上忐忑无奈不知所措之人："没啥，老师，我们中考时已见过这东西了，你放心搜。"

"谢谢大家，理解万岁！"我的笑容一定很夸张吧，因为要极力掩饰某些东西。

从讲台左边走下去，站在第一排的是位女生。小个子，短头发，大眼睛，圆边眼镜，双手高高扬起，手里物件大声叫起来，声音凌厉怪异，像法官宣读判词般毫不留情。绿灯不断闪烁，我吓了一大跳，忙抬头看，她笑着说："拉链，老师，你别怕。这东西只要见金属就响，拉链是铁的。"

我觉得很难过。初冬七点钟，天色尚未大亮，静谧美好的校园，灯火通明的教室，一个成天讲理想尊严自由民主的老师，拿着机场火车站搜查坏人的玩意，在薄薄一张试卷前，充当着另一种角色；一个站了几

十年讲台、天天讲仁义礼智信、讲诗意美好的老师，正对这些平时视如子女现在貌似犯罪嫌疑人的孩子们，搜身！

探测仪小心翼翼伸过去。她神情坦然，看着它上上下下扫描过自己年轻稚嫩含苞欲放的身体。一条深深鸿沟慢慢裂开，所有人不说话，齐齐盯着我。一瞬间，教室里很微妙，很生分，很尴尬。沉默是种态度，也可理解为无声抗议。大家表面上无所谓，其实都很有所谓。

望着那些毫不躲闪的目光，最深的地方被击得破碎不堪。什么时候起，我们变得从不相信别人，甚至也不相信自己了呢？师生之间，也无例外成了互不信任的衍生物，变成别人眼中的“犯罪嫌疑人”，彼此的“假想敌”。

第二位是男生，瘦高冷漠。他父亲花了三万八“买”下了这间教室角落里的一个座位，因此被同学戏谑为“钱柜”，据说是个 KTV 名字，很霸气，而且全国连锁。他不看任何人，头高高昂起，两只胳膊伸开，两腿叉开，像只章鱼。我盯着手里的 MD-300 金属仪犹豫着伸了过去，他嘴角微斜，闭了眼睛，冷笑一声。

在“小练笔”(小作文，和日记属孪生姐妹，但可让老师看)里，他说：作为包工头的儿子，见过、经过的远远超过很多成年了还显得很单纯的人，比如您。老师，我爸说，有钱有权就有一切，伪装再深的人在钱权面前都一样。一度他很热爱文字，职业理想是做个自由撰稿人，边旅行边写字，因此我们之间交流较多。我一直试图用自认为正确的价值观感化、引导他。此刻，我觉得自己就是小偷，窃取了一个叫作彼此尊重的东西，然后远远抛掉。

盯着这把尊严变成小丑的东西，我甩出去，它又大声喊起来，像个顽劣的坏小子，龇牙咧嘴地笑。裤带扣，男生睥睨。我尴尬地收了手，讪讪走向后面。他回头踢了凳子一脚，重重坐下。

我边走边给自己找借口，这并非老师意愿，是制度，是学校万般无奈才出的下策。怨得了谁呢？全社会都拿分数来衡量优劣成败，人人都爱分数呀！老师爱家长爱，学生当然也爱了。而且分数牵扯到学生名次、班级量化、教师考核、学校名誉、家庭期盼，何况后面还会有那么多的利益分配。比如助学金、奖学金、各种资助、各种奖励、各种平台、各种机会、各种被人瞩目的时刻。这些只要有高分就够了，历来如此，概莫能外。在学校成功的标准，除了分数就是分数，它是优秀的代名词，是优异的筛选器，品质良知道德渐渐退居其次。

问题起源于考试抄袭。这种越演越烈的风气蔓延开来，不公平公正成为洪流。对于一些学生来说，何必要寒窗深夜苦读呢？智能手机能搞定一切。打开百度，一切清清楚楚，明目易见。唯一障碍是无限密码，那也没什么了不起。虽然学校把局域网密码一改再改，但也不能阻止学生迅速破译的能力。各个办公室的无线密码，由统一的六个数字经过无数次修改，复杂到必须写到纸条上，但还是被学生很快破解，倒是教师们动不动就忘记，只能由专业技术老师发短信一一告知。

听说有种叫作万能钥匙的软件，只要下载安装，一切无线网络都无密码，均如在自家院里取东西般方便。那么，任你出任何偏难怪题，即使如唐僧西天取经路上的无字书，即使答案如矿藏深埋，手机也会在几秒钟内掘地三尺找出来，笑嘻嘻捧到面前。当然会有更多学生不择手段，要得到高分了。只要有考试，就一定有作弊现象存在。如果作弊成风，分数就是泡沫，吹得再大，也是一风吹过，烟消云散。学校买不起大型屏蔽器，只能从其他学校借来安检仪。即使不合理不合常规甚至不合法，但也无可奈何。这东西这方式随着越来越多越来越严格的考试制度，顺理成章堂而皇之从机场火车站汽车站，走进校园，走进教室，成为与学生斗智斗勇最简单易行的工具。换句话说，它至少是公平公正的基本底线，也是师生们该感激之物。比如现在，以这样的方式，简洁省事，把隐患消灭于萌芽之中，从根源上防微杜渐、杜绝作弊，何乐而不为？

第三个学生很配合，岔开胳膊，挺身向前，微笑着示意我快点。他是个好学生，是那种听话懂事又能吃苦的孩子，我知道他希冀快快检查完，然后发卷子做题。面对试卷，他摩拳擦掌踌躇满志，作为全年级前五名，分数给予他的喜悦自信快感利益，显而易见。他在谈理想时说："上军校，考国防生是我唯一的理想，但老师别以为我在喊大口号，要为国家为人民怎么样，我只是听说军校包吃包住包分配。家里穷，上不起好大学，再说身边上完大学乱逛的人一大堆。只要出来有个好工作，赚钱多，我就拼了命也要考上。"检测仪经过时低眉顺眼一声不吭，他为此很得意，不停催促，您快点吧，我从不作弊。

我脚步快了起来，很快就完成了第一组搜查。虽然手里的东西不间断地叫，但都是雷声大雨点小，有时是拉链，有时是钥匙，也有裤带扣。它是个忠实的士兵，尽心尽责，恪守职责，公正无私，本本分分做好自

己职责范围内的事。学生们也很配合，他们中的绝大多数，面对不公平不合理时，和我一样，沉默如羔羊。

我走向另一组，越查越快，越查越觉得只是个形式。学校三令五申，老师课上课下教诲要端正学习态度，让我坚信自己的弟子不好意思携带手机作弊。现在被证实确实没有，我甚至有些窃喜，尽管搜查的行为下作了些。此刻，没有比从学生身上查不出任何“作案工具”，更令人欣喜和自豪的事了吧。

我示意前排查过的同学发卷子。毕竟是期中考试，学生家长老师都格外重视。考场上，时间就是分数。尽量多给他们一点时间吧，多做一个题，就有多拿几分的可能。

在第三组，遇到了意料之中的麻烦。我站在面前时，他抱起双臂，郑重其事地说，“老师，我以人格担保，没拿任何作弊工具，包括手机，但不想被您手中的东西扫描，这让我觉得像犯人一样屈辱。”他极聪明，选择了一个较为圆润的词，扫描比搜查在程度上有一定减弱。

我在迟疑，后排有人笑：“老师，别理他，‘夫子’又犯病了。”他没有理睬，只看着我。我眼神闪烁，不敢瞅他。不久前，在学校组织的“鲁迅先生散文朗诵会”上，他选读的作品是《这样的一个战士》。

当他站在台上，双手举起，头颅高昂，大声地喊出“有这样的一些战士……我也想做这样的战士”时，全场一片静默。人们均被震撼，静静聆听一个高中生用声音诠释出的骨头和灵魂。

我嗫嚅：“这是学校制度，也是监考老师职责，你可以保留意见。如果是你，你觉得此时应该怎么做？”

他一点也没迟疑：“我觉得您可以选择放弃。如果连您都不相信我们，那也太失望了。您觉得这样做合理合法吗？就这么心安理得地搜查自己的学生？不是您讲过，有尊严地活着是我们努力的方向。我觉得，活在这个世界上，可以没有地位没有金钱，可以失去欢笑失去美貌，但最不能失去的，就是尊严。”

“老师，别和他说，犟牛又开始讲大道理了，别耽误大家时间。学了几天哲学，还真把自己当个哲学家了。你查你的。”学生们纷纷嚷。

“好。我相信你，不仅仅因你反诘，更因你在意识到这行为错误时的据理力争，但我还是要完成自己的工作。作为老师，我的脸一定更红了吧，声音也更低了。”眼前闪现出汉娜阿伦特的影子。那棱角分明的脸庞，手指上点燃的香烟，书桌前坚定的眼神以及深夜里的泪水，这个女人关于思考、勇气、执着、理性以及关于平庸罪恶的论述……

“您完全可以不这样做。”他似乎犹豫了一下。

“那不行，我是我，你是你，各尽职责而已。”他噘嘴坐下，顺手接过同学传过来的卷子，神情有点挫败，如毛发倒竖的斗鸡找不到对手而沮丧，但我心里很高兴，为一个能坚持且敢于发问的孩子而高兴。

纠纷解除，神情轻松，我走向最后一个学生，像收工后清点人数的老狱警，平安无事便为最好。我甚至已经在谋划，监考完一定要问问同事们感受。刚才楼道里遇见他们，人人手握圆环，手抱试卷，伸过探测仪戏谑，手机手机拿出来。每个人都会下意识一躲，然后大笑。不知楼上楼下的监考人什么感受呢？他们手里的东西起作用了吗？但愿和我的一样，毫无作用。人生有时颇戏剧化，不经意间，我们都变成了自己曾经最不屑的模样。

我把冰冷冷的东西伸过去，似乎在亵渎天物。这是我最器重偏爱的弟子，光滑的脸圆如苹果，眉如春山，学习好品质好，平时话少羞怯，从不多言。我深信她没有任何问题，只想虚晃一下就交差。

仪器却拼命叫起来，发卷子整卷子吵吵嚷嚷的人都呆住了。众目睽睽之下，我机械地上下划，手中圆环昂起了脖子，歇斯底里撒泼打滚叫得更厉。那女生惊慌地起来：“我……我……老师，我拿……”

我低下头，声音颤抖：“你……你自己拿出来。”她慢慢低了头，蹲下去，慢慢挽起校服裤子，一个白色手机从高帮鞋旁露出来，又被握在娇小的手里慢慢托起，犹如定时炸弹。

所有人站着看，她眼泪唰唰流了出来，我手中的东西继续大声叫嚷，邀功请赏肆无忌惮，似乎在说，看看你的好弟子。

我接过手机，关了探测仪，背上爬满了眼睛，转身走上讲台，大声说：“时间到了，请大家做卷子。”然后，找个凳子坐下来，浑身冰凉……

寒衣节

我希望逢着 / 一个丁香一样的 / 结着愁怨的姑娘。她是有 / 丁香一样的颜色，丁香一样的……哀怨又彷徨。

——人教版高中语文必修一《雨巷》· 戴望舒

1

今天是寒衣节，一大早，天气就满脸忧戚。家乡的冬天一向来得较早，远远看，山都已戴着白雪缝制的尖帽了。

我奶奶说，鬼不走干路。果不其然，不一会儿，雨雪霏霏。

校门口，师生们熙熙攘攘，沟渠管道沥青、自行车机动车叉车压路车、土堆泥沙雪水挤作一团，像翻了个底朝天的蚁巢。这座城似乎年年都在挖路掏洞，动不动被掘地三尺，像电影《变形金刚》里的场景。春天挖秋天埋假期挖开学埋。这不，埋得满街尘土飞扬，来往车辆喇叭轰鸣，人爬高就低却无处走路。

早自习，学生们情绪很低，埋头背诵《再别康桥》。隔着窗玻璃，

对面一排丁香树，在寒风中瑟瑟发抖，光秃秃的枝干，几片叶子在寂寥地摇晃。

“怎么样？背会了吗？”

“今天没心背课文。”大多数同学趴在课桌上，心不在焉地回答。

“心呢，哪去了？”我故意逗趣。

“老师，一读这篇课文，就想起杨弯弯来。”班长站起来，婆娑泪眼。其他孩子抬起头，白炽灯下，眼神分外明亮。

遽然心惊。是的，那长头发长身条长脸庞的女生，在那边干什么呢？

今天是阴间节日，那里会和人世一样，算计吵闹，纷扰不断吗？一定不会吧！那个世界定是安详安静毫无纷争的，像《桃花源记》里描述的那样，屋舍俨然，鸡犬相闻，黄发垂髫，怡然自乐。

记忆是个奇怪的筛子，尽管你拼命选择忘记所有不快，但它还是会隔段时间跳出大小片段来。我常常会梦见一个影子，和现实中那影子相互交叠，可一点也不害怕。影子瘦弱细高，四处游走，马尾上扎着粉色白点发环，背着黑色书包，抱着厚厚一叠书，慢慢走过。一见人，便矮了身子，背身站着，灰色雾气笼罩在她身上，轻飘飘。

夜里总是有风吹过，哗啦啦，冷风打在窗棂上。她又来了！我翻过身，想狠狠说，我们没你这样的学生。还想问一句话，为什么会那样？但最终没有问。从某种意义上说，从心底已不承认她是我们的学生了。我，所有的同事，这所学校所有的人，或许都已忘记她了，或许都记得。

她似乎在哭，声音尖细，也不高，准确说叫啜泣："老师，老师，对不起……"

忽然惊醒，浑身在水里泡过一样。我甩甩头，试图平静对待梦境里的她，没有责备，也无所谓原谅。

陶渊明说过，"死去何所道，托体同山阿"。人死如灯灭，死了死了，就让一抔黄土埋了所有不快吧。我不断告诫自己，事情已经过去了，过去了。

某天早上，和许芳芳说起。她眼泪喷泉涌出，哽咽着："我强迫自己一点也不想她，不愿提起那些事，但只要到教室，只要看见那张课桌，看见那些书本，心里疼……是她家人的错。钱也赔了，人也打了，拿着那些钱，也不知他们会怎么花？花女儿的命钱，心里也不好受的吧。"

我们站在楼道里，秋阳正好，槐花遍地，学生在操场上互相追逐，校园里到处是人。我们追忆的人叫杨弯弯。

她是我班的一个学生，不久前死在宿舍床上的女学生。

2

那是一个阳光明媚的清晨，一个毫无预兆的日子。

一夜好睡，神清气爽，打开衣橱，挑了白衬衣黑摆裙，绾起头发，插上镶有黑钻的发夹，我在镜前照来照去，顺手拔掉额前几根白发。

电话火急火燎地叫，顺手接起，有人急问："昨晚你的自习吗？"

"对呀。我的晚自习。怎么了？"电话那边是班主任许芳芳，我一点也不惊异，她英语我语文，通常又是和学生有关的话题。

"杨弯弯，弯弯死了！死在宿舍床上了。"嗡嗡嗡，那边声音忽然高了起来，夹杂哭泣声。

我一点也没反应，继续看着镜里人，顺手把梳子别在头发上。脑子转一转，天啊！梳子从手中掉下来，摔成几截。谭木匠的梳子，朋友从江西带回来的，此时，在地上香消玉殒。

"昨晚你没说她什么吧？没有批评她吧？哪个学生没惹她吧？你快来吧，校长问情况。"那边哭得上气不接下气，一连串诘问。

摁了电话，拿起钥匙包，转身就跑。走到楼下，直觉少了什么，脚上凉飕飕，低头一看，光脚穿着拖鞋。

返身上楼，手不听使唤，浑身筛糠，钥匙怎么也插不进锁孔。有些眩晕，知道自己有猝然晕过去的毛病，忙靠在门边给自己打气，镇静镇静，必须镇静。

楼上走下来邻居小王，准备晨练，黑运动衣裹着胖胖的身躯，像只乖巧的熊猫，一对红扇子，红如火焰。"你怎么了？"这女人从来笑盈盈，仿佛这世上就没有让她愁闷的事。

"不太舒服，门怎么开不了。"

"钥匙？"她是个热心人，忙接过去，手腕一转，右手一别，门开了。"那你请假不去学校了吧，脸色很不好。"

我赶紧说："不行！我有急事。"

再次下楼，小区广场上挤满了人。跳广场舞的大妈们个个精神抖擞，动作整齐地伸胳膊抬腿。"当初是你要分开，分开就分开……"，跟着节拍，她们很满足幸福地扭动着。

坐进车里，木木地点火打车，车和人一样，浑身直抖。趴在方向盘上，想了想，决定下车。一路小跑，在门口遇见出租，说了单位名字，我希望疾驰如风。

天气真好，阳光和煦温暖。道旁树不高，但整齐划一，着五彩霓裳，深绿黄绿紫绿墨绿，斑斓绚烂，似乎能听见树们互相打趣说笑，闻见青草香味四散开来。生命如此美妙，可……

杨弯弯啊！我闭上眼睛，眼前出现一个画面：多功能大厅台上，

一个柔婉姑娘，撑着油纸伞，手握书卷，慢慢吟出，“我希望逢着一个姑娘，她是有丁香一样的颜色，丁香一样的……哀怨又凄凉”。那一刻，舞台下几千人恍如梦中，穿越时光，被声音拉回到江南小镇细雨霏霏的秋天。

弯弯是个美丽少女。皮肤很白，没一丝杂色的白，额头上血管颜色都能看得清的白。在本地太多黑红脸庞中，她格外显眼。细高柔弱，嘴唇很红，是白皙衬托下的嫩红。这孩子是可把一切曼妙词语堆起来赞美的，全年级都知道的品学兼优学生。

据说高一年级楼道里，一下课人声鼎沸乱作一团，她抱作业走过，学生们自动分立两旁，噤声看那身影袅娜走过。

下课回来，见许芳芳正批评一个头红脖子粗的男生。原来他又给杨弯弯写了情书。不知老师说了什么，男生头昂起来说：“我就是喜欢她，没办法。她不接受就是了，凭啥把我的信交给您。没素质。”然后气鼓鼓走了。

大家们都笑，芳芳班里可热闹了。徐芳芳也笑，坐下来改作业。弯弯真是个女神，连我都那么喜欢她，更何况青春期的男生们呢？

数学老师也感慨：“我要有杨弯弯的美貌就够了，用不着拼死拼活上完本科上研，也用不着困在这里教书受累前途漫漫。美貌对女人来说太重要了，人漂亮，干啥都会有人格外关注，好处多多呢。”

老马笑着说，知足吧，你们够优秀的了。生物老冯也说，女人有中等姿色就行了，太漂亮了也不一定是好事。

大家一齐逗芳芳：“美貌和才智相当的女人很少，你那么漂亮，也是东北师大的研究生，为啥跑来当教师？”

她大声笑说：“喜欢啊！初中时，英语老师对我特别好。我就想，长大后一定也做个像她一样的老师，教一群群品学兼优的学生，多幸福呢。”

我们都笑，说：“以后你就知道这职业有多幸福了。”

老马神情肃然：“如今教师可不是好当的，都成弱势群体了。外界动不动骂声一片，似乎骂老师骂学校是时尚。只要学生老师间出现一点点问题，就会一边倒，口诛笔伐，怨声载道。不但要求追究责任，还会上升个一二三，唾沫星子能淹死人。”

“就是就是，你看现在网络上把教师都炒作成啥样子了。似乎所有

社会问题所有罪过，都是老师造成的。小学校长、男教师、女教师变成了色魔和变态狂的代名词。一些媒体只要噱头，说话写文章一点也不负责任，抓住一点事情就放大无数倍，好像全是些人渣在教育孩子。”人们七嘴八舌。“教师真是越来越不好当了，轻不得重不得，管不得不管也不行。家长平日里忙忙碌碌不以身作则，一出事就埋怨学校老师。学生都是独生子女，王爷侯爷一样养着，抗挫折能力差，习惯差素养差，动不动说有未成年法律保护，咱们不能说不能管也不敢管。”我们静静听，深表赞同。

“尤其一些偶发事件，所有责任都会推到班主任身上，严重了还要负刑事责任，教师成个高危职业了。初中部的例子大家记得吧？”老马老了，兀自唠叨，但说的句句是实话。去年初中部一老师不小心批评了学生几句，那学生回家被他妈又数说一顿后离家出走，结果家长到学校要人，硬说是老师的错，撕破了女班主任衣服，睡在校长办公室里闹腾了很多天，差点整死了。这事校长大会小会一再说，大家怎会不记得呢？还好那孩子有良心，听说家长整学校整老师，打电话说与学校老师无关后家长才悻悻作罢。“这些年，咱都被整怕了，所以大家一定要学会自我保护。你们还年轻，记着轻易不要说，切不敢动手打学生。用慈爱去感化，凭良心做事就行。”老马继续谆谆教诲。

组长进来问：“×××咋了？怎么气呼呼的？”

芳芳笑着说：“又给杨弯弯写情书，人家不愿意，把信交给我，我问了一句，他还有理得不行。”

大个子组长也笑着说：“这孩子相貌好品质好，人家父母有福气，也不知是怎么生的。”

许芳芳有点担忧地说：“她父亲早过世了，是单亲家庭。报名时她妈妈说不能跑操不能做剧烈运动，但又不说到底什么原因。”

组长忙告诫：“那可得问问。做班主任，学生身体状况一定要摸清楚。你电话问问到底怎么回事，不会是心脏病吧？”

我们都说，不像不像，就是身体单薄些。她个子高，长个林黛玉样子吧。

说说笑笑，大家越发把她当作花朵，不，当楠木来爱护。芳芳呢，每天认真备课上课批改作业，和学生淘气。我们知道，她是真热爱这个职业，而且一向护犊子，谁夸她班学生，都高兴得合不拢嘴。

3

女生宿舍楼二楼，电灯明晃晃，空气里流淌着诡异肃穆。很多人站在二零三门前，熟悉不熟悉的面孔个个紧张严肃。

几个警察围着白发苍苍的老校长，低声说什么。穿白大褂的医护人员进进出出，白帽子白衣服触目惊心。老师来了不少，有人低头沉思，有人不断打电话，有人窃窃私语。一排排学生从宿舍里慌乱跑出来，抱着书本，在楼管老师和班主任组织下，从另一边楼道鱼贯下楼。

许芳芳和几位学生抱成一团，缩在一角，浑身颤抖，脸色苍白，哭得脸上变了形。

我走过去，一女生看见，马上跑过来，号啕大哭："早上起来我们都洗刷完了，她还不动……张欢欢跑过去拉，发现她已经手脚冰凉。我们赶紧叫楼管老师，老师来了，说早都没气了……呜呜呜，老师，怎么办啊……"

徐芳芳也放声哭："我拉起她的手，冰凉透骨。"这小小的班主任，才毕业一年多，自己还是个孩子呢。

"呜呜，她没说过自己有病，家长也不说实话……我打电话问了几次，她妈妈都说好着呢，只说身子弱，不让跑操、做剧烈运动就是。我以为是女生惯例……"

年级组长快步走过来，劈头就问："昨晚你自习？"

"是。"我机械地回答。

"你回忆一下，七班昨晚有什么异常？"他看起来像站不稳的样子。

"没有异常啊。晚自习我们还商量了下周古典诗词朗诵人选，大家一致推荐了杨弯弯，她还上讲台试着朗诵了《再别康桥》。后来，布置了作业，学生做练习册，我改作业……"

"那就好，那就好。"他如释重负，长出了一口气，"现在就怕咱哪个人昨天说个一半句，甚至批评了她，就不得了了。"

"不可能。一般情况下，谁会随便说女生呢。即使批评，也不会轻易当全班学生面说的，再说大家那么喜欢呵护她。"我觉得自己浑身抖起来。

“只要有人多说一句，就把天祸闯下了。”组长说，“现在排除一个是一个，其他老师学生我都问过了，都没说过啥。你昨晚自习，是最后见面的老师，大家都捏着一把汗呢。”我感激地点点头。

“到底怎么回事？”谁问了一声。

“法医检查了说是先天性心脏病，这种病随时会发作的。现在就一个问题，小许才来，年轻经验少，没问清学生身体状况，也没和家长签健康保证书。就看家长怎么说了，难缠的家长说不定会借机说事呢。”

“不可能吧。孩子是有病才出的事啊，家长也没明确告诉班主任，还找学校老师啥事呢？”年轻的小魏有点不相信。

“那不一定。只要我们工作有一点点疏漏，家长都会追究责任。咱们一定要调查清楚，还原真相，不然家长来了说不清，社会舆论也会压死人的。”

“但愿吧，但愿咱会遇到个好说话的家长。”人们默默围成一圈，好像离得近就能减少一些冷意似的。

校长走过来，满头白发凌乱不堪，满脸憔悴，问组长：“怎么样，都问了吗？”

“问了。咱老师学生都没说过啥，昨晚晚自习也没任何异常。”

“那就好。接家长的冯书记和其他人马上要到了。大家一定注意安抚家长，这么大的孩子出了事，是谁都心疼得受不了，为人父母都一样，大家都在场，有事多帮帮忙，但也注意不要说啥。家长肯定情绪非常激动，说几句骂几句也正常。120 的医生也在现场，防止出现意外。唉，这个家庭还是单亲，可怜得很。”

我多么想挤上去看一眼。作为语文科代表，带了这么长时间，倾注的心血不说也罢，那么漂亮懂事的孩子，那么优秀的学生啊！往前走了几步，政教主任一把拉住我说：“别看了，越看越伤心。你先带同宿舍这几个女生下楼待一会，娃娃们都吓坏了，赶快安抚安抚。”

学生们哭着跟我下楼。许芳芳说：“我不下去。我想等她妈妈来，一个学生就这么没了啊……我怎么交代呢？”大家都劝，先下去等着，等会人来了肯定要喊你问情况的。

一行人高一脚低一脚下了楼，停在拐角处。阳光如金粉，洒在图书馆上，乒乓球案子上，楼边的垂柳树上，崭新的宿舍楼上。

女生宿舍楼在四幢宿舍楼中间，红黄相间，是最新的两栋，看起来很温馨时尚，我觉得自己像只氢气球，要飞起来了，忙抓住徐芳芳，她也扶住我，顺势坐在台阶上。学生们呆呆站着，大家沉默不语，抬头看不远处的操场。

前几天检查练字本，杨弯弯好像还抄写了宋金时张炎的《清平乐·采芳人杳》。“采芳人杳，顿觉游情少。客里看春多草草，总被诗愁分了。去年燕子天涯，今年燕子谁家？三月休听夜雨，如今不是催花。”不过几天的工夫，燕子在谁家呢？燕子没了啊！

操场上，几个班在上体育课。一个班排着队跑操，口号声响亮整齐。

一个班在红色跑道上练习百米跑，孩子们随着发令枪响声一阵风般跑过去，老师边扶起跌倒的人边喊小心脚下。一个班在练太极，云手动作像模像样。

4

远处开来两辆车，黑乌乌停在楼门口，下来一行人。我们站起来，主管教学的副校长跑过来，校长拿着手机也跑了下来，原来教育局局长、副局长第一时间知道了消息，都来了。

我们随即被叫上去，回答了很多问题。许芳芳眼睛肿得像桃子，眼泪掉一串，问一句说一句。局长非常细心，一个问题一个细节地问，然后问到早晚自习，还问到平日里她和学生的关系。

校长声音嘶哑，哽咽着汇报宿舍的管理情况。

政教主任跑上来，拉拉我衣袖：“你先下去等着，家长马上来了，她妈妈恐怕还需要搀扶。都是女人，你们好劝慰些，我们不好动。”我赶紧跑下去，楼道里静悄悄，空气凝固了一般安静。

一辆面包车缓缓驶过来，车上先跳下来一群人，然后才走下来一个女人，黑、矮、瘦、弱。人们小心翼翼围住，伸出手去。她嘴唇发白，脸色发青，摇晃了几下，然后轻轻一摆手，大意是不要搀扶。大家慌乱地跟着她，眼睛都不敢眨，看着她一步一步走上楼梯。

到了二楼楼口，她似乎停顿了一下，然后飞一般奔过去，豁开人群，外留下一堆惊愕的人。

没有大声号哭的声音，也没有意料中的撕扯滚闹，屋里静悄悄得让

人害怕。门口渐渐聚拢了一堆人，伸长脖子看，接着就有人大喊："晕过去了！医生，快点！"

穿白大褂的迅速跑进去，一会儿有人背出她来。她闭了眼，脸上皱纹堆积，像冬天里的衰草。呼啦啦跟走了几个人，救护车凄厉叫着，很快开走了。

人群纷乱起来，组长走过来说，真是揪人心呢。她走进去，掀开裹着的床单，伸手在女儿脸上使劲打，一巴掌一巴掌……然后就晕过去了。瘦削高大的书记走过来，满脸悲戚："这是我见过最命苦的一家人。家族有遗传性心脏病史，四口人死了三个。她爸爸三十七岁上山放羊时，死在山上了。她弟弟去年放学死在家门口上。就剩这个女儿，她妈发誓不让到学校来，可这孩子寻死觅活要念书，结果又把她妈撇到半路上……"

所有人都不会说话了，张大嘴巴立着。

5

一个声音尖起来："不行，二百万。一分都不能少。"大家倏然看过去，一黑胖肥大如熊的男人张牙舞爪，咬牙切齿地说。

校长急忙解释："这种事情谁都不愿意发生，既然发生了，咱们也冷静一下，看怎么解决好，不要狮子大张口，胡说乱说，凡事都有个下数（规矩）……"

"人都死在学校宿舍里了，还在这里狡辩，推卸责任。他妈的都是些啥人，都什么态度？"那人扑上来，揪住校长就一拳。

大家慌了神，连忙跑过去，局长和副局长也急忙上前劝说："都冷静冷静，处理事情就是，怎么还动手打人？"

"打的就是你们这些四眼狗，他妈的，一天不好好教书，不知道都是干啥的。我们把娃娃放在学校，结果人都教死了，还一个个装模作样的。怎么处理？就二百万，一分都不能少。不然，让你们一个个不得好过。"接着，几个人各自抓住身边的人，抬手就打。

校长被推过来搡过去，鼻子出了血，还大声喊："咱们人不能动手，不能动手。"

一个脖子上戴金链、鼻梁上架眼镜的人抓住局长："我怀疑就是你们学校老师给害死的，不然娃娃好好的，怎么会死在宿舍里了？你们现在

就给我们一个说法，我们要调查，要真相，要你们老老实实答应我们的要求。钱是一分都不能少的，后果你们也知道。我有几个记者朋友，随时会来采访报道，私了还是上法庭，你们自己选择。”

局长毕竟是见过大世面，也不动怒，只缓缓说：“事情也不是你说了算，警察法医都在当面，没根据的话不能乱说。你们要多少钱我们就给多少钱，恐怕不是这么解决的吧？”

“你们要不答应，就是另外一回事了。”一群人乱七八糟嚷嚷。

“大家都别动怒，咱们慢慢说。请问你是？”校长满脸血迹，走过去，镇静地说。

“我是她二叔，亲亲的叔老子，完全能代表她家说话。你们有啥就冲着我说，其他人都是庄里人。你们去打听打听，我是谁？”“黑熊”一把撕开衣襟，露出文身来。

“不管你是谁，都要讲道理讲法律。出了事，咱们就冷静处理，现在这么个样子，是解决问题的办法吗？我们老师学生都在场，你可以先看看孩子，问问情况，问清楚了再说，哪有不问一声就要钱的呢？”局长继续说。

“那，那你们老师在哪里？我们娃娃有病，你们咋不护着点，说不定就是给哪个老师气死的呢。我要问几件事情。”“黑熊”有点松口。

徐芳芳连忙走上前，浑身颤抖：“我问过几次，家长都不说孩子的身体状况，只说不要跑操、做剧烈运动……我以为是女生，有几天会不舒服……她本人也没说过自己有病，需要照顾。但老师学生谁也没说过她一句，昨天都好好的呢……”

“你就是班主任？”那人斜着眼看。

“是。我就是班主任。你有什么不清楚的可以问我，但不能胡说啊。”许芳芳抽噎着。

“屁大点人，口气还大得很。我问你，我们娃娃在班里一贯怎么样，有没有老师欺负学生欺负，到底怎么个情况，你说了不算。你说昨天还好好的，我们咋知道好好的，谁能够证明好好的呢？”

“哪会有老师欺负学生的啊！你们咋不讲理？”徐芳芳悲愤万分。我们对她，真是儿女一样爱护……

校长走上前，手里捏着一团纸，说：“昨晚上晚自习的老师也在，你可以问问。”

我走上前，气得结巴，“昨晚上学生都好好地、做作业，我们还推选、她去参加朗诵大赛呢。我敢、发誓，没有一个老师学生说她一句。”

同宿舍的几个学生也围上来：“叔叔，你咋这么说话啊？我们老师真的对杨弯弯很好呢。晚上她回到宿舍，还和大家说笑，真没有欺负她啊！”

“你们说了都不算，都是你们的人，自然都是向着你们自己。”“黑熊”边说，边掏出电话，边拨打边说，“我最后问一句，二百万，怎么样？”

局长义正词严：“不可能。我们第一时间也报了警，也请法医做了鉴定。你们如果要这样，那就请公安局立案做调查。国有国法，家有家规，难道还由着你们胡来？”

“好好好，那就等着。”黑熊在电话里大声吩咐，“一个学生死在学校宿舍了。你们都坐车到××中学来，多来几个。带着白布，写上大字。通知电视台的×××，让晚报社的×××也过来。我们要把尸体摆在校门口，啥时候解决了啥时候再埋人。我就不信，还把一群教书的没办法了。这些四眼狗还嫌不出名，让我把这局长校长学校给好好宣传一下子，让全国人民都知道，我看害怕不害怕？”

“我们一点也不害怕。你就是把中央电视台的记者叫来我们也不怕。还没有天理王法了。”大家气得嚷。

我觉得不对，悄悄问老马：“咋好像有组织有计划的，杨弯弯是农村来的，不会有这样的二叔吧？”

“我也觉得不对。听说现在专门有揽这种活的人，目的就是多要些钱，然后和主家分。咱不会遇上这种人了吧。”

几个学生们大声哭：“咋这么个样子嘛？弯弯，你走了，害得学校老师都背黑锅。怎么办啊？”

6

中午时分，果然校门口就停了两辆面包车，一群人直冲向校长办公室，剩下几个人很快在门口悬挂起白布标语，几行大字黑乌乌：我们要真相！我们要说法！黑心学校黑心老师，无良害死无辜学生！

红布包着的尸体，摆放在正中间。几个妇女坐在地上放声大哭，一把鼻涕一把泪。

校门口，迅速聚集起各种车辆各种人，看热闹的、指指点点的、破口大骂的。学生们紧张地出出进进，但没一人停下来看。

我们站在办公室窗前，边看边叹息：那么好的一个孩子都没了，家长不知道闹腾有啥意思？无非是多要几个钱，也太没良心了。

徐芳芳继续哭，眼睛肿得红亮亮："杨弯弯一只脚还在外面呢，他们也不知道盖严实点，咋那么心狠啊……"

大家都劝：别看了。你在桌子上眯会吧。事情已经出了，现在人家要整，咱有啥办法。听说校长直接出面了，都解决不下去。

上课铃响了，我抱着书本往教室走，忽见一个人，贼眉鼠眼从教室里匆匆走出去，低头下楼去了。

我走进去，孩子们在抹泪："怎么回事？"

班长义愤填膺地站起来，擦一把眼泪说："老师，刚才来了个人，说是杨弯弯的家长，到班里打问班主任和各位老师情况。还说，如果我们作证说某某老师骂了杨弯弯，就给我们每个人五千块钱。"

"啊！"

"你们怎么说的？"我愣了半天。

"我说，叔叔，我们老师怎么样，我们自己心里清楚。你不要说五千，就是给我们每人五万，我们也不会昧着良心说老师坏话的。杨弯弯在班里，大家真对她很好。她现在人都没有了，你们这样要干啥吗？"

"谢谢，谢谢孩子们。大家不要责怪杨弯弯，她现在啥都不知道了。不管怎么样，在一起这么长时间，我们永远都会怀念她的。"我眼泪簌簌落下来。

学生们大声哭起来。一个男生说："老师，要不行我们去抢了她的尸体埋了吧。我爷爷说过，入土为安，她躺在那里，大家心里难过的。"

一个女生站起来大声喊："我以后决不当教师了，看都看害怕了。老师这么辛苦忍让，还要受人侮辱欺负，真是心寒。老师，有时我们还惹您生气，对不起。"孩子们哭成一片。

"大家不要冲动，做好自己的事就是。这种事毕竟是少数。咱们上课吧。"

他们毕竟是孩子，想得太简单了。

7

下午，天气似乎变了。风大了起来，校园里，到处阴惨惨。平日里四处追逐玩耍的学生，都规规矩矩待在教室里，很少有人在教室外走动。政教处紧急通知各班主任，发下的健康调查表一定要让学生如实填写，而且要求家长必须签字后迅速交上来。门口摆着的尸体，把人心都撕碎了，人人噤若寒蝉。

办公室里，大家边改作业边议论纷纷，对这家人遭遇深表同情，对这种做法深感遗憾。各种消息纷至沓来。有人说，那些人看学校置之不理，已降低了钱数，减少到了一百万。又说，杨弯弯弟弟去年在乡下中学读书时，死在自家门口，家长也闹腾了几天，后来赔了六万。人人唏嘘，觉得既可怜又可气可恨，实在是不知怎么说好了。

一会儿，办公室打来电话，让我和徐芳芳到校长办公室。我们忙不迭跑下去。

屋里，挤满了人，烟雾缭绕，都不说话。组长说："我们班主任和科任老师都来了。"又回头叮嘱我们，"公安局同志问个情况，你们如实说就是。"

我们两个如祥林嫂，一遍遍重复早上的话。年龄大的警察问，年轻的警察写。

校长被挤在一个角落里，灰头土脸，心力交瘁，低声说："这样的突发事件，谁也不愿意看到。现在孩子已经没有了，家长一定说是我们的责任。"

一群人呼啦站起来围上去，叫喊挥拳。警察站起来大声说："坐下，你们坐下。话都没问完，你们要干啥？"

一个胖女人忽然几步抢过来，撕扯住徐芳芳头发，顺手就是几巴掌。"你还我们的娃娃啊，我把娃娃交给你，你把我们娃娃害死了……"

徐芳芳被打愣了，站着不知所措。几个老师围上来，一把抱住她，"你们要干啥？她也是个孩子，比你们娃娃大不了几岁，你们怎么这样啊？"

那个女人又转身来撕扯我，嘴里骂着："你们这些坏 ×，没一个好东西。还为人师表呢，烂怂学校，烂怂老师，四眼狗。"

书记眼疾手快，一把将我拉在身后，大声说：“你再动我们老师一指头，试试看。”在场的老师们都握紧了拳头，怒火熊熊。两阵对峙。

徐芳芳放声大哭。警察厉声喝：“我看谁再敢动手，没有王法了？再不听话，我们就不客气了。我们在办案，谁要再敢妨害公务，就小心着。”

那女人转过身，拿起桌上一水杯，顺自己鼻子上使劲一敲，鲜血喷出来，然后两手伸出去抹抹，满脸血污，一屁股坐在地上大哭：“了不得了啊！四眼狗打人了啊。我不活了……”

一群人拿出手机连忙拍照，一个扛着摄像机的人大声说：“我全部都录下来了，一会儿就放到网上去，让全世界的人都看着，现在的老师是个啥样子。不好好教书还动手打人，衣冠禽兽，开除几个才对。”

大家都怔住了。年长的警察却不慌不忙，站起来说：“赶紧给我站起来，这些把戏我见得多了。你们的所作所为我们也已全场监控录了下来，你们以为说啥就是啥？”

然后转身问说话人：“你拿着摄像机，就是记者了，我看看你的记者证。”那个人矮了下去，低声说：“我出来拍新闻，拿什么工作证？”

警察说：“没有工作证就是假记者，你以为我们就是好糊弄的，收了你们的把戏，乖乖站着。”那人一声不吭，往后挪了挪。

女人戛然停止了哭声，也没站起来，茫然失措地瞅着坐在一边的大“黑熊”。

那“黑熊”慢腾腾站起来，清清嗓子：“是这样，我们也不要一百万了，五十万总行吧。”

“不行。责任是谁的就是谁的。家长不明确告知孩子健康状况，孩子心脏病突发身亡，按说学校就不负主要责任。具体怎么赔偿，有相关法律法规，不是你说了算。”警察铿锵有力地说。

“三十万怎么样？”嬉皮笑脸的人折回头问校长，“都消消气。你看我们这么大的一个孩子，说没有就没有了。而且是在学校宿舍没有的，怎么着，人命价都得三十万吧。就这样，我们也不告状，也不上访，你们痛痛快快给三十万，我们就走人。怎么样？”

“那不行。我们已经报了警，事件处理一切听从公家的，法院怎么宣判我们就怎么执行。”老校长严词拒绝。

“黑熊”脸色一变：“那我们继续把尸体在门口放着，直到放臭放到你们答应为止。我就不信，还真把你们没有办法了。”

一阵杂乱的脚步声传来，僵持的人们竖起耳朵听。

8

一行人走到校长室门口，大家自动让开道，杨弯弯母亲摇摇晃晃走了进来。

女人依旧黑、矮、瘦、弱。人人心里掠过一阵惊慌。

“黑熊”神色张皇：“你咋来了？”

“我咋不能来？我女儿死了身子还躺在门口给你要钱呢，我来看看。看看她死了，还能给你们要多少钱？”她声音沙哑，一字一顿。

“是你们杨家二爸请我们来做事的，说好了四六开。现在你来得正好，我好不容易说到三十万，再一分都不能少了。你自己心里清楚怎么做？”

“好。我知道怎么做。”脸色蜡黄、无一点血丝的女人，满脸悲怆，镇静得很，一滴眼泪都没掉，“我现在早都没眼泪了，眼泪在三十几岁上，她大大（爸爸）走的时候就流干了。一家四口人，三个撇下我走了，他们在那一世团聚了，留下我一个人在阳世受罪。我前世一定是造了孽，这一世老天这么惩罚我。现在一看，还真是该惩罚。我万万没有想到啊，你们把我弯弯放在冰地上问学校问老师要钱。娃娃是我生的我养的，一切我说了算。你们听着，钱我一分也不要。我娘家来了人，我们拉回去烧了就是。”

“对不起，老师。让你们受苦了。”她转了一圈，看到徐芳芳，低头说。

芳芳放声恸哭：“弯弯妈妈呀，你咋不给我说娃娃有病啊，现在娃娃没了啊，我咋给你交代呢啊……”

女人走过去，抱着芳芳：“我就这个命，不怪任何人。去年我儿子没了，我躺在床上几个月，后来才知道，他二爸带人整着问学校要了几万块钱。我一直觉得，我亏了人造了孽，老天一定会报应的。这不，报应来了。我不让她念书，不让她来学校，她哭着喊着要来。我其实早知道，她也就这么点寿数。我那时想，天天在家等着她死，还不如让她高高兴兴地活上几天再死。早上我打了她几巴掌，就是想，她咋这么快就走了，她说好养我老的啊……”

满屋泪花四溅。

“黑熊”左右看了看，嘟囔着：“咱们这是吃的啥闲力。闹了半天，这个婊子妇人一句话唱了。走，不管了！回去找杨家老二算账走。”

呼啦啦屋里空了一大半。

9

忙碌的日子短暂而漫长。

杨弯弯走了，班里很少有欢笑声。孩子们亲眼所见生命的脆弱和无奈，加倍珍惜现有时光。徐芳芳说，班里基本不用管，一切都井井有条。

秋风飒飒，花园里树枯叶干，北风吹来，簌簌作响。一段时间，广播上除了天天播报新闻，课间十分钟，总会放《丁香花》这首歌。

那坟前开满鲜花
是你多么渴望的美啊
你看啊漫山遍野
你还觉得孤单吗
你听啊有人在唱
那首你最爱的歌谣啊
尘世间多少繁芜
从此不必再牵挂
……

过了一段时间，学生们窃窃私语，交头接耳。据说，七班教室里夜深人静时，就会有朗朗书声。一个女生，声音很好听，用普通话在读，“那河畔的金柳，是夕阳中的新娘。波光里的艳影，在我的心头荡漾……”鬼故事被传得神乎奇乎，但老师学生们谁也不怕。

那座位一直空着，她的一些书原封不动，《古汉语字典》《成语字典》《语文知识手册》《中英文对照手册》排成一列，还有一只蓝色笔袋，上面有只憨态可掬的小熊，抱着一篮瓜果，甜蜜蜜笑着。每天，打扫卫生的同学会仔细擦拭那张桌子，包括桌子上的书，还有笔袋。

徐芳芳很少说笑了，她忙着考公务员。申论背得头昏脑胀时，就会望着窗前的合欢树，一言不发。我们继续日复一日地备课讲课改作业和学生斗智斗勇。尽管每天嘴上抱怨发牢骚，但每个人还是天天为他们作

业做不好生气，为没有掌握知识点发愁，为改变一些生活习惯绞尽脑汁。

组长说学校最终赔了二十万。局里十万，学校十万。杨弯弯妈妈坚决不要，最后捐给庙里。听说她也上了山，当了居士。

学校更加谨慎，取消了学生们一切户外活动，责令班主任一天到晚在班里守着。“安全第一！安全意识！”周周例会上强调了再强调。班主任更成了烫手的山芋，谁都不愿意当。为了不当班主任，老师们想出各种法子和学校领导闹矛盾捉迷藏。也是，班主任成了看管羊圈的人，手里几个小羊，一点也不敢松手，一有风吹草动就惶惶不可终日，生怕出个乱子。

10

“老师，今天十月初一，也不知道她在那边怎么样了？我们可以去看看她吗？”

我和学生说，好的，你们可以去看看，但必须保证上自习前返回。

他们轻轻说，知道的，老师。通过那次事件，我们再也不给您惹麻烦了。我们也许一辈子都报答不了师恩，唯一报答老师的方法就是在校三年，我们班任何人不做任何连累老师、对不起老师的事。

我心酸地掉泪。

女生们哭起来：“老师，我们想班主任啊！我们徐老师，现在不知道过得怎么样。她很少和我们联系，不会忘记了我们吧。”

“不会的，不会的。徐老师一直记挂着你们呢。她常常和我说，你们是她人生路上最值得记忆的一笔。她现在在广州一家贸易公司，干得很好呢。工资也高，人也轻松，还时常问起你们呢。”

“我们徐老师真好看，高高的个子，长长的头发，大眼睛，一说一笑。”

“是啊！你们好好学习，考上大学了去看她，怎么样？”我很难过。

傍晚时分，接到芳芳电话：“今天一天心烦意乱的，我想给杨弯弯烧几张纸钱，也不枉师生一场。这里人好像不太重视这个节日，满街欢笑。我知道家乡的今夜，一定会满街火焰，人人在追思逝去的人。”

我努力装作平静，说：“今天你班学生还问起你呢。”她在那边，许久都不说话。然后轻轻叹气。那件事，我的为师梦彻底毁灭了。真没想到，做个老师那么不容易，辛苦倒不说，委屈屈辱，战战兢兢如履薄冰的滋味太难受了。你知道吗？我常常躺在床上泪流不止，心有不甘啊！为了做个好教师，大学期间，我那么努力地学习普通话，练习粉笔字，学着讲好每一节课，处理每一个环节。我一直觉得，我生来就是做教师的料……

“过个阶段吧，过了这个坎就好了。你其实能做个很好的老师，课讲得那么好。”

“也许吧，也许过一阶段，我还会继续走进课堂，拿起书本的。”那边爽朗一笑。

我放下电话，就想起她进校讲第一节课的样子。精神抖擞，语言精练，思路清晰，板书漂亮，用标准的普通话领读屈原的《离骚》:“民生各有所乐兮，余独好修以为常。亦余心之所善兮，虽九死其犹未悔。”

我们一群老中年教师似乎看到了希望，兴奋地说，今年来了个好娃娃，课讲得真好。

寒衣节的晚上，我又梦见那个影子，她照旧背着身子，弱弱地哭，“老师，老师，对不起……”

“没关系。你好好去吧。一切都过去了，过去了。我们还会记着你。”我好像很大声地说。

她慢慢转过身子，微笑了一下，那皮肤真白，嘴唇真红。

弯弯依旧是个漂亮的女孩子。

粉 笔 记

鸡鸣枕上，夜气方回。因想余生平，繁华靡丽，过眼皆空，五十年来，总成一梦。

——人教版高中语文选修《陶庵梦忆序》· 张岱

晚自习，偌大的北教学楼，静悄悄。楼上楼下，隐隐传来各班老师抑扬顿挫的讲课声音。

隔壁班忽然传来哄堂大笑声，接着鼓掌声、戏谑声、打闹声连成一片。正在七班讲课的老武停下来，眉头拧成了疙瘩。他正和学生讨论一个难题，大家仔细看看，是不是丢了个步骤……学生们也跟着皱皱眉，接着抬头看讲台上的老师。灯光下，发白的头发，发白的衬衣，发虚的脸庞，发蓝的黑板，发亮的粉笔，和白天相比都有点虚幻。

他眼神一闪，示意前排学生关了门窗，继续用红粉笔重重点着黑板，高声大喊："同学们，问题不在于大而化之做出答案就行，最重要的是我们要找出这道题的得分点……"隔壁吵闹声更响亮了，尖叫声、口哨声，夹杂在一起，此起彼伏，干扰得他几乎不能讲课。老武有些生气，握着半截粉笔，走出教室。

夏夜，静谧的校园是艘巨轮，每个门窗里灯火辉煌。路灯散发出微黄的光，射在近处的垂柳小草、月季芍药上，斑驳五彩，像极了童话中的场景。一阵凉风吹过来，灌进衬衣，衣服就鼓成个帆，他将汗水涔涔的头往后仰，清风调皮地爬过来，汗水迅即消失，惬意极了。

老武边慢慢走向八班边思忖，这题讲完再不敢讲了，不然又是一个数羊的夜晚。晚自习讲课的教师们都有同样的体会，讲多了或讲到入情处就会兴奋得通宵失眠。这是职业病，没办法，只能自行找办法克服。

大家综合过各种解决方法，不外乎几种：有用热水泡脚的，有看晦涩难懂书本的，还有操场里跑几圈，有跑道上走路的。更有甚者，用喝酒来缓解压力抚慰情绪。据说新来的小陈就这样。人们都笑，年轻轻的女孩，天天晚自习那么卖力地讲课，对学生成绩提高作用大不大暂不知道，单凭每夜几口白酒，几十年后估计就是个女酒仙。一般来说，新教师、年轻教师反应强烈一些，老教师早该适应了，可惜自己几十年都没改掉这毛病，啥方法都不管用，只好决定少讲。

“上晚自习呢，你们吵啥呢？吵得别班都不能上课了。”他站在门口说。

没有人注意他。所有人目光都聚焦在讲台上。一个女生正在讲桌前拿起校服展示着什么。下面的学生们拍手笑，指指点点。

老武走过去，站在讲台上喊：“别吵了。你们老师呢？”学生们七嘴八舌，生物老师请假了，让我们自己自习。

他背起被红色粉笔染成红色的双手，说：“那就安安静静做作业，你们吵啥？”

“校服！校服！”全班学生笑嘻嘻一起喊，又齐齐去看女生手中的东西。

“同学们静一点噢，其他班还上课呢。”他安顿了一句，正准备走出去。但也有点好奇，什么情况能让全班学生如此兴奋发狂呢，便扭头看了一眼。以后很长一段时间，他都为这一眼悔恨万分。

那是一件校服。一件画了画的校服。不，准确地说，是利用校服的空白处用各种线条勾勒的一幅画。他走近仔细一瞧，就红了脸。只见校服前后空白较多的地方，被人用钢笔巧妙地描画出一对裸身男女。他们紧紧抱在一起，互相抚摸亲吻。画面新鲜刺激，暧昧大胆，情色味道浓烈。他赶紧收回目光，一面佩服作画人的构思技艺，一面暗暗可惜用错了地方。

学校三令五申不准在校服上乱写乱画。“赶紧拿下去！不成样子了。”老武觉得这样的画面放在教室里太不合适了，不由声音高了起来，严肃地说。

“管得多，你又不是给我们代课的老师。多管闲事！”讲台上女生忽然大声说。

人们都愣住了。老武也愣住了。他抬起头，认真看了看面前的女孩。这是个胖乎乎的女生，短发、圆脸、满脸青春痘，白T恤包裹着发育太

好的身体，正挑衅地看着他。

“一个女生整得全班闹哄哄的，像什么样子？赶紧下去！”老武有点气愤。教书几十年，还是第一次遇到这种情况。

“我偏不下去，我在演示自己的作品。你又不是我们的老师，管得多！”她昂起头，再次强调，眼神犀利，语速极快，像迅速射过来根根箭镞的弓弩。

老武一股气也冒了起来，声色俱厉：“下去！这是课堂，遵守纪律是基本校规。不管有没有给你们代课，影响课堂纪律都不行。”

“我偏不下去！”学生们都静了下来，像看两只猩猩看着他们。老武看着那个倔强如小钢炮的小女生，走过去，顺手拉了一下她胳膊说：“赶紧穿上校服。像个什么样子？”

那女生情绪突然激烈起来：“真是的。你一个男老师动我身体干啥？”然后大声哭叫，“谁让你动我胳膊的？你看红粉笔都染脏了我的衣服。”

所有人都惊呆了。一个男生就跳起来，大声说：“真是的，跑到我们班来耍威风了，滚回你们班去！”

老武懵了，他万万没想到会出现这样的局面。走上来两个女生，拉着讲台上哭哭啼啼的胖女孩回到座位上。他想解释，“同学们……”可没人听他说，一群孩子冷冰冰看着他，仿佛看着溺死的人伸长双手求救而无动于衷，他们等着看戏。

“老师，你回你班吧。”一个高个子孩子站起来，“都别胡说了，过分了。”老武感激地看了一眼解围的男生，就走出了教室。男生眼睛很小颧骨很高，但青春逼人。

武老师梦游般挪回自己的教室，手里依旧握着半截红粉笔。学生们睁大眼，惊奇地看着刚才还因讲题兴奋不已、如今却满脸汗水回来的老师，不知道发生了什么事。他们自动低下头做题，虽然心里嘀嘀咕咕。

一个学生从后面拿上来一个凳子，说：“老师，坐下讲吧。”老武冲着孩子笑了一下，说：“大家先做题，等会咱再讲。”那学生看看他的脸，寡白无血色，汗流满面。

他疲倦地坐了下来，眼睛扫过教室后面的黑板。“怎么了？老了吗？老了！讲台上站了几十年，再过一个月就要退休了。”透过右侧窗户，他看到对面办公楼上的铜质大字：“明理　笃学　厚德　载物”，在灯光月光下更显得明亮，简直光辉熠熠。这八字校训，从最初的泥巴墙面上，到白粉遮盖着的砖砌墙面上，再到大理石墙面上；从黑排笔描画的毛体，到红漆涂刷的楷体，一直到古朴端庄的铜质大字，他都亲历了过程。几种字体变换着，几十年就呼啦啦过去了。

脑子里不停回放刚才的场景，他试图梳理清思路：问题出在哪了？怎么会变成这样？自己错了还是学生错了？怎么出了这样的学生，还是个女生？多年养成的习惯，他总是拿君子一日三省去衡量己与人。从小，他就喜欢做个教师。原因是抱作业时，看见被打成“右派”的老师，在一间土屋“宿舍”里，居然睡的是铺盖完整的“床”。他发誓一定要考上学，也要有个属于自己的宿舍，有张属于自己的“床”。七八个亲人挤在一个土炕上的滋味不好受，而每个人身上的炕烟味羊粪味实在是难闻。中学毕业后，能在洋芋白菜都吃不饱的年月里如愿以偿考进师范，他以为这是老天给自己特别的恩赐。师范学习的两年，他不放过任何学校锻炼的机会，扎扎实实学习教育教学理论，刻苦训练普通话和粉笔字，希冀做个真正意义上的传道授业解惑者。“学高为师，德高为范”，他以此为终生的奋斗目标，尽管有人笑话他是个不折不扣的理想主义者，也有人说他泥古不懂世事，但他暗暗下决心，自学上了专科，后来又拿上了本科证书。经过这么多年坚持，能身体力行践行职业理想，他为此颇为自豪。眼看职业生涯将要画上一个圆满的句号，可发生了这样的事……他真有些晚节不保的遗憾！

远处操场上，白日里的人造草坪，在月光下看起来朦胧如画，更像几何图案；红色跑道上的几个黑点，那是晚上继续训练的体育生；四周高大的丁香枝繁叶茂，散发着浓郁的香气。再远处，“力求成才，必求成人”，红漆勾勒的八个字在后操场墙面上依稀可见。多么美好的校园啊！

正想着，下课铃声响了。他拿起书本，准备回办公室。回去就要经过八班，他不想面对，便从反方向下楼。和往常一样，只要下课铃一响，校园里顿时沸腾起来，学生们从各个门里一拥而出，跑跳笑闹，特别是初中部的孩子。学校就是这样的地方，动静相宜，严肃活泼，紧张有趣，青春朝气。“老师好！老师好！”一路点头回答，他慢慢走过花园，看着身边蹿过互相追逐的小同学，看到各种矮化的道旁树和修剪成标点符号的草坪，不由得笑了。经过大大的问号时，他停顿了一下，有些悲凉——因为这个符号就像此时自己的心绪。

办公室里照例一片狼藉。一间教室改成的办公地点，满当当摆着十

六张办公桌。每张桌上的书籍作业本堆积如小丘，加上各种试卷报纸，水杯笔筒，零碎物品，显得拥挤而杂乱。角落里，一棵高大的巴西木棕绳缠身，大片的绿叶葳蕤生姿，生机勃勃。他最爱这棵树不是树花不是花的盆栽植物，每天都要看看，像对待孩子一样精心照料。有时浇水松土有时擦拭叶片，监督人们不要把废弃的茶叶水过多倒进花盆。一次，还偷偷把捏碎的羊粪蛋埋进去施肥，惹得大家都笑他污染办公环境。

他点燃一根烟，怔怔坐着。小张走过来一伸手，小孩子样笑嘻嘻，给我五十！他一愣，没反应过来。人们大笑，看着他们。年轻的同事则指着墙面上“请勿抽烟，违者罚款”的警示语，一本正经地说，罚款！

他想笑一笑，和平常一样，边抽边狡辩边慢慢走到楼道里抽。可惜，今晚脚上拖着一个镣铐，他赶紧掐灭了烟头：“对不起，对不起。”小张一下子愣住了，红了脸：“武老师，我开玩笑呢。你别介意。”大家也觉得奇怪。

正好有人翻开手机，惊呼网上又在传播一个学生打老师的视频，人们呼啦啦挤作一堆看。

铃声很快又响起，一个温柔有力的声音，一如既往呼唤着校园里的人：亲爱的同学们，上课时间到了，请您赶快回到教室，准备上课。

同事们气愤不已，边议论边拿起书教案走向教室，喧闹的教学楼又迅速安静了下来。武老师站起来，蹒跚着走向教室。

走到门口他才发现，没有拿书和教案；手也没洗，红粉笔染得白衬衣袖口一片红。接下来讲什么呢？讲不了了。他低头进了门，这节课大家继续做题。不理解的地方先画下来，互相讨论一下，明天早上老师讲。

孩子们抬头望着他，关切地看着憔悴苍老的老师，慢慢走上讲台慢慢坐下来。

忽然，教室门被搡开。一个年轻男子走进来，大声问：“谁是武××？”老武站起来说：“我是。”那人伸出拳头，照着他脸就是一拳。

老武脑子嗡嗡作响，眼前发黑，懵懂发愣中，他本能伸出一只手去挡。今天不知怎么了，一切都像是在梦中。

那人撕扯他的衣领，接下来一拳，捅到他腰间。学生们呼啦一下子站起来。“你是谁？跑到教室里打我们老师。”几个男生迅速站起来，跑上前，把老师围在中间。

“他妈的，这样的人还配做老师？你个四眼狗，流氓。”那人一看架势站住了。指头伸到老武面前，“你动我妹妹身体干啥？”

孩子们惊呆了。在学校在教室，居然有人这么说话。他们看着面前的两个男人。一个花白头发，瘦弱佝偻，身心憔悴；一个虎背熊腰，脖戴金链，气势汹汹，活像个黑狗熊。

“你们看看，这就是你们老师，我今天非扒下他的人皮不可。他也配站在讲台上教育你们？”那人叫嚣着又扑上来，作势拨开学生。”讲台边的学生虽惊愕可没被吓住。他们大了，又是体育生，身强力壮人高马大，要拨开也不是容易的事。

老武此时才反应过来，冷静地问:“你是谁？有什么事情可以慢慢说。这是教室，有学生在，请你尊重点。”

“你还敢用这样的口气和我说话。我是谁？我是隔壁班×××的哥。你说你不好好在你自己班待着，跑到人家班里去调戏女生？”那人声色俱厉。

“他们班吵闹得别班不能上课了。我进去时你妹妹在讲台上脱了校服，惹得学生们尖叫笑闹。我说了一句。她不听。我上前拉了一下……”

“谁说你只拉了她一下子。你当时就在教室耍流氓，把她衣服都扯烂了。我非把你个坏怂送进监狱不可。”

一个学生马上说:“叔叔，这是我们学习的地方，请你不要干扰不要乱说我们老师。”

那人原以为学生一定会和他站在一起，现在看来没戏，继续骂骂咧咧:“他妈的。现在的学校都成了流氓窝了，没一个好的。男老师光天化日之下明目张胆欺负女生，都没个王法了。今天看我怎么收拾你！”

这时，隔壁班上课的老师跑过来几个，保卫科的王科长也匆匆赶到了:“这位家长，有事找学校解决就是，怎么跑到教室里打人？”

那人螃蟹一样指手画脚:“你们的男老师在教室里公开调戏女学生，把我妹妹衣服都撕扯脱了。你们看怎么处理？不然我明天就捅到网上去，让你们好好都出名一把，让你们学校也趁机出个大名。”

一个同事气愤地说:“有啥事说啥事，打人是犯法的知道不知道？居然跑到教室里来打人了，我们要报警。”

那人一时语塞，但嘴不饶人:“打人怎么了？打的就是你们这些烂老师。他妈的没一个好的。老子今天就打了，看你们能怎么样？”

王科长说:“这位家长，咱到我办公室说，走。他即使是个流氓，你

也要说清楚过程。”他大步跨进来，一把拉住那人胳膊，拖着往外走。

那人脸上明显有痛苦表情。也难怪，保卫科科长是散打季军。

那人继续指着老武狂叫：“你等着！我明天要让所有人都知道你是个什么货色。”一群人挤出教室，往办公楼方向走了。

老武对身边的孩子说：“你们都下去吧，赶紧做作业去。”

“老师，你别怕。凡事要以事实为依据。学校肯定要调查的，他们班七八十个学生，我就不相信没一个说实话。”围着自己的一学生大声说。老武眼眶一热，弟子们永远是弟子。连平日里最不爱学习的愣头青张龙也说：“老师，一下课我们都听说了。您放心，有我们呢。我们联名签字做见证人，还怕了他们不成？那个女生就是×××，名声大得很，就是因为有这样的哥哥在。”女生们也叽叽喳喳，“老师，还有我们呢。你别怕。”老武感激地笑笑，说：“你们放心，让这点事情就吓着，老师那也枉活了这么多年。”他转回走时，脚步倒是稳了很多。

路过八班，门开着，学生也没有乱吵乱闹，一起抬起头，齐刷刷盯着门口走过的他，仿佛他是个检阅的领导。他看了一眼这个教室，不，这间房子，钢筋水泥垒叠起来的房子，心里泛酸。他曾经在这间教室里，迎进来一批批学生，又送走了一批批学生，只是今年，带了理科班，才换到隔壁教室去上课。真没想到在陪伴了半辈子的教室里，以这样的方式给自己的教育生涯画上一个别样的记号。

高个子男孩追出来，怯怯跟在后面，语无伦次：“对不起老师，我是班长。我们错了，没想到事情成了这样。她不是个省事的女生，仗着她哥哥，想做啥就做啥。老师你放心，不管是谁来，一定要调查，我们会做证的。”

老武有种想抱抱这个孩子的冲动，随即摆摆手，说：“不要紧。你去上课吧。”孩子低头，继续跟着，内疚地说：“武老师，她就是个混混，旷课上网，考试作弊，找对象打群架，自暴自弃的那种。我们班主任都放弃了，代课老师都不管也不敢管。她一天到晚不好好学习，心思就在那些乱七八糟的事上，抓住谁就想报复谁。我们也讨厌，但毕竟是女生，真没想到她这么没良心。”

男孩说完，转身跑了，高瘦单薄，没有完全长壮实的身子像个旗杆。

不能管，不敢管，放弃姑息，自生自灭，报复滋事……教书。教育。教诲。教导……他觉得今天，所有人似乎都给他上了特殊的一课。

明亮的灯光下，那人二郎腿坐在椅子上，正口溅飞沫，咄咄逼人。

“今天这个事就看你们咋处理呢？处理好一切都好说，处理不好你们也知道后果。外界对你们这些教书的啥看法你们也清楚。不好！很不好！”

他手势往下砍，加重了语气：“这件事如果我再放到网上，一定会毁了你们学校的名声。不信试试看？”

王科长一点也不着急，慢悠悠说：“好啊！反正我们学校也不太出名，也借这个事炒作一下，我们也跟着出名一把。我们已报了警，警察自会来调查的。我想他们会先处理打人的事。”

那人愣了一下子：“我觉得用不着警察吧，咱自己就处理了。要不就当面道歉，给些精神损失费名誉损失费我也不追究了。”

“那不行。道歉就意味着是事实，既成事实那就不是道歉的事了。再说这么严重的事件，怎么能随便道歉？你不是说武老师当众撕扯了你妹妹衣服耍流氓吗？这可是件很严重的事，按照法律，会判刑的。不过你得有证据，没证据我们可以告你诬陷。”

那人低头回味刚才的话。“我也不多说了。反正给一万元封口费就是了。拿上钱，我回头和学校再也不牵扯了。不然……”

“要钱啊，也可以，不过我们以哪种名义给呢？”

老武看着满屋人和那人斗智斗勇，气得浑身发抖，他觉得再多待一分钟，他就会端起面前的纸杯，将冒着热气的水泼向那黑黝黝的脸。

回到家，老武一点睡意也没有，坐在沙发上，掏出烟盒。老婆没看他，边看《欢乐颂》边开始了又一轮絮叨：“这么晚，才回来啊！马上退休的人了，也不知道自己有几斤几两。你看×××，人早都不代课了，红光满面地练太极。你说你，上课都上出瘾来了。难怪人家说像你这种人躺在坟里，都惦记着上课改作业呢。”照往常，他一定会笑嘻嘻斗几句嘴，可今晚他一言不发。他已说不出话了。

老婆很奇怪，扭回头。他下意识别过脸，不想让她看见。她一下子跳起来：“怎么了？谁把你怎么了？”接着跌跌撞撞跑过来，心疼得变了腔，“老天爷，脸怎么肿成这样了？”

眼泪一下子冒了出来。他做梦也没想到自己兢兢业业站了一辈子讲台，在最后几十天却受到如此的待遇。现在怕的，倒不是自己的名声，他相信身正不怕影子斜。最担心明早这件事不知又会被演绎成哪种版本。

现如今，尊师重教只是个口号，师道不复已成为常态，人们对教师的不尊和侮辱达到了极点。一系列不堪事件接连发生，教师和医生一样，成了高危职业弱势群体，人人自危，人人担惊受怕。尤其可怕的，一个个体事例就会牵连到群体，一个人就会害了一个领域。社会舆论的一边倒，媒体不负责任地夸大报道，网民们的语言暴力灌水跟帖，都会成为噱头，千千万万个本本分分、老老实实的教育者又会猴子一样被拉出来羞辱评点一番，被上升到某个高度开始新一轮的谩骂攻击。校长在每次例会上都强调，我们不但要学会自我保护，也要有保护本职业尊严的责任和义务。而现在，大半辈子谨慎小心的自己，又给人们提供了喧嚣的实例，制造了说道的机会，他为此感到万分愧疚和羞愧。

老婆拿出医药箱，仔细擦洗他脸上红肿瘀青的地方，低头掉泪，一句话也不说。他感激地摸摸她的手，眼泪顺着皱纹四下里漫开来。

六点四十，他准时睁开眼睛。多年早起形成的习惯，他从不用闹钟，身体就是个精准的钟表，到了周末和假期，即使想多睡会都睡不着。无论晚上睡多迟，有多疲倦，到了时辰定会准时睁开眼，怔了几分钟，照例透过窗帘判断天气。一大早窗帘就热烘烘，今天一准又是个热天了。

他翻起身，觉得脸上硬邦邦的，像是带着一个木头壳。摇摇头，半天才反应过来，脸受伤了。昨晚一觉睡得死沉，连梦也没做一个。他这人就是这点好，越遇上大事越瞌睡多，而且还是深度睡眠。老婆常戏谑，没心没肺的人才这样。他想，真要是做个没心没肺的人该多好呢。

屋里收拾得干干净净，早饭已经做好。黏稠的小米粥，软软的花卷，一小碟腌萝卜条。他看着厨房里忙忙碌碌胖乎乎的身影，心怀感恩，赶紧爬起来。

镜子里，那张瘦弱苍白的脸变得胖肿黑青，熊猫眼熊猫脸，他瞅着陌生的那张脸，厌烦地咧咧嘴，却疼得厉害。吃早饭时，他们都不说话。

老婆熟练地剥开鸡蛋，递过馒头，夹了咸菜。他偷偷瞄了一眼，她沉稳极了。这女人别看平日里叽叽喳喳，但每临大事有静气，这也是他十分佩服的地方。但他知道，她不说不代表没想法，不问不代表没怀疑。他知道她不问他，问了他也不说。她会问单位上的其他人。她的好朋友都在这所学校，不到半天她准会知道比他本人还多的消息。

吃完早饭，老婆很快收拾干净，打声招呼就出了门。他磨磨蹭蹭穿好衣服，也准备出去。但一想，脸都成了这样，怎么出门？他又趴在卫生间镜子上，看看里面那个的人，走出来两把脱了夹克，摔在沙发上。走进书房，坐在椅子上看书。

百无聊赖的日子，就这么来了。虽然从去年以来，他嘴里常说退休了有多好，可每当想起退休的日子一天天接近，真到了歇缓时，却有了莫名的伤感和留恋。这辈子爱好不多，不会麻将不会赚钱，只会看个闲书下个五子棋，可看书需要时间，下棋更费时间。这么多年，他的业余时间好像都耗在做题阅卷上了，现在猛然闲下来，而且以这样的方式闲下来，有点不甘心也有点不知所措。

拿起书，看了半天，一个字也没看进去。他走出来，在客厅地上过来走过去，总觉得空荡荡。打开电视，美女丑男高调说笑，没意思。又打开电脑，处处是负面消息。他长叹一声，关了电脑。

手机！他才记起到现在手机还没打开呢。往常这时，都是上课时间，学校规定老师上课期间不准拿手机，他也没有这个时间段看手机的习惯。一般都是下课间隙匆匆看几眼，回个电话发个短信就又走了。三节课结束，十点半，才会处理日常事务。

手机屏闪烁着花纹，打开了，输进去密码，提示音吱吱叫唤了半天，显示有很多短信。他一看，有同事的朋友的，往届应届学生的，姐姐弟弟的，还有校长主任的。总之，很多短信排着队等他。

他感动地一一翻看，苦笑起来。看来大家都知道了，均愤愤不平。人人表示诚挚慰问，表示支持理解，表示关心关怀。

接着就有铃声响起，他摁了键，一个焦急的声音传来："武老师，你怎么样？好着吗？"他脑子里转了几圈，听出来是政教主任的声音。

"好着呢，没啥。就是脸上僵硬的。"他说。

"你就在家里待着，一会儿我们过来看看你，顺便接你去医院检查检查。"那边急吼吼。

"不去了吧。"他迟疑了一下，"没啥大不了的，皮肉之伤，在家歇几天就会好的。"

"不行。要去医院。最好检查出问题来，这样我们就好和他们交涉了。一定要住院。"他正思忖，那边已挂了电话。

铃声又急促响起，老毛的。他想了想还是接了。他们既是一个战壕里摸爬滚打了几十年的同事还是老朋友。老毛关切地问了一些情况，劝慰道："也好！这样你就心安理得歇着了。福祸相依，坏事里也会有好事。

老武啊，不是我说你，咱老了，属于咱们的时代已过去了，赶紧退下来吧。以前教书还有意思，学生听话懂事，热爱学习也尊重咱们。桃李满天下的梦想你我都做过，也基本上实现了。问题是现在好像邪气压着正气，你看最近网上到处是学生打老师的事件。消费社会，人人没了底线，人人不守规矩，耍小聪明走捷径，势必影响到娃娃们身上。再说严重点，就是无法无天，黑白颠倒。这事本来你就不应该管，多一事不如少一事嘛。这不，管了倒是自己吃亏了吧。”

他听着，心里不舒服，也不好说什么，就摁了键。

一辆白色救护车呜哇呜哇开进小区，他打开窗子往外看，谁家出了事？一大早救护车都来了。他知道六楼老奶奶有心脏病，又伸头看，果然车子停在他们楼下。几个人抬着担架上楼来了。

门被敲得咚咚咚，他跑过去，紧张地开了门，是不是老奶奶真不行了？几个月来，老人已犯病几次了，这次估计真有问题了。

门乍一开，几个穿白大褂的人呼啦啦挤进来。他张嘴正要说话，发现后面跟着校长副校长，还有年级主任。已不年轻的校长关切地问：“武老，你觉得哪里不舒服？头怎么样？”

老武有些不好意思，说：“快坐下吧，我好着呢，就是脸上难看些。根本用不着去医院。”他恍然大悟，这些人都是来拉他的。

“那不行。现在不住院都不由你了。”副校长说话语速本来快，现在越发快了，“你必须住院，而且要做全身检查。那个黑三，昨晚连夜将妹妹接回去送到省城精神病院了，说因为惊吓她现在精神不正常了。又说黑小燕现在连踢带打，胡言乱语，躺在地上，把全身衣服都脱光了。咱明明知道这是诬陷讹诈，也没办法。早上，他们纠结了一批人，闯进学校，在校长办公室里打砸了一气，警察都出动了，才消停了些。所以你现在也要住进医院做检查。如果检查出什么病来，就更具有说服力了。单单社会闲杂人员闯进学校，殴打教师成疾这条，也够他们受的。”

大家没有坐，老武也忘记了让座，刚才机关枪般的话打得他浑身发抖。事情怎么成了这个样子？

“不要紧。”校长倒是稳健，“咱不惹事，遇事也不怕事，已遇上这样专门来整人的赖皮，想办法应对就是了。武老师，真是委屈你了，这么大年龄还站讲台，还天天操心学生，学校很感激，我们很敬佩。其实，昨天下午校务会上，还专门研究了准备给你和几位即将退休的老教师开欢送会的事，奖励你们为学校做的贡献。这件事过去后，我们就着手进行。”

老武大步上前，一把抓住校长白皙的手：“张校长，谢谢你。我没想到，临退休了却摊上这样的事，给学校添麻烦，给单位脸上抹黑，给教师队伍丢人。我真是憋屈得慌……”他哽咽着说不下去了。

“别自责，也别道歉。你没有错。我们作为一名教师，如果没有这点职业道德职业良心还行？尽管社会上对咱一片责备咒骂，但我们还是应该忍辱负重，凭良心良知教书。为什么我们一管学生就战战兢兢，凭什么我们这么辛苦教育着下一代还要反过来被倒打一耙。只要我们坚守自己的底线，坦坦荡荡教书，问心无愧育人，我相信终有一天，人们会理解的，而且这种风气很快就会扭转的。”

大家都鼓掌。校长吓了一跳，原来，身旁站着的医护人员也拍起手来。

就这样，老武被送进了医院，被检查了全身，被宣布有脑震荡和腰椎突出。躺在病床上，他一动不动，任由人们送他到各个科室，进行各种检查，听各个医生说治疗方案。他成了一块黑木头，越发没一句话了，麻木地被动地跟着生病。

断断续续听老婆传来的消息，那个女生，叫黑小燕的女生住在精神病院已一个月了。而他，也在小城医院住了一个月。师生俩比赛花钱，均由学校垫付。又听说，他们去法院起诉自己流氓罪，学校又起诉他们妨碍公务、殴打教职员工。总之，他们两个像两颗棋子，身后牵扯着很多人很多事。

黑小燕。老武第一次听说那女孩名字时，还笑了一下子。他对小燕这个名字情有独钟。老婆至今也不知道，当年一个叫小燕的女孩子，曾在他的青春岁月中，扮演着多么重要的角色。初中时，隔着一座山头有个放羊女子，大眼睛高个子长辫子，略显丰腴的身影，一说话就羞涩低下头。多少次在梦里，他都梦见自己站在一个山坡上，伸手去够那女孩的手；颀长白皙的她，也伸出手来，眼里满是温柔的期望。“小燕小燕……”他轻轻呼唤着这个名字，上学放学，在几十里的山路上来回奔跑；忍饥挨饿努力读书，她是他成长路上最直接的动力。他后来的一切努力都仿佛是为了证明给她看。

可现在，快六十了，另一个叫小燕的女孩不但打破了他多年的想象，还影响到了他的工作生活。他对这个名字也厌恶到了极点。老天真是戏

弄人啊，“小燕”这个名字贯穿了他的人生，既给他带来了事业的辉煌，也带来了人生的低谷。

同事们一个个来看望，学生们一群群来看望，朋友们也常常来医院坐坐。他很厌烦，越发躲着不见，觉得太丢人。就因为自己好奇的一眼，因为自己的一次多管闲事，因为自己的一时冲动，造成这么大的影响，他实在无法原谅自己。何况那个叫小燕的孩子花着学校的钱，自己也花着。

他对老婆说，我宁可回家躺着，也不愿这么糟蹋公家钱。老婆心疼他，一贯是个深明大义之人，硬是陪他办了出院手续。一结账，他吓了一跳。住院一个月，机器里打出来长条子上显示：三万二。

回到家，他才是真正吃不下睡不着了。三万二，自己这么点轻伤就花费这么多，那么黑小燕呢？据说精神病院的花费更高，高到什么程度他不知道，但一定比自己的高多了。一天夜里，他睡不着，忽然就直挺挺坐起来，咱们掏了这个钱吧。让学校担负，我真是无颜见人啊！老婆听话地点点头，她没有敢说，事到如今，他们也赔付不起了。

据说那黑三四处活动，找到了省城的当领导的亲戚，那人给教育局打了招呼，说要协调解决，但协调的价码是十万元的精神赔偿费，六万多元的住院治疗费和给他的警告处分。他要知道，一准活不成了。

半年过后，法院发来传票，对方告他课堂上猥亵女生，因证据不足自然不成立。学校告对方伤害教职员工也不成立。双方律师在协商的基础上撤诉，达成调解。双方各负责各的医药费。

据说黑三四处扬言，不是某大人物劝说，他一定会将老武送进监狱吃几年牢饭。

老武迅速老了，不但头发全白，连眉毛都白了。弯腰驼背，面黄肌瘦，走路也颤巍巍。“人说伍子胥一夜白了头，以前我一点也不相信，到了自己头上，还真是啊！原来人真会一夜白了头的。”他看着镜子里的自己，笑笑地对老婆说。老婆看着他，背过身子抹泪。

不久，局里下了文，严禁男老师批评女学生，严禁男教师随意拉女生，更不要说体罚学生；即使当面批评也要有策略，一旦违反，立即停职反省。严重者要撤销教师资格，交流到偏远山区。学校例会上，校长一再强调学校是个服务单位，是文明窗口，而社会上反映最多的热点焦点问题几乎都在教育上。教师们一定要摆正位置，服务于学生，服务于家长，服务于社会。教师们不说话，但也想不通，啥时候学校成了服务

行业了？

老武很少出门，他在九十七平方米的屋子里，像只老鸟，守着自己的笼子，不看电视不读书，不上网也不和人交流。见过他的人都说，心老了，像被抽了筋的龙一样，一下子变成了软塌塌的蛇。

校长和同事经常来看他，说些宽慰的话。他不知道，学校因这次事件，年终考核时一票否决，成为全市倒数第一。同事们可怜的一点奖金，全部被取消。他也不知道，据说省上有人建议要给他处分，消息传来，全校同事义愤填膺联名上书，告到教育厅。即使教育局领导，也拍了桌子表了态度，决不给自己的教师处分。整个教育系统都在关注这个小小的事件。事件很快演变到保护教师利益、维护为师尊严的大讨论上来，必要的惩戒教育又一次被提上教育日程。总之，又一轮的吵吵嚷嚷开始了。

他更不知道，那个叫黑小燕的女生退学回家后，跟着哥哥黑三贩毒吸毒，被抓进了监狱。他只知道，吃饭呆坐，等待天黑。他不再提起任何关于学校学生的话题，仿佛大半辈子的工作生活被掐断了一样。他以教师这个职业为羞愧。心死了，活着没意思，这是他老婆对外人说的话。

某一雨天，他站在窗前，见窗台上搁着一块小黑板，因长时间闲置，已被雨水冲刷出道道木纹来。半盒红粉笔呢？也被浸泡成烂泥汤，染红了半个窗台。红色水流跌跌撞撞，从三楼直坠下去。遂提起笔，满含热泪，挥毫而就：

次韵半生教书诗

少年壮志四海中，诲人不倦窃自幸。
书生庸庸无用处，花甲碌碌水龙吟。
再忆旧事心寒凉，老来频添新愁生。
粉笔赤赤污青白，两鬓斑斑悔不成。
人到困境赖病疾，穷至沧桑盼梦倾。
垂垂老矣无别事，蜗居笼里度红尘。

罢 课 记

嗟乎！师道之不传也久矣！欲人之无惑也难矣！古之圣人，其出人也远矣，犹且从师而问焉；今之众人，其下圣人也亦远矣，而耻学于师。是故圣益圣，愚益愚。圣人之所以为圣，愚人之所以为愚，其皆出于此乎？

——人教版语文必修三《师说》· 韩愈

1

一树合欢开得正艳，刺玫月季迎风生姿，垂柳婆娑摇曳，紫藤花香弥漫四处，夏阳在树梢处，投射下片片斑驳之影。

第三节课才下，语文备课组长急吼吼走进来，说：“不做题了，到对面办公室数卷子。”

大家抬起头，星期三下午照例是全年级统一周练时间，“不是刚月考完吗？周练题让各班科代表自己数就是了。”

“情况特殊，各数各。”

小王快人快语：“教务处也真是，这次衡水的几套模拟题又没给普班订，这是啥事嘛，让咱怎么张口和学生说？”

苏雅挤挤眼睛，扬扬下巴，她顺视线看过去，生物老师那里聚集了几个学生，挤作一团正问题呢。老师讲得津津有味，学生也听得聚精会神。大家会意，低头继续做题。

“同学们，又到了上课时间，请赶快回到教室，继续上课！”铃声响过，广播里温柔如水的女声呼唤连连，学生们匆匆走出去。

老马喊住小个子扎马尾的女生，说：“给没做最后一题的那几个同学

说，下了课到办公室来。”她答应一声转身就跑了。

大家直起身子，有些担心。“学生没听见吧？”老马忙问啥事，小王反问：“这几个学生是普班还是尖班的？”“好像是普班。”他怔了怔，边甩胳膊边解释。原来各科室主任去衡水中学参观学习，订了几套“绝密卷”，按说模拟卷高三年级应该全有，可教务处只给六个尖子班订了模拟卷，其他普班按原计划做普通卷。办公室里一下子嚷起来，如沸水飞溅。普班老师脸都气青了，站起来理论：“每次都这样，这不是欺负人吗？总是把普班老师学生不当人看，看个节目分普班尖子班，听个心理辅导讲座分普班尖子班，现在做个卷子也是。一墙之隔，尖班做绝密卷，普班连见见题型的机会都没有，怎么给学生解释？不是天天讲教育均衡，大会小会讲要一视同仁要公平，咱这也叫公平？”

老马坐下又站起来，气势逼人：“这事做得真有点过分。到了冲刺阶段，老师学生情绪都紧张到了极点，这么做不是给学生添堵给自己找事吗？”

“这消息一定要先压着，不敢让学生知道，不然还真说不定惹个麻烦呢。”数学老师老赵一向息事宁人，以理性分析见长。英语老师小张年轻气盛，唾沫乱飞：“我看教务处那些人闲着没事干，就知道把人分个三六九等。高三什么状况他们难道不知道？现在又给出这幺蛾子，学生要是知道了，不翻了天还怪呢。”

苏雅想想，说：“王老师，你去打印室把绝密卷给全年级都复印了吧。就说卷子本来就少，拿回来的只是样题。普班学生正为分开看节目听讲座的事闹心呢。”

小王点点头，匆匆走了。大家也无心做题，收拾好准备回家，剩下几个等着数卷子。一早上五节课，累得要命。高三的日子，埋在卷子里的光阴，老师学生一起水深火热，都憋着一口气呢。

和几位同事数好卷子后，苏雅匆匆忙忙赶回家。今年雨水偏多，阳光充足，绿树翠草一个劲儿疯长，到处绿莹莹。夏风柔软如绸，轻轻拂过，水泥路也干净如新。

车停在小区门口，在面店买了两块钱面条跑上楼，见女儿写作业，老公正洗孩子弄脏的校服裤子，忙拉开冰箱拿出昨晚炒好的肉臊子，迅速烧水下面，面熟了撒上菠菜香菜拨拉几下就是一顿饭。

孩子跑过来，绕在身边哼哼唧唧，汇报老师今天批评了谁表扬了谁，

嘟囔说想吃排骨，她摸摸女儿圆脸，满口答应下午做。

三个人狼吞虎咽吃完，迅速上床休息。七岁的孩子在床上扭来扭去，边折腾边要听故事，老公用方言极重的普通话朗读，她逗趣：“把舌头捋直了说，看你那醋熘不分麻辣不等的普通话。”本为玩笑，老公却生了气：“亏你还是个语文老师，话说得多难听，你读得好咋不读？一天到晚不知道忙啥，从来就不管娃娃，后妈一样，还说这种话。”说完背过身子唠唠叨叨。她耐着性子听了几句，一会儿就迷迷糊糊。

好像又在高考场，黑色钢笔怎么也不出墨水写不成字，她急得抡圆胳膊使劲甩，几点墨水飞出来，溅在监考老师白衬衣上，一行蓝鹭染袖襟。那老师猛回头，她吓得满头大汗，大叫一声。

睁眼一看，呀！两点二十四，忙喊丈夫孩子。女儿一听要迟到，爬起大哭，老公迅速帮孩子收拾书包。她有些气急败坏：“还哭，中午不好好睡，现在还哭……”老公瞪了一眼：“迟了就迟了，嚷嚷啥，没见孩子哭吗？”

“她这毛病都是你惯的，还有理得不行了。”

“好好，你就看我们爷俩不顺眼，是不是到更年期了？”边说边拉着孩子出了门。

苏雅忙进卫生间，对着镜子梳梳头，头发乱糟糟像鸡窝。门又响了，已发福的男人跑得汗涔涔，原来刚才忙着和她吵，忘了换鞋，穿了拖鞋到楼下才发现，顿时觉得今天自己有点过分，讨好地笑笑，老公瞪了一眼，气鼓鼓换鞋摔门跑下楼梯。

一路堵车，红绿灯下，人群匆匆蚂蚁般排队爬过，恍如急急流年。单位远，要经过数个红绿灯，最可气的是，南北走向的绿灯只有十几秒，等得人焦躁不安。据说这样设置后，司机闯红灯的概率会增大几倍，交警队也有罚款指标要完成，也指望这路口创收呢。

如今干啥都不容易啊，秒针噌噌飞跑，她恨不得跳下车，跑步到学校发卷子，让学生做题。

慌慌张张赶到时，第二遍上课铃声才响完，一口气跑上四楼拿卷子。办公室里无一人，心想今天可真迟到了，人都走光了。噔噔噔又从四楼穿过长廊跑到二楼教室，气喘吁吁。奇怪，班里怎么也没人？诧异四望，楼道悄悄，二楼、三楼本为高三年级地盘，此刻不但听不到老师讲课声，也听不见学生回答问题声。

一短发长脸女生从三楼跑下来，手拿一串钥匙，她忙问："今天有活动？中午怎么没见通知？人呢？"

孩子兴冲冲地说："老师，你还不知道？高三年级都去操场静坐示威去了。罢课！因为卷子的事。我留在最后锁门呢。"小脸红扑扑，转眼一趟子跑远了。

"罢课！"她往操场上一看，顿时傻了眼。

2

操场上整整齐齐坐着一排排学生，蓝白色校服在阳光下，清爽整洁。平日里大型集会都要吵吵嚷嚷好半天的学生，现在出奇缄默。偌大的绿色运动场上，一千多学生摆成长方形图标，安静坐着。远远看，一个沉默的方队。不，应该是一座即将爆发的火山。火焰在绿色运动场上奔腾涌动，像红色的奔马。

她准备下楼，可是腿软得几乎走不动，趴在栏杆上缓了缓，停了几分钟，看一眼操场，心跳加快几分，接着深呼吸，飞快下楼，高跟鞋踩在台阶上，如履平地。

十年前，地处苦水河畔下游的乡村学校，再次被暴雨冲毁，冲走学生三个，财产若干。这座城乡接合部的初级中学埋没在烂泥潭中，亟须拆迁改造。方案报了无数条，终因地处城市边缘，政府没一笔庞大的资金去购买昂贵的地皮，经多次协商最终夭折。后来，来了新市长，做事大刀阔斧，雷厉风行，这才经层层商讨认真核算，一致认为整体搬迁为最佳方案。新址就选在本城西南角。这块土地都是农田，市里很快确定了项目，并开始施工。

不久，一座颇有民族风格的学校建成了，正式命名为"雁城四中"。

教学楼设计呈"凹"字形，中间为教师办公区，南楼为初中部，北楼为高中部。铁打的学校流水的学生。起初，这所学校只为周边几个乡镇适龄儿童提供就近入学之便，很长一段时间，老师学生生活很不方便，日常用品都要"进城"去买。随着城镇化进程加快，城市像氢气球迅速膨胀了起来，几年工夫，这位置倒成了天心地胆，身处城市中心了。学校也如爆米花，在扩招的微波炉里转了几圈，不到一千人的学校很快变成了六千多名学生、二百六十多名教职工的大校，暴发户一样抢眼。

市里原有几座百年名校，教育质量好，师资力量强，自然属于家长学生的首选。有门路的家长，即使交很高的赞助费，费尽九牛二虎之力也要进重点。一二三流学生被筛子筛过一次又一次，轮到四中，生源可想而知。

雁城四中是末流学校，但却是农村学生进城、城里孩子万般无奈才来读书的地方。五六千人挤在一百多亩的土地上吃喝拉撒睡，读书育人生活学习；加上三千多名寄宿生，其实就像一处留守生的集散地。所以，四中也有自己的特色，一是百分之九十的学生都是农村来的，加之合并撤校，有一千多偏远山区合并过来的学生，生活习惯较差。有的学生不但不刷牙，也不洗澡。每次开学，老师们都戏谑，羊粪蛋味、土炕味在校园里四处弥漫。二是成绩差，学习习惯差。偶有的城市生也是那些被城区其他中学开除没地方读书的学生。三是女生居多，占百分之六十七。女生多了事情就多，大小女人都一样。很多娃娃很快被花花绿绿的城市生活吸引，丢掉了山村人老实本分、勤劳善良、踏实认真的本质，开始变得自私贪婪，崇拜金钱，所以常常发生偷盗抢劫、打架滋事、早恋之事，因而名声也不大好。一段时间，提起四中，人人摇头叹气，就连本校学生也不愿穿校服上街，似乎也觉羞愧。

这座小城虽不大，历年来却是教育强区。各级领导都对教育抓得很紧，四中自然是重点帮扶整顿对象。一所混乱不堪的学校通过努力实干，转变成颇具实力的名校，虽有点空中楼阁，但前途绝对一片光明。校长每次在例会上大讲特讲："我们一定要以尖子班为抓手，以尖子班为特色，踏踏实实，吃苦耐劳，真抓实干，创造奇迹，打造出一所欣欣向荣的名校，创建名校工程，实现名校效应。"实现名校工程的愿景很遥远，最实用最迅捷的办法就是吸收各种社会资金，充分利用各级各类领导关注，办尖子班。用尖子生效应赢得家长、社会的信任支持，用各种优惠政策来吸引优秀学生，用高升学率来获得最大效益，形成良性循环。全体教职工起早贪黑，学生们勤奋努力，通过几年努力，四中在本地声名鹊起，口碑还不错，在名校的道路上越走越快。当然，存在的隐患相对也更多。

3

苏雅刚跑上操场台阶，教务主任黑着脸快步走来，劈头盖脸地嚷：

“咋才来？打电话也不接，你是干啥的？”她吓得不敢说话，只好低头站着。

“就你们班多事，每次都是四班先挑起是非，你是怎么当班主任的？发生这么大的事，也没一个学生提前通风报信，要你们做啥？”主任气急败坏，指手画脚，唾沫飞溅。

“主任……”她有些茫然，喘口气四下用眼光搜寻自己的学生。不会吧？全年级这么多人，单凭四班怎号召起来呢？但见学生们头昂得高高，盯着这个胖男人，眼里怒火熊熊。其他老师则抱着胳膊站立不动，其他学生竖起耳朵静静听。

“作为一个班主任，也不知道培养几个心腹，发生这么大的事，一点都没觉察，你这班主任是干啥的？”主任继续大声呵斥。

她抬起头，结结巴巴：“主任，学生……在呢。”知道主任一顿炮火猛攻是杀鸡给猴看，目的是震慑别人，又低下头。这人一进校就听说过，当年可是小城里叱咤风云之人。工农兵大学的高才生，黑胖矮短，心眼奇小，睚眦必报，人送外号“黑猪头”。无论何时，两只手插在裤兜里，腆着大肚子，摇摆身子走路，斜着眼上下盯人。之所以能在学校耀武扬威不可一世，据说有个侄子是副区长。

后来她才知还有一段闲话。初到学校报到时，当她一头长发，袅袅婷婷从校门口走进来时，这胖男人站在窗前，叹口气：“今年分来了一个花瓶，不知道又会在谁家窑里被淬火呢？”过了两年多，她听别人说笑时提起，惊讶气愤，难以置信，再见此人就有些不舒服，尽量少见面少说话。进校几年来，她很努力，虽年轻但工作踏实认真，为人老实，加上勤奋好学吃苦耐劳，课讲得好脾性也好，深受学生、家长喜爱，很快便成功地把“花瓶”这一概念从众人脑海里删去，用事实证明了自己不但不是华丽无用的花瓶，而是厚重的青花瓷。

后来又发生了一件事，她知道这人从此和自己结下了梁子。三年前，局里“大换血”，调整各校干部，一副校长被调整到不远处的三中，本校就缺少一名。主任四处活动，全力以赴，用锲而不舍的下贱精神争得上级领导关注，且在全校教职工大会上大讲特讲团结和谐的重要性，但组织部来考察时，他仍以最低票数光荣落选，而平日里亲民低调的教科室主任却以最高票数顺利坐上副校长之位。结果出乎意料，他自然大发雷霆，四处谩骂：“教师就不能当人看，别看一个个平日里

不言不喘，逆来顺受，胆小怕事，关键时刻还会坏事。”此后很长一段时间，他蔫头耷脑。

某周末，她忽然接到主任短信，通知晚上在某酒楼吃饭。懵懵懂懂跑去，却发现只有两个男人，一个主任，一个据介绍是教育局某股室股长。显然他们已喝了很多酒，主任舌根发直：“张哥，这是我们单位几大美女之一，就是老实些死相些。当老师都把人当得傻了，这么年轻漂亮的女娃娃，成天被困在学校里，和社会不接触，不傻才怪呢……”她还没反应过来叫自己的目的，灯光下，那人一只手伸过来，暧昧地撩她头发，她本能躲开。镇静了一下，说：“主任，我今天有事，顺便过来和您说一声。你们慢慢吃，我走了。”说完转身就出来了。夜已深，路灯下，风吹得树叶哗啦啦响，她边等车边想起那个外号，觉得名副其实。

4

现在，主任喋喋不休，必须先受着，不然怎么办？“怎么样的班主任就带出怎么样的学生，你们高三组就没有个省心的时候。”不依不饶的声音继续，她觉得自己像刘胡兰一样抬起了头。

高三十几个班主任围了上来，年龄最大的老马低声道：“老宋，疯了吧。当着学生面，怎能这样说？现在不处理事情，胡埋怨个啥？你没有调查，怎么知道就是班主任的错？难道学校做法就妥当？动不动就把尖子生和普通生分开。这是学校，是教育人的地方，是讲公平平等的地方。高三的学生不是小娃娃，你那套做法是不是妥当自己心里有数。现在就事论事赶紧处理事情，说人家小苏干啥？你这是火上浇油煽风点火呢。”

她感激地看了老马一眼，他们是老同学，老马自然不怕他。其实刚才差点想不管不顾当面顶主任几句，凭什么就认定是我们班学生挑头的呢？不就是处处和我们过不去吗？转身一想，这么多学生在场，老师们吵架，丢人现眼，被学生笑话。如今师者本就没尊严，最起码的脸面总还得保留一些吧。

一行人远远快步走过来。老校长脸上能拧下水来，花白的头发在头上舞蹈：“咋回事？”

主任马上换了脸，笑得开了花：“没有啥嘛，一点点小事情，就是订

模拟题的事。我觉得也没啥，考学全指望尖子班了。普班嘛，不指望他们考学，随便做上几套题，维持好秩序，稳稳当当送出校门就是。现在一些学生借机闹事，有些人也在背后捣鬼。”他看了班主任们一眼，大家面无表情，她心里那三个字又冒了出来。

校长怔了怔，觉得在众人面前说这话，实在不妥，瞪了他一眼：“胡闹！怎么能这么说？对学生要一视同仁，我们是学校，这样做本来就不对。我去和学生道歉。你呀，尽给我惹事。”

学生见大小领导都来了，一时有点骚动，嗡嗡低语，有人还站了起来，但很快就静下来，冷眼看大人们。

校长走过去，皱纹集中在一起，清清嗓子，大声说：“对不起，同学们。今天发生这样的误会，完全是学校的错误。因为几套题的事，同学们觉得人格上受了侮辱，学习上受了歧视，心理上受了伤害，我作为校长，深表歉意。在此，我代表学校，向你们郑重道歉。希望同学们原谅！老师也是凡人，也会犯错误，犯了错误，也需要一个改正的机会。”

他低下头，深深鞠了一躬，然后抬起头，说：“同学们，大家来到四中，总觉得有些委屈，有些不情愿，觉得名声不好，管理混乱，老师也不敬业。但你们在这座校园里学习生活了三年，清清楚楚，四中的老师是不是比其他学校的老师付出得更多？是不是把大家当作儿女一样对待？是不是每天早上早早到校，陪着你们吃早餐，看着你们上自习，中午顾不上接送孩子，又来到班里照顾大家？晚自习更不用说，哪个班主任不是陪着大家到十一点多才回家？我知道大家本意不是这样，只是要个说法，对吗？学校会就此事很快给个合理的意见。现在我希望同学们回到教室，继续上课。无论怎么样，耽误了课，就是天大的事情。谁都不愿意这种事发生，但已经发生了，就要给我们一定的时间来处理。大家说对不对？”

她觉得心里一阵酸楚，眼眶湿润了，再看那些孩子们，拼命鼓着掌。毕竟是孩子啊，被感动得稀里哗啦，操场上静了几分钟，他们自动站起来，排队整整齐齐往教室走。

人们长长出了一口气，她浑身轻松了许多，看一眼骄阳中的老校长，对那佝偻的身影，佩服得五体投地。

等学生走完，主任马上说：“班主任赶紧到班里清点人数。看有没有趁机不在的学生，然后马上到四楼会议室开会。”

她和各位班主任急忙往教室走，十几个人低着头，都不说话。今天的事，任是谁都没有想到也没有遇到过，大家既震惊又觉得不可思议。

走进教室，她从前走到后，一句话也没说，学生们抬起头，一双双眼睛紧盯那张光滑姣好的脸。平日里，他们常常为作业撒娇讨价还价或背着她做小动作，从这张脸上观察年轻老师的喜怒哀乐心情好坏。现在这张脸充满杀伐之气，不动声色和他们较量着。终究是孩子，老师默不作声眼神凌厉，他们终于坐不住了，班长首先站起来，嗫嚅：“老师，我们……”

她冷冷地说：“你坐下。计宁大你说。”所有人都折回头，看坐在教室后排的那个孩子。

被老师点了名的人噌的站了起来，一米八几，瘦如竹竿，校服在身上空荡荡甩来甩去，仰着短寸头大声说：“老师，我觉得今天的事情不能全怪我们。学校把普班不当人看，我们觉得低人一等。上次听心理辅导课，尖子班第一天下午听，普班第二天才听。去年元旦文艺演出，尖子班一组，我们一组。每次有资助项目和名额，尖子班多都无所谓，谁叫我们学习不好呢。可我们也是这学校学生，连老师都瞧不起都嫌弃都歧视我们，那以后在哪里能找到尊重？政治课上，老师天天讲人格、尊重、平等、公平，不都是假话？我们学习是差，但也应该有被承认被尊重的权利吧。到了冲刺阶段，一套模拟题也不让我们见见。老师您说是不是太过分，真是想不通……”

“这件事是谁挑的头，是你组织的吗？”高跟鞋磨得脚疼，她现在才感觉到，只好站定靠在桌子边，旁边一学生马上站起来：“老师，你坐下说。”心里一股暖流，这些孩子只是成绩稍差一点，疼爱人呵护人可是一点也不少。

“不是，”班长抢着回答，“这次事件没有谁挑头。消息传开时，大家非常气愤，然后就有同学挨班通知下午两点十分到操场集合，我们自然义愤填膺，决定参加。没有什么组织者，都是自发自愿的。”这小绵羊一贯听话懂事，有眼色，讲原则，是老师们心目中的好帮手，领导心中的好学生。学习优异的他，是自治区三好学生，还是入党积极分子。

“你们想得太简单了，这样的事件，能不严重？你还是个班长还是个预备党员，怎么那么冲动呢？你们也是，天天说自己长大了，成熟了，理性了，都理性到哪里去了？遇事还这么冲动，真不懂事。”她恨铁不成钢。

其他学生纷纷乱嚷：“老师，我们就是表示不满而已，又没有做啥事情，学校不会处理我们吧？再说，校长都道歉了。”

“好了好了。大家拿出冲刺卷一，先做题。老师开会去了，完了再说。今天谁没有到？”

班长说：“都在呢，连平日里偷跑的几个都在。”大家哄堂大笑，教室里轻松起来，学生们纷纷拿出试卷，认真做起题来。

她出了教室，六班班主任张老师一瘸一拐走过来，满脸气愤。“看看主任做的啥事？逼得学生都造反了。这个猪头，就知道克扣咱们几个代课金，到处整人。这次事件，他肯定抓住不放过，现在就看学校怎么定性了。不然，吃亏的总是学生。”我没搭话，尖班和普班老师在一起关系很微妙，虽身在同一战壕但待遇不同，牵扯到敏感事件，还是少说为佳。

6

两个人到二楼会议室时，人已坐满了。小办公室，教师们很少来，除非有重大事件才会汇聚到此。学校把所有中层干部集中放在二楼办公，以校长办公室为中心，向两边延伸，因此将这儿称为“中南海”。教师们常常逗趣，被“中南海”传唤可不是好事。

主任坐在上面，脸色铁青，狠狠瞪了她一眼。她知道，他对四班有成见，对计宁大更是深恶痛绝。每年运动会，照例是学生们最盼望的盛会，也是普班学生扬眉吐气之时。四班体育生很多，自然得分高。在她组织下，孩子们经过一轮轮努力拼搏，各项比赛均取得好成绩，终于拿下了高中组第一名。当裁判员在闭幕式上宣布奖品为足球时，孩子们高兴地跳起来。领导讲话一结束，班长和计宁大等几个负责的孩子一起去领奖品。奖品组就在这小会议室，负责人宋主任却说，足球没了，换成了篮球，可他脚下明明放着一只足球。二愣子的计宁大就嘀咕：“说话不算数，还当老师呢。”主任很不高兴，呵斥他，孩子据理力争，两个人大吵了起来：“还是个学生，看你那个样子，在普班待着，还不知羞耻，这么和老师说话。”那孩子跳起来，头红脖子粗，也大声嚷：“老师您说话

不算数，还侮辱人。尖子班怎么了？不是照样有偷盗抢劫的人吗？普班怎么了，我们照样拿第一。”“成绩不行，体育好点有啥了不起，真是头脑简单四肢发达的货色。看看你们，这样的人品……”结果四班男生呼啦啦全跑来了，几十个枪杆般的小伙子站在那里，主任退却了。但从此对四班颇有成见，总找机会指责。

此刻，中层以上领导全在，人人忧心忡忡，愁肠万端。校长坐在椭圆形会议桌的一端，在笔记本上写着什么。会议室里静悄悄，窗外有风吹过，窗帘鼓成帆，在风中飘舞。

主任清清嗓子：“现在，咱们开会。首先请校长就这次高三年级组发生的学生严重罢课违纪事件，进行重要指示。”

校长挥挥手，表示最后说。她睁大眼睛，觉得不可思议，怎么一会工夫就变了味道。接着，各位主任满腔正义，一板一眼，开始上纲上线。一堆大同小异的词语滚滚而出，杀气腾腾，仿佛这问题不解决，明天世界就会乱套。

会议从三点多一直开到六点半，期间有老师说要上课，主任严肃地说：“高三全部停课整顿，上什么课？”老马站起来，说：“不就是孩子们一时冲动，我觉得也没啥，至于吗？娃娃嘛，这个年龄就这样，没有大人想得那么严重，只是表示一下不满罢了。我还有两节课，上课去了。”说完，推开凳子走了。

大家看着一头白发的马老师，从内心佩服尊敬。可除了他，其他人都没敢动弹。他们这些年轻的教师们，只好竖起无辜的耳朵，一只进一只出地坐着听。

长达几个小时的会议，最终校长才进行总结，大意是：要迅速查出这次事件的组织者，严肃处理，以儆效尤。各班主任一定要培养心腹若干，以保证意外事件发生时第一时间掌握动向。这次事件的处理结果要秘密进行，在高三毕业以前不准再出任何乱子。

7

脸色和窗外暮色同样雾蒙蒙，人人沉默着出了会议室。天色已晚，风大了起来，乌云密布，一片片树叶在天空飞，眼看要下雨的样子。六点四十了，七点有晚自习的老师们，谁也没有抱怨，大家都习惯了这样的会。

回到办公室，几个同事说去学生食堂随便吃点算了。她打电话给老公，不知是忙碌还是生气，也不见人接。不过，有晚自习的日子，过了六点半，他应该知道准是自己有事才不回家，所以也不会生气。老公人虽本事不大，但勤快善良，在尊老爱幼上堪称楷模。她还是很欣慰，常常在最劳累无助疲惫不堪时，为当年的选择暗自得意一回。

饭后，大家打开电脑，上网乱看。她趴在窗前，漫无目的地看。

“报告!”墨色愈重的校园，细雨蒙蒙，一时思绪乱飞，她既没听见学生的声音也没回头，直到同事大声喊，才转回头来。

俩孩子站在面前:“老师，您没吃饭吧。我们买了个面包，吃点吧。”

她心里暖洋洋:“我吃过了，你们吃吧。谁买的？给你们钱。”“老师，客气了啊!”两个孩子咧嘴笑。“这件事情到底是谁牵头的，计宁大，你给老师说，是不是你？”“真不是，老师。我真不知道。”孩子委屈地噘嘴。

初中毕业后因父母婚变而赌气不读书的这孩子,在社会上逛了一年,再次回到学校时，习惯极差。不上课不做作业，上网夜不归宿，顶撞老师打群架，一度成为全年级“刺儿头”。但他好面子讲义气，她接了班主任后，起初师生摩擦最多，其间也有过不少斗智斗勇的故事，但功夫不负有心人，倾注的心血没被辜负，他最终被感化过来，成为自己最信任的学生之一。

“卷子的事是谁说出去的？当时只有六班几个学生来问题，其他班是怎么知道的，然后各班到底怎么迅速集合在一起的？”

“老师，说实话，我们也愤愤不平呢。从一进校就被瞧不起。尖子班就那么几个，一个个好像高人一等。很多次我们都忍了，毕竟自己学习不好嘛。但学习成绩和人品也没有必然联系吧，为什么一定拿学习来区分人品呢？我们又不是犯罪嫌疑人，凭什么就说一定是我们……干的。”小伙子一说起这些，就气得口吃。

“慢慢说。现在不是纠缠对错的时候，我只要结果。你们总得给我说实话吧。发生了这么大的事，学校就这件事一定要个说法，所以我希望知道实情。三年了，我们之间还有什么隐瞒的？你们是我最器重的孩子，现在我需要实情。”她口气加重了。

“老师，学校不会给什么处分吧？”

“你说呢，如果你是校长，我是班主任，你觉得你会怎样处理？”

两个大孩子顿时低了头，不说话了。

看着稚气未脱的两孩子，三年来的点点滴滴一一闪现。植树造林，全班同学上山，他们主动请缨自动组合，让老师和女生们歇息，男生们一个个干得热火朝天。每次打扫卫生，普班区域卫生场地都是最多的，他们带领几十个男生，铁锹扫帚一拿，勇士出征般横扫半个操场。运动会上，为了几分，在五千米一万米跑道上挥汗如雨，晕倒在地。家长会上，他们为自己过低的分数羞愧万分。当助学金奖学金各种资助名额下来，他们总会在班会上讨论，给最需要的同学，毫无怨言，但他们学习不好，一切都会被否定掉。成绩就是人品，分数就是品质，好像所有人都这么认为。

师生都不说话，她耐心等着，她知道自己学生是什么样的。

“老师，那您说我们现在面临的是不是一个选择？信守诺言和听师长话哪个更重要？背信弃义和屈膝投降哪个更值得？我们天天写坚守写仁义礼智写忠诚信义等作文的意义是什么？”

苏雅愣住了，有些好笑，又觉得难以回答：“你们自己先想想。有些时候，担当和责任也是选择的一种。”

晚自习，一切正常进行。老师们纷纷在讲台上分析讲解试卷，学生拿红笔在卷子上涂写修改。距离高考只剩六十多天，任何事件均会让位于这场战役的吧。

8

一夜无眠。

早上，苏雅揉揉眼睛，挣扎着起床，头重脚轻，眼冒金星，昨晚没睡好，加上有点感冒，浑身疲倦无力。老公做好了早饭，和孩子吃了急急忙忙走了，嘱咐请假休息。她想了想，还是不放心，打车上班。

到了学校，迎面遇见老马锻炼回来，大步流星，浑身冒热气：“霜打了，怎么蔫蔫的？”

“今天感冒了，不舒服。马老师，您说昨天那件事学校会怎么办？”

“怎么办？凉拌。学校本身做事出了问题，不但不承担责任，一点小事硬要找个借口整顿。又不是那些年，动不动搞运动，整顿个啥？娃

娃们年轻气盛，也没有造成什么影响。再说马上高考了，还来这一套，有啥用处？你看你脸色，赶紧请假休息去吧。”她没敢说自己怕见主任那张黑风脸，勉强挣扎到教室去，检查完人数、卫生，回到办公室。

大家依旧忙忙碌碌，上课、改作业，一地鸡毛的日子，天天如此。

趴在桌子上昏昏沉沉，好容易挨到第三节课，实在坚持不了，正准备请假回家，电话响了。“你到教务处来？”那边疾言厉色，她忙站起身下到二楼。

“看看你们的学生干的好事？一个个还在那里包庇掩护，昨晚我们经过审查，各班参与此次罢课事件的人共十三个，都是各班班干部，普班尖班都有。”主任双手叉腰，手指指向她，“你们班就占了两个，那个死狗计宁大，我就知道有他。”

地上站了几个谁也没看清楚，她边听主任咆哮，边瞅见桌子上厚厚一沓白纸，黑字密密麻麻，她的头开始嗡嗡作响。

“还有你，你们班那个女生就是罪魁祸首，就是她第一时间传播了给普班没订模拟题的消息，其他班才蠢蠢欲动迅速联合，造成这么重大的教学事故。现在我查清楚了，要坚决处理。你们下去分别给学生做工作，让他们积极配合，不准有过激反应。下周一晨会要宣读处分决定，留校察看还是轻的，要不是临近高考，都背上书包给我滚蛋吧。”

苏雅浑身颤抖，抬起头来，发现各班班主任都在，正准备说点什么，忽见六班班主任走上前，声音不高：“这次你要是处理学生，我就不当这个破班主任了，我也不上课了。罢课！”平日里这个对学生极其严厉的英语老师，个子不高，胖胖身材，学生外号“张妈”的女人，一字一句地说。其他人愤恨地盯着主任，一旁电脑里歌声更亮，“你是我的玫瑰你是我的花……”

黑脸主任大吃一惊：“你，你，你这是什么态度？”

“我就这个态度，怎么了？十六七岁的孩子，正是二愣子年龄，一时冲动犯了点小错，学校不但不保护引导，反而不依不饶，硬要给个处分才心里舒服？你我是教师，是教育人的。有你这么小心眼，和学生过不去的老师吗？”

“你胡说。都是你们纵容包庇的结果，不然给他们天胆也不敢这样。”主任拍了下桌子。

张老师毫不相让，企鹅身子迅速转过去，也使劲拍了几下桌子：“你

也有儿子女儿，你家孩子到高三最后几十天，背个处分回来，你心里怎么想？为人父母都一样，学生犯了什么错？你几十岁的人了，怎么不学好一点？说实话，今天你要给娃娃们处分，我们就集体罢课，还去局里告你，你试试看？”所有班主任站成一排，神色肃穆，盯着那人，空气似乎凝滞不动。

主任声音明显低了下来：“你们到底站在哪一边？出了事不和学校保持一致，还反着来？都反了反了。”边说边退后一步，坐在凳子上。

副主任忙站起来，说：“都是为了学校工作，不要牵扯到私人情感嘛。主任也是着急，怕这次镇压不住，以后还有意外事发生。大家理解理解冷静冷静，咱们慢慢商量怎么解决，都别上火。换位思考，为了学生的事伤了自家人和气，划不来吧。”

他笑着拉拉这个扯扯那个：“拿别人的事给自己找气生，是极其错误的。”大家脸色缓和了一些，但也没人说话，坐下来集体听电脑唱：“你是我一生永远不变的牵挂……”她看了一眼仍噘嘴生气的张老师，真想上前抱住她亲一口。

9

苏雅浑身冒虚汗，慢慢挪回四楼。楼道里挤满了学生，焦急地等。班长一见，就大声说：“老师，听说学校要处理你们是吗？是我们惹的事，要处分就处分吧，我们不怕。男人么，敢做就敢当，但是别牵连到老师。”

她好笑又好气：“就你们这样，还男人？道听途说啥？都回去赶紧上课去。事情不是想象的那样，现在已结束了，与你们没关系，目前你们的任务就是好好做卷子，考个好分数。其他事，还有老师呢。”

孩子们满含内疚，低头道歉：“昨天的事情我们错了。六班女生说了试卷内幕，当时大家气坏了，学校的做法严重伤害了我们的自尊。午饭时，各班班干部在餐厅举行了秘密会议，说好普班带头，尖班声援。其实就有点出出气的意思，没想到会造成这么大的影响。我们错了。昨晚还没有和您说实话，对不起。”

一旁学习委员插话：“老师，虽然我们商议好谁先说出去谁就是叛徒，但不给你说实话，大家也纠结心疼了好半天。早知道学校会给你们为难，还不如当时就承认了。处分就处分，我们都不怕。”看着身边这群身体长

开了但心智却未成熟的孩子，她不知说什么好，只是摆摆手，让他们回教室。

年轻真好啊！如果再年轻十几岁，自己也定是其中一分子吧。青春就是这样，有新鲜的血液、充沛的精力和未知的将来，有不怕任何的冲动，有敢作敢为的勇气，即使犯错误。想当年，为化学老师猥亵女生一事，她义愤填膺，和几个同学写信状告那卑劣男人时，也和他们年龄相同。此刻，她仿佛看见了若干年前自己的影子。可是，什么时候，执着已变味，信念也塌陷，一点点热血沸腾被岁月雕琢得越来越淡，最终变为一根针尖扎进心内。当心灵猥琐患得患失时，才知道原来自己老了。

老了就会圆滑世故，会权衡利弊，会想清楚得到多少失去多少，会默默忍受学会腹诽。她觉得这几年，老得浑身长满了绿毛。

接下来，在很长一段时间内，苏雅都昏昏沉沉，提不起精神。做卷子改卷子讲卷子的日子，单调无聊压抑窒息，对教师职业充满了怀疑，怀疑这重复无奈的生活与理想坚守没有任何关系。每天六点半出门，晚上十点半进门，劳碌琐碎不说，似乎一眼便可望见几十年后的自己。满头银发，兢兢业业，卑微琐碎，埋在作文堆里，内心充满幽怨。每天搬运知识，高谈阔论，夜以继日，其实没有任何意义。她和家人朋友商量，动用各种关系，希冀换个职业，换个环境。同时去书店买回了考公务员的书，报了国考，只要有闲时间，就拼命学习。走出去，成了唯一目标。

学校对这件事再也没了下文。领导们大会小会避而不谈，教师们也沉默不提，学生们早忘了自己的“义勇之举”，犹如集体失忆。主任照旧叉腰腆肚，见人不理不睬或高声叱责，也许他就那种说话方式。

同事们照旧忙忙碌碌，间或逗趣抬杠，还是有事互相提醒，无事也担待几分。从这点上来说，又觉得教师群体单纯干净，无利益之争，越发尊重喜爱他们。孩子们发了疯做题背题记答案，没有一人随便迟到早退或无故旷课，仿佛一夜之间长成了大人，几乎很少让人操心。高考的日子越来越近，老师、学生全力以赴同仇敌忾，向着各种题型扑去，甚至很少说话，却更亲密无间心有灵犀。

离别的日子很快到来，毕业典礼照例隆重而忧伤。最后一节课上，她没说太多话，觉得自己想说的要说的学生一定心知肚明。出乎意料，孩子们除了献上鲜花，居然还精心排练了几个小节目，有歌唱、舞蹈、小品，还有相声、话剧。各科老师高声称赞。将所有人情绪推向高潮的，

是全体学生的齐声朗诵：

我们会记住这里的一切，操场花园，教室走廊；

我们会记住这里的一切，讲桌前的微笑，运动会上的呼喊；

哦，还有你的惩罚，你的气愤，你的温柔，你的坚强；

我们会想念你们的，即使不会大声说出来；

但我们会把你们，深藏在心底，即使到生命的尽头……

老师、学生都眼泪哗哗，抱作一团。朝夕相处了三年，一千多个日日夜夜，看着一个个眼睛红红的孩子，聆听他们用心喊出的话语，她忽然觉得这职业是如此有意义有成就感。没有比耐心教育、细心呵护一批批有良知讲义气有担当有感恩心的社会公民更值得的事业了。“尽管我教不出一个清华北大生，但是为自己和这么优秀的你们相伴相知而自豪无比！”她觉得自己用力说出这些话时，一切委屈无奈彷徨忧郁都烟消云散。那一瞬，仿佛第一次懂得崇高伟大这些词语的含义。小小的阴霾算得了什么，一切终会过去。

10

校园里，成群结队的学生们拍照聊天，四处闲逛。班长和几个同学打扫完卫生检查完桌椅锁好门窗后，找到班主任交钥匙。她正被弟子们拉来拉去拍照，他们瞅着小女生一样可爱的她，打趣说：“老师，我们要和你单独拍照。将来还可以吹吹牛，看我们班主任，多漂亮。”

有学生递手机过来：“老师，您电话响了。”她笑嘻嘻接过：“老公，我们正拍照呢。拍了好多张呢，在紫藤树下。”电话那头比她更兴奋：“表哥刚才来电话说，你调动的事情说好了，质监局！你赶快回来吧。”她推说有事，拒绝了殷殷期盼和她拍照的弟子们，返回办公室取包。走过长廊，驻足看教学楼边那棵合欢。

六月艳阳下，伞状粉花迎风微笑，满树娇艳，葳蕤生姿，自成丹青难画处，却将眉黛染情深。记得进校时，树并不高，花朵也不繁茂，现在高达数米，长成了一个巨人。稠密的叶间一个椭圆形鸟巢，托举在树叉中央。这棵树在本班卫生区域内，三年来，多少次她带领学生们一起给它浇水，指挥他们收拾树底杂物，如今树更茂盛，人呢？

她站在楼上，一阵风掠过秀发，两颗硕大的泪从面颊滑落下来……

报　名　记

人生得意须尽欢，莫使金樽空对月。天生我材必有用，千金散尽还复来。

——人教版高中语文选修《将进酒》·李白

1

“白马过隙、岁月如梭”，默念着这两个成语，真心佩服老祖先发明的词语字字珠玑。因为今天正月初九，补课生活又要开始了。腊月二十八到现在十天，是高三师生所能享受到的最长一次假期，也是一学年来最放松惬意的时段。

短暂的假期，似乎能看得见光阴寸寸飞过，日子迅速滑过。我躺在床上，看着窗外鹅毛飞舞，世界银装素裹，忧心忡忡。“怪得北风急，前庭如月辉。天人宁许巧，剪水作花飞”，只是诗词中的浪漫，现实生活中可完全相反。新闻上说全国各地因大雪路断，本地高速已全线封闭，低速上更是车祸连连。学校一大早就发几次短信，通知各班主任给学生尤其是住宿生电话，叮嘱雪大路滑，出行一定要保证安全，过几天到校也可以。

我迅速爬起来，忙找到通讯录，给王喜喜打电话。他和几个同学家最远，路况最差，也最令人担心。到学校得步行几里路，才能搭乘三轮摩托或蹦蹦车到指定的地点，然后坐上中巴来到城里。去年夏天家访，我们从早上出发，开车走了多半天，傍晚才到六盘山脚下那个偏僻的沟洼。记得他家出门便是一个大坡，窄窄的山路，一边靠着齐整的山壁，一边就是深深的山崖，即使晴天那路也让人胆战心虚，何况这么大的雪。

他接了电话，满是无奈："老师，我也想在家多待几天，可我父母不行啊，你听，正唠叨呢。我父亲在屋里边收拾边给我三叔下命令，让骑摩托送我到校；我母亲跑来跑去，准备着各种带的东西。您是不知道，这炕沿上摆着大包小包几疙瘩，都是要我拿的，还有一疙瘩是给您的。"我忙说："谢谢你父母了。你让你父亲接电话。"

眼前浮现出一张憨厚朴实、近似于木讷的脸，接着那端传来一个不好意思的声音："老师，让你操心了，真是……"

"这雪大路滑的，让娃娃等几天再来学校可以吗？"

他一口否决："那不行！人家娃娃都补课，他不去，落下课了咋办？"

"不要紧。现在复习，不讲新内容。再说他学习也好，完全跟得上。"

"他都高三了，长晃晃睡在家里，我着急。我家几辈没有个读书人，现在供给他读书，就盼着他能考个好大学争口气呢，这紧跑慢跑都追不上，哪里还敢耽误？老师，我们天天走这条路，不会有啥事的。"

我继续劝："安全是第一位，再说学习也不是一天两天的事。天气预报说……"

"天揽国家大事的道理我懂，可咱老百姓嘛，最大的事就是娃娃考学了，哪能跟着天气走？老师，你放心，出了事我担待。"他明显有些不高兴。

隐约听见女人叱责："其他娃娃都能去补课，你咋就不能去？我看还是懒。今天不去，就会耽误很多知识，你给我乖乖收拾了走。你只要把书念好，其他事不要你操心。"高三、高三，在他们看来，就是命运中最重要的坎，少一步都觉得功亏一篑。我只好再次叮嘱，一定要小心啊。雪再下的话，就不要走了。

他挂了电话，虽没再说什么，可行动表明了态度：决不能让儿子待在家里。

我知道不管哪种方式，他今天一定要送儿子来学校的。

2

鞭炮声此起彼伏，街上到处是喜庆之气，年还远远没结束，可惜我们还要补课。办公室里冷得人发抖，假期供暖公司停止供暖，学校才通知了人家，屋里自然冰窟一般。有人抱怨着天气满地转圈圈，有人沉默不语抱着手机看。虽然上级主管部门三令五申不准补课，但上有政策下有对策，其他学校都在补，我们这三流学校本来就考不上几个，再不补课，家长、社会吐口唾沫就够受的。可补课违法违纪，所有人都提着心吊着胆，出了任何事都会连带一群人，谁也不能幸免。从上到下，大家心知肚明不说什么，但心里都捏着一把汗，暗暗祈祷老天保佑，千万不敢出什么意外。

同事们汇报自己班报名情况，除了家非常偏远的学生，其他的都来了。补课有没有效果暂且不说，家长、学生的态度便知。报完名，年级组组织几个班学生打扫教室、宿舍，几个班开始清扫区域内积雪。养精蓄锐了几天的学生们干劲十足，奋勇铲雪，一会儿就浑身冒热气；接着就团了雪球打雪仗，寂静的校园沸腾着欢声笑语。一个个雪球飞过来，我左躲右藏，还是被砸中了，满脸满身的雪渣，孩子们哈哈大笑，继续追逐。我只好满操场跑。

这时，王喜喜来电话，说他们准备出发了，让我放心。说他父亲开了家里蹦蹦车亲自送行，还捎带了几个同学；又问报名费多少，班级区域卫生在哪里。我心里一热，这个笑眯眯的孩子责任心特强，有担当意识，而且勤奋踏实，心细如发；除了成绩中等偏上之外，真是个不折不扣的好学生。记得放假回家前的最后一节课，其他学生抱着书一哄而散，教室里一片狼藉。只有他和劳动委员留下来，擦净黑板，拖净地板，清理垃圾箱；把矿泉水瓶、果汁瓶、易拉罐等各种可回收垃圾装进大袋子，拖下楼送给看门的大爷，还笑着说：“老师你先回去，有我和劳动委员在，你还不放心吗？”我边仔细检查门窗插销，边嘱咐他回家要好好看书。

他脸一红，低声说：“老师，我成绩不太好，也没想着考上多好的学校，就想学汽车美容。我朋友的小叔职业技术学院毕业，回来开了一个汽车美容店，生意好得很。我家条件不好，父亲替人放羊，母亲腰椎间盘突出不能干活，毕业了要能学个手艺，赚钱养活家，多好。”又说：“可我父母不行啊，眼巴巴盼着家里出个大学生，压力很大……我没去过北京，也没见过大海，就想去看看。咱这地方太旱，我以后就去有海的地方读书，天天泡在海里游泳。”我说，那就变成海鱼了。三个人都笑。他有两颗虎牙，一笑更可爱。

第四节课，大片大片的雪花铺天盖地落了下来，大地顿时又笼罩在

茫茫白雾中。我有点担心，随即给喜喜电话，他没有接，估计已经在路上了吧？

3

下午的任务是复习古诗词鉴赏模块。“同学们，今天我们复习李白的《将进酒》，这首诗考点非常多，除了理解性默写外，写作背景、情感价值观、艺术手法都是重点。谁给咱说说写作背景？”可是，没一个人回答。暖气来了，特别热，一百多人的教室门窗紧闭，变成了个巨大的育婴箱，大多数学生还沉浸在假日模式中，昏昏欲睡；少部分孩子慌忙翻书，查找笔记。我只好自问自答，像个絮絮叨叨的祥林嫂。

“李白写此诗时为天宝十一年，从‘赐金放还’到远离政治中心已有八年多，五十二岁的他和两位朋友岑勋、元丹丘相聚嵩山，煮酒论时世谈人生，酒酣耳热胸胆开张之时，写下了此诗。八年来，他忧国忧民的心一直未变，可是又无用武之地，只能寄情于山水之间，放浪于形骸之外……”

底下依旧没多大反应，我生了气，停下来瞪大眼睛，孩子们慌了，纷纷拿出笔，装模作样记起笔记来。我悄悄叹口气，进入高三，天天和试卷做斗争，他们对语文也没了兴趣，习惯了喂养式的复习方法，习惯了老师说答案学生记笔记的方式。

记得高二学习这首诗时，也是个雪天的午后，那是多么有意思的一节课啊！按照惯例，完成导入新课、正音识字、梳文释义环节后，我提议大家自由发言，孩子们争先恐后站起来表达观点，引发了激烈的争论。有人说这首诗应该用知人论世法来处理；有人马上截断话头，说应该用图画法来处理。有人站起来慷慨激昂，请大家想想这样一幅画面：时光流逝，如江河入海一去无回；人生苦短，看朝暮间青丝白雪；诗人顿悟生命的渺小，个人已造成无法挽救的悲剧，唯一能解忧的只有金樽美酒。

王喜喜站起来，大声总结：“我觉得完全可以理解为李白式的悲哀，在这首诗中，他既感叹人生易老，又感叹自己怀才不遇；既抒发了悲壮哀伤，也有愤慨和豪气。无力改变的现实，不能实现的理想，逼着他把冲天的激愤之情化作豪放的行乐之举，用来发泄不满、排遣忧愁……”教室里响起了一片掌声。

正想着，二班班主任推门进来，神色张皇："出事了，好像咱学生出车祸了。"我觉得头嗡嗡嗡，愣在讲台上。学生们抬起头望着我，满是疑虑。

似乎过了好长时间我才问："谁？是谁？"

他只说："好像你班我班都有。"然后一路飞奔，到教务处去汇报情况了。

我跟着往外跑。楼道铺了瓷砖，细雪洒在上面，非常滑，走路需要特别注意，一不小心就摔跤。我穿着高跟靴子，不知道怎么就飞到了教务处。

补课的老师都来了，领导们也都在场，大家面色沉重，站在地上。

政教主任握着手机在地上走，边听边点头。时间很慢，屋里很静，我瞅着窗外的一片雪花，飞过高楼飞过合欢树梢飞过窗棂，落在了窗框处，化作水滴，凝成冰团。接完电话，面对焦虑的人们，他眉头能拧出水来，说："确实是咱们的人。"

人们像被钉在了地上，一动不动，听着晴天霹雳般的消息：在距县城七十多公里处，唯一一条和外界相通的山路上，一辆蹦蹦车翻滚下山崖。四人当场死亡，十一人重伤，一人轻伤。车主就是王喜喜父亲……

4

学校迅速组织了十几个人的救援队出发了。老师们迅速回到班里安抚学生。

学生哭成一片，根本无法上课。

教室里，愁云惨淡，我强忍着悲痛安慰："现在也不能确定就是他们，但愿只是受点轻伤。大家不要着急，拿出假期布置的那套高考题，写作文吧。下节课再进行新课。"他们非常听话，默默拿出试卷，认真地做起来。连后排最不爱学习的几个男生都翻开了书拿起了笔。这几个家境富裕、条件优裕、不爱学习、幻想自由的孩子，每天上课睡觉看手机下课兴奋异常，上下学都有家长车接送，来学校的目的好像只为一张高中文凭，现在似乎也一下子懂事了。

消息很快传来，遇难的人中有二班的张××，被称为"刘德华"的帅小伙，模拟成绩全年级第三。

四班的李××，那个浓眉大眼、一心想去杭州读大学的山里孩子。元旦节目会演中，他模仿杰克逊的舞蹈征服了所有人。

还有王喜喜和他父亲。据说那中年男子脖子都摔断了；据说喜喜手里还紧紧抱着鼓囊囊的书包；据说他们同躺在冰冷的山坡上，连同抛撒了满路的馍馍花卷咸菜瓶；据说四处是散开来的教科书资料书作业本；据说一沓试卷上还写着“有志者事竟成”的字样……

5

惊恐、悲痛占据了很长一段时间，师生情绪都调整不过来。朝夕相处了三年的同窗情谊，阴阳两界的无助无奈，生命的脆弱和命运的无常，加之学习重负与前途无望，那个阶段，每个人都淹没在悲观失望的海洋中。尽管学校组织了多场活动，还专门派人进行了心理疏导，但无论怎么打气，都无济于事。这个事故就像巨大的黑影，横亘在青春迈进的路上，整个高三年级组都显得萎靡不振。

开学了，上课了，模拟了，总结了，日子一如既往，波澜不惊又惊涛万丈地进行着。他的座位一直空着，学校几次通知撤除，我们也没动。它像个巨大的黑窟窿，提醒人们不要忘记一个积极向上的阳光少年，一个热爱生活乐于奉献的好学生，一个认真负责有胆有识的好班长。史铁生在《我与地坛》里说：“有些事只适合收藏，不能说，也不能想，却又不能忘。它们不能变成语言，它们无法变成语言，一旦变成语言就不再是它们了。它们是一片朦胧的温馨与寂寥，是一片成熟的希望与绝望，它们的领地只有两处：心与坟墓。”大家从不说关于他的话题，一来冲刺阶段的确没时间精力，二来也没合适的机会，但学生们一下子就长大了，学习再也不用多唠叨，劳动也不用多催促，很自觉地完成着自己的任务。

6

新学期到了，又是一个雪天，又一轮学生报名的日子。

学校虽然早已取缔了补课制度，但这样的天气，人人担心到了骨子里，唯愿老天保佑学生们均能平安到达。那不堪回首的往事，心惊胆战

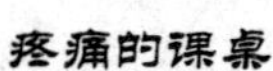

的滋味，永远不能忘怀的影子，迫使我们给家长一遍遍打电话叮咛。各班主任握着电话看着报名册，提心吊胆，一直等到下午六点多，见远道上的弟子们嘻嘻哈哈拥进办公室，才松了口气。大家欣慰地笑着检查寒假作业，安排住宿事宜，指挥打扫教室卫生，表扬认真负责的同学，批评没完成作业的。寂静的校园，又开始了沸腾的日子。

下班了，雪更大了，有晚自习，不敢开车也打不上出租，我和几位同事相约食堂吃饭。身边不断走过一个个穿着校服的学生，都是青春逼人的孩子。他们点头问老师好，有的飞快地跑，有的追逐打闹，有的安安静静。我又记起了高个圆脸的王喜喜，依稀看见他一手拿着拖把，一手拿着饭盒，边走边喊："赶紧吃！吃完了打扫区域卫生……"

复仇记

妪每谓余（予）曰："某所，而母立于兹。"妪又曰："汝姊（zǐ）在吾怀，呱呱（gū）而泣；娘以指叩门扉曰：'儿寒乎？欲食乎？'吾从板外相为应答。"

——人教版高中语文选修《项脊轩志》·归有光

"我母亲最终嫁给那人了，过得并不好。她从公交车上下来，黑了瘦了，围着花围巾，曾经那么好看的人，现在看起来老了邋遢了……我走过去拉起她粗糙干瘦的手，心酸得直掉泪，忽然觉得眼前这女人不是我妈……"

他摇摇晃晃走过来，酒上了头，脸色通红，忽然放声大哭："老师，好好的一个家就这么散了，真想不通……"

我忙拉他坐在僻静处："醉了吧，别说话。"

这是毕业后的一次师生聚会。屋外雪花纷飞，寒风如约而至。屋里热气腾腾，嘈杂欢笑闹腾。两个老师，还有一大堆半年前还坐在课桌前的学生，兴高采烈地坐在一起，一如在校时那样。每年寒暑假，外出念书、打工的弟子们返回家中，组织着各种形式的聚会，我总会接到不同届学生的电话。薄情的时代，还能被学生们念念不忘，坐下来听他们说当年和我们斗智斗勇的故事，也算是幸事一桩。说实话颇觉欣慰，多年来对学生一腔热爱，没有比毫无预期的回报更高兴的事了。

他们凑在一起，互相探问学校情况，城市风情；人人兴奋地说这说那，极力掩饰着初涉社会的无奈无助和恐慌伤害。脱下了宽松肥大遮掩体形的校服，换上了装扮时尚的衣服，他们都在极力表现自己长大了，是见识过世面的成人了，但稚嫩青涩的学生样还挂在脸上，处

事方式也和中学时相差不大。女生们三三两两挤在一起叽叽喳喳，窃窃地笑，羞涩地瞅着其他同学。稍活泼点的互相“揭发告密”，略带夸张地爆料当年谁追谁的秘密。男生们更多在喝酒聊天，唱歌叙旧。

“我不知道她为什么要这样？都是网络惹的祸。您知道吗？她在家可是个倍受宠爱的小女生啊。我和弟弟、爸爸、爷爷，家里四个男人都听她的话，由着她性子，可她就那么毅然决然地跟着网上认识不久的男人离开了家。原以为会过得更好，谁知道还不如现在……”

他满脸赤红，眼泪哗哗。第一次见他这么流泪，也第一次听他这么坦然地说起这话题，这要在两年前，不是不可能，而是完全不可能。

高一进校时，他并没给我留下什么印象，不过是个安安静静的中等生罢了。这样的孩子占班里大部分，老实本分驯良温存，不要说犯大错误，小错误也从来不犯，属于被忽视被遗忘的角色，所以几乎没理由被老师们牢记。通常我们会记住学习最好的，因为期望值高；当然记得最牢的还是那些上课睡觉下课捣蛋、早操迟到晚自习偷跑的、随时会犯各种错误的差生，因为得天天和他们玩猫捉老鼠，比自家孩子还操心。

他在我心目中是那种不需扬鞭自奋蹄的男孩，在班里可有可无地坐了近一年。高二的一天，布置一篇关于亲情话题作文时，我才注意到他。

“母爱如山，这是个简单的母题，但写好也不容易。这次作文要求讲真话诉真情，希冀大家把你心目中最真实的母亲形象写出来，把最真切的感情表露出来”……我在讲台上循循善诱，有点煽情。

他忽然站起来，抻抻校服，满脸忧戚，眼神迷离，拧着脖子看窗外。大家惊奇地随他一齐看。一排榆树上榆钱黄灿灿，拧成疙瘩，在微风中沉甸甸，偶尔晃几下。“老师，可以不写这个话题吗？”

我看了看他，校服洗得干干净净，穿得齐齐整整，胸前别着校徽，好学生一个。低头反思自己的言行，好像没有什么过激的。迅即明白过来，点头说：“好。如果不想写这个话题，可以换其他的。”

这些年，越来越多的学生被迫卷入家庭破裂的痛苦无奈无助中，因父母感情破裂意外婚变早早失去了青春灿烂的笑容。单单我们班，单亲家庭就有三分之一，更不用说那些正在出轨或在婚外情路上折腾的家庭了。无数实例证明，婚姻变故中伤害最大的还是孩子，问题孩

子都有一个问题家庭，所以遇到那些不愿意谈论某话题的孩子，我们很少直接询问，也不去简单粗暴地揭开伤疤。尊重每个人的隐私权，让有伤痛的人体面尊严地活着，应该是文明社会重要的标志之一吧。

其他同学抬头看我，我下巴一抬，用眼神示意，他们都低头纷纷忙碌起来，教室里一片中性笔在纸上划过的声音。他坐下来，盯着课桌上的作文纸一动不动，快要下课了，忽然拿出作业本，奋笔疾书起来。

隔天，我收到了一封信。“老师，关于母亲的话题我一句都不想多说。您说可以换个话题，那我就写梦想吧。我的梦想就是盼自己快快长大，杀死一个从没见过的、拆散了别人家庭的男人，然后就详尽地描述准备过程和具体实施过程，幻想着报仇后的快感……”

面对这些充满仇恨和血淋淋的文字，我吓坏了。冷静下来后，开始分析：他本是那种很乖巧的孩子，目前只是想不通或一种心情宣泄罢了，不可能有所动作，但还是不敢掉以轻心。不能眼睁睁看着一场悲剧发生，给更多的人造成无法弥补的伤害，必须要让他正确面对家庭变故，化解心中的伤痛，否则真会贻害无穷。

正好学校通知整理两年里做过的所有试卷。我装作不经意的样子，请他来帮忙：“听说这次检查得非常详细，能不能帮帮老师呢？整理好了咱到高三复习起来也方便。”他很爽快地答应了，脸上洋溢着自豪骄傲的光芒。一到大课间，便飞快来到办公室，把厚厚一沓试卷展开分类，一一装订成册。

熟悉之后，我们开始谈论各种话题。真没发现，原来他是个非常擅长表达的少年，说起童年很多事都记忆犹新，活灵活现。家乡的小河，树上的鸟窝，泥路上的欢笑，还有饭菜的清香，细致动情，画面感极强。

“老师，你知道吗？我妈做的饭可好吃了，尤其是榆钱馍馍。就是把榆钱摘下来洗干净了晾干，和了玉米面蒸熟了吃。我小时候最爱吃这种饭，每次妈妈准备做时，我总是绕在她脚边，不肯出厨房。我妈就唠叨男孩子围着锅台转没出息，猫儿吃糨子只在嘴上挖抓。我跳过来跳过去的，心急如焚。好不容易盼到饭熟了，妈妈揭开笼盖，厨房里顿时雾气腾腾，等她偏过脸等热气散开那会儿，我已抓起一个转身跑远了。那馍馍真甜真烫，咬一口粘牙，但又是那么好吃啊！我妈

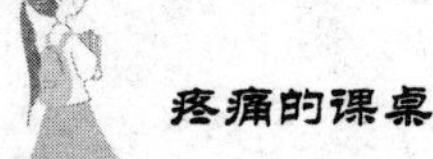

追出来，边笑边喊，小心烫着嘴。那是最幸福的时刻。可惜……”

他警觉地刹住，我也不问，两个人继续整理试卷。夕阳穿过玻璃窗，把他弓腰使劲摁订书机的影子幻化成细细一根线，在墙上拉得很长。有心结的人无论多么善于伪装也绕不开心底的秘密。在学习《父母和孩子之间的爱》一课时，直觉告诉我会出现转机，因为在这篇课文中，弗洛姆有几段对爱的阐述，能给学生健全心智和完整人格提出一些建议。比起简单粗暴的说教，对爱和爱的能力的感悟才是他们最感兴趣的。多年经验，我知道这篇课文对学生们的影响足可以用“震撼”一词来形容。

“成熟的人使自己同母亲和父亲的外部形象脱离，却在内心建立起这两个形象。即把母亲的良知建筑在他自己爱的能力上，把父亲的良知建筑在自己的理智和判断力上。”“人从同母亲的紧密关系发展到同父亲的紧密关系，最后达到综合，这就是人的灵魂健康和达到成熟的基础。”当各小组对真正的成熟理智、人格健康讨论得热火朝天时，他似乎也格外激动。但朗读课文时，又表现出躁动不安，说要去上厕所，我不动声色点点头。

我走出去，顺着楼道往下看，操场上一个瘦长的影子正疯狂地跑，一圈一圈。

晚自习，我批改作业，他走过来说：“老师，在哪里能买到弗洛姆《爱的艺术》这本书呢？”

“书店就有吧。你去看看，没有的话，我帮你在网上买。”他点点头，低眉顺眼走下讲台。

过了几天，他来到办公室：“老师，您有时间吗？想和你谈谈。”

“当然可以。”我们走下楼梯，沿着塑胶跑道慢慢走。

四月的校园，绿意萋萋，他打开话匣，滔滔不绝地说起来。母亲当年年轻漂亮，在村里是数一数二的美人。父亲虽老实木讷，但是个木匠，四处打工赚钱。爷爷是教师，有学问有身份，备受村人尊敬。家里日子过得不错，是附近几个村的人羡慕尊重的家庭。后来，他和弟弟长大了，教学点也撤了。和其他人一样，母亲便带着两个孩子上城读书。初到城里，租住着一间土屋，母亲天天接送他们，操碎了心。慢慢他们大了，她也打零工，钱虽然不多，但很开心。几年后，攒钱在城里买了套二手楼房，面积不大，但家人兴高采烈，幸福感倍增。

但母亲先是跟着一群阿姨学跳广场舞，早晚不停，渐渐爱上了收拾打扮。后来又学会了 QQ、微信聊天，再后来就是天天出去，夜不归宿。父亲呢，半辈子为生活挣扎，老黄牛一样守护着摇摇欲坠的家庭，当发觉妻子不管家时，再三恳求，但她还是提出离婚，搬了出去。家里闹得鸡飞狗跳墙，被人看尽了笑话。最可笑的是，中考前，她答应回来陪他考试，结果爽约，害得他以三分之差和重点中学无缘。妻离子散，丢人现眼，父亲很快忧郁成疾，患了肝癌。为了治病，家里花尽了积蓄，变卖了房子，最终人财两空。他和弟弟，成了无家可归的流浪狗一样的人。

他冷静地叙述完，接着就恶狠狠地说："我发誓一定要杀了他，那个拆散了我们家庭的人。我现在唯一的愿望就是赶快长大，长大了就有了力气，也就会以我的方式去报仇了。老师，多年来，这是我第一次说委屈和愤怒，希望你不要和任何人说。"

我不知怎么回答，作为倾听者，只是默默听。其实这些年，陪读家庭出现问题的不止一两个。孩子进城读书，男人外出去挣钱，陪读女人除了一日三餐之外，无所事事，跳跳广场舞，上网聊聊天，动不动就离家出走，离异的越来越多，成了社会问题。同事班里的一个学生，起先跟着陪读的是年轻的妈妈，过了不久就和一个男人私奔了，丢下孩子和家走了。无奈中，只得让奶奶来做饭洗衣，谁知过了不久，奶奶也跟着别人跑了（本地女人结婚早，说是奶奶也不过四十多岁）。这样的例子比比皆是，所以班里离异家庭、单亲家庭的比例越来越高。

日子天天继续，飞快流过。丁香花串串吐蕊，香气随风飘散到更远的地方时，我们开始补课。正式进入高三状态，人人迅速投入到紧张学习中。他非常用功，成绩飞速提高，我知道有个信念支撑着他，尽管这个信念那么让人恐惧。

第二次月考完，他突然请假了几天。班主任说他感冒严重，需要休息。我有些担心，但也没说什么。过了几天，他回来了，面色青黄萎靡不振，人也瘦了很多。我相信他一定会来和我谈谈。

隔天他果然来到办公室，站在墙角，泪眼婆娑地说，母亲有了病，给他打电话。他去送药，遇见了那个男人。瘦弱矮小，老实木讷，看起来比母亲大十几岁，和他心中剽悍强勇的样子完全不符合。理智告诉他不能同情坏人，但为这样的人去杀人是不是值？仇恨的种子一旦

埋下，要深挖出来也不容易，对十七八岁的孩子来说，折磨更多的，还是自己。

“老师，你说那么又老又丑的一个男人，我妈不知看上了哪一点？凭什么让我们家付出如此惨痛的代价？我忽然觉得自己的仇恨没有了依托，这样的坚持也很虚无，我是不是在做着一件毫无意义的事？心里像扎了一把刀子难受啊。”他颓然无力，眼泪开了闸。

“本来这件事老师不该说什么，但是你既然问，我就说说自己的看法。父母的感情纠葛，自有他们的理由，做子女的有时无法左右。你母亲为什么要跟着那么一个人并不重要，重要的是那是她自己选择的人生。她是有权利去选择属于自己的生活的。如果单纯从道德角度去判断，未免有些狭隘。“搭桥顺母意，杀僧报父仇”的故事你听说过吗？过去有个孩子，父亲去世得早，从小靠母亲拉扯长大。孤儿寡母生活很不容易，有个和尚经常帮他家做事，母亲就喜欢上了这个和尚，两个人来往甚密。和尚从寺庙过来要蹚过一条河，天气冷，孩子便修了一座桥，以便他走路方便。日子一天天过去，母亲去世了，儿子安葬好了母亲，然后到寺庙里杀死了和尚。官府问他为何前面搭桥后面杀人？他说，搭桥是为母行孝，杀人是替父报仇。如果是你，你会怎样做？”

他瞪大了眼睛，惊呆了。“古人就有这样的事？”

“怎么会没有？人性的本能。你说这是孝道是忍让，还是畸形的道德观念？为了一个人去杀死另一个人，让更多无辜的人牵连受罪，你觉得理性吗？一个真正成熟的人是不会以结束别人的生命或自己的生命作为处理问题的最佳方式的。想想杀死别人，你自己会怎么样？爷爷因为家庭破碎本来就心碎了，再失去你，他会怎么样？为什么不能和母亲深谈一次呢？问问她的真实想法，每一个认真生活的人都值得被认真对待。”我一口气说出了半年来的担心，他一言不发，不反对也不赞同。

“真希望你能用自己的方式来弥补家庭伤痕，或试着去理解这件事。说穿了，问题根源在你母亲，是她选择的道路，和那个人关系不大。大多数的中年男女，不过是在生活的风雨中负重前行，都希望为自己活一回罢了，所以选择什么样的日子，他们自己心里很清楚，何必要以那么极端的方式来解决问题呢？”

他终于低下头，说："我再想想。"

"剩下的时间好好加油，考个好成绩，走个好学校，以后才有能力为家庭做点贡献。至于其他的，随着时间流逝，一切会过去的。咱不是学了《论语》吗？孔子都说，不迁怒，不贰过。己所不欲，勿施于人的嘛。一个人应该被善良温柔宽恕所包围，而不是被仇恨恐惧怨恨所浸泡。

高考终于结束了，他终于顺利考上一座石油大学，要去远方读书了。回头看他所走过的心路历程，有高山也有低谷，有迷茫也有开阔，但能走过危险的阶段，回到善意的平原，才是值得欣慰的。

"老师，谢谢你，帮我平稳地度过了最艰难危险的一段日子，以后的道路还长，相信我会稳稳当当走下去的。生活说着无与伦比的谎话，但我还是热爱它。我以后就是丁克家族的一份子了，我害怕家庭变故给孩子造成不可估量的伤害。岁月已偷走了我少年生活中的稳定和静好，我不会再让它偷走我的未来。"

我看着他，不知怎么说。

作弊记

马蹄留下踏残的落花 \ 在南国小小的山径 \ 歌人留下破碎的琴韵 \ 在北方幽幽的寺院 \ 秋天，秋天什么也没有留下 \ 只留下一个暖暖

——人教版高中语文选修《秋歌给暖暖》·痖弦

“这次月考，学校实行的是零监考方案，也就是说教室里无人监考。”张颖威严地强调，“但是，如果发现有人作弊，学校将从严从重处罚，决不姑息。轻者背处分上白榜（白纸榜单），严重者直接开除，所以希望大家好自为之，严格遵守考场纪律，不要做于己于集体都无利的事。”

教室里沉闷起来，没人说话也没人笑闹，学生似乎被一系列严厉措辞给震住了。见大家低头沉思，她想缓解一下气氛，随即开个玩笑：“这个世界上出名有两种方式，一种是流芳百世，一种就是遗臭万年，谁要想上头条，就准备作弊吧。”

学生们放松了许多，开始七嘴八舌。“老师，你放心，我们绝不作弊。马上就要高考了，就是考个八百分，有啥意思呢？才不会为了泡沫分数去冒这个险。”

“也是啊，到了现在，抄抄答案还有什么用？抄到高考卷上才算本事，但那是不可能的。”。

“没脑子的才会背着处分上大学呢。这种事得不偿失，还是算了吧。”

“大家有这种意识就好！学校采取这种措施，也是无奈之举。以前咱实行的是助学金制度，就是以低保证残疾证等为标准发放各种资助金，结果培养了一大批等要靠的懒人，滋养着一大批等着吃救济的懒汉。从现在起，助学金制统一改为奖学金。奖学金，顾名思义就是以成绩为准的奖励，除了成绩，其他一律免谈。这次无人监考不仅仅考验同学们的

诚信度，而且还和钱挂上了钩，所以一定要真实成绩，才能使各种资助金真正起到作用，才能显出公平公正性来。”

瘦高个的班长忽然站起来，指着前排偏头向外看的同学：“老师，我们无所谓，反正是一场实力考试，谁学得好谁就应该拿，公平合理。可这样一来，宝宝怎么办？”其他同学一齐盯着班主任看。

“也是啊，老师，他和奶奶每月就靠几个低保生活，本来就不容易。助学金改成奖学金，他是绝对拿不上的。”

望着窗外飘来飘去的柳絮，张颖一筹莫展：“哎，这个问题早考虑过了，我先问问年级主任意见，应该有办法的。”嘴上这么说，其实心里也没底。

前排靠窗名叫宝宝的学生，一点儿也没听进去这些讨论。他正饶有兴趣地盯着窗边挤成一堆的柳絮，不时咧着嘴笑，牙床全露了出来，像个三岁小孩。其实，就是参与进来，他对这些事也迷迷糊糊，搞不清楚。

宝宝，真名叫马阿舍，自小患了小儿麻痹，反应较慢，行动迟缓；十六岁了，个头还不到一米四。他父母是姑表姊妹，属于近亲，婚后三年才生下他。年轻的母亲本来就嫌婆家穷，见生了个残疾孩子，月子刚满就离开家去了外地，再也没回来过。年迈的奶奶用米汤和馍馍，一口一口将他喂养大。父亲呢？本就是个老实本分、木讷寡言的人。最初在附近的砖瓦厂做泥坯，后来拉车摔坏了脊椎，只能回村里替人干点杂活，守着老母幼子，日子还算过得去。可麻绳单从细处断，十岁上，父亲开着蹦蹦车替人拉石头，下坡时一头钻进大车，车毁人亡，留下了相依为命的祖孙二人，还有一笔外债。刚强的奶奶，靠着微薄的收入，不但全力抚养着这个略有智障的孙子，还供养他上完了小学初中，后来又托人进了高中。义务教育阶段花钱不多，还负担得起。可到高中就不一样了，尽管学校减免了他的学杂费书费，可是单单生活费也是一大笔开销。他是插转生，户口又不在本地，按规定各种资助金也享受不上。好在每学年，班里同学自愿给一个资助名额，以便他完成高中阶段的学业。

“宝宝，这次考试一定要写快些，争取多做几个题好吗？”张颖走过去，怜惜地说。

见所有人盯着，他倏然一惊，脸上笑容消失了，吐了一下舌头，缩起双肩低下头，把头抵在棕黄色课桌上，和往常一样，自言自语起来，不知说些什么，这是他紧张时的习惯。很多时候，谁也无法走进他的世界。

下课铃响了，大家在叹息中结束了班会。

张颖回到了办公室，见主任正在发监考表，就说："能不能给我班马阿舍一个指标呢？他情况特殊，不可能拿到奖学金的。"

"那不行。学校三令五申，定了制度就要遵守，无规矩不成方圆。更何况上次打架事件因他而起，造成较坏影响。学校规定凡是参与打架斗殴的学生，取消一切奖励，不得享受任何资助。"

"哎，提起那场打架事件，我就觉得委屈。不是别人欺负，我班学生也不会一哄而上的。再说他知道个啥，本来就不怪……"

"你这年轻人啊，啥都好，就是有些护犊子。那次打架，你们班几个男生到现在还背着处分，还说不严重？不管怎么说，他都是引子。"主任擅长摆事实讲道理，毫不通融。

她没再说下去，但心里堵得慌，只好坐下来。望着眼前棕色巴西木上肥厚的叶片，思绪就飘到了三年前。

开学第一天，长长的报名队伍里两个人格外显眼，一高一低，一老一少，一黑一白。一个四肢张开浑身颤动的男生，有些骇人，正不停摆动着身子四下里望。身边的老人，黑衣白帽，满头银发，佝偻着身子，紧紧拉住他的手，在耳边说着什么。

"老师，我要报名。"他吐了吐舌头，孩子一样大声。大家都笑，同情地看着。

"好！你的户口本呢？"他没回答，突然就扭转身子盯着天空了，高兴得手舞足蹈："奶奶，快看快看，飞机飞机！"

"十六了，智障人。"干瘦羸弱的老奶奶边低声说边递过来各种材料，"老师，你们多担待着点啊。我这个孙娃子胎里吃的亏，脑子和正常人不太一样，一阵一阵的。他爸妈……哎，以后再说。我怕放在社会上学坏了走失了，只有放到学校才放心，起码有人看着。娃娃是个残人，但不坏，不惹事，也不给人添太多麻烦。"

就这样，他成了班里的一员、特殊的一员，师生们悉心照顾的一员。上课时，老师们都会有意说慢些，以便他能跟得上；下课辅导时，也会给他单独讲讲没听懂的知识点。集体活动时，同学总会拉着他扶着他，一起参加；他呢？知道自己活动不便，反应较慢，就尽可能地帮着干些力所能及的活，尽管很多时候都是帮倒忙。比如别的同学上早操，他就拿起拖把吃力地拖地，把地拖地更脏；别的同学打扫卫生，他就笑呵呵地抢着提水，一桶水提进教室，洒去了多半。考试时，他拣会做的做几道，但速度跟不

上，急得满头大汗也无济于事。成绩自然在倒数，但也说得过去，有时甚至比一些放任自流自暴自弃的同学还好一点。除了偶然想起一出是一出，其他时间他就是个透明人。大家围着他，团结得就像一家人。

可过了不久，发生了一件事，让这个班在全校更出名。

一个课间，他忽然心血来潮，又要去提水。水桶很重，他双手握住桶柄，脸涨得通红，慢慢挪出左脚，用力摆出右腿，身子一弓一弓；佝偻的背高高耸起，仿佛一张拉紧了弦的弓；全身骨节僵硬地用力，像极了电影里的机器人。楼道里，来来往往的全是学生，见他摇摇晃晃走过，水洒了一地，外班一个同学就嚷：“怪胎，不提水行不行 ？自己什么样不知道，咋这么爱表现？”

他认真地说，“你别叫我怪胎，我外号叫奏奏（方言，蜘蛛），我奶奶也说我就像个奏奏嘛……”

班长闻讯赶了出来，指着那个同学，“你叫他啥？再说一遍？”挥手就是一拳。班里所有男生呼啦啦全跟了上去。无论什么原因，打架斗殴就是严重违反校规校纪，学校绝不容许。

处理的结果是班里几个男生背着记大过处分，但没一个人抱怨，也没一个家长来说什么，大家照常上课下课说说笑笑，好像还是件很光荣的事。他内疚了很多天，从此以后就很少出教室。到了课间，别人都忙着各种事，他坐在座位上自己画娃娃玩。但也因此威名远扬，谁也不敢惹。有人说，简直是个熊宝宝嘛，他外号就变成了宝宝。宝宝宝宝，所有人都亲切地喊着。

月考很快就结束了，出人意料地顺利。不知是考前思想工作做得到位，还是学生明确了利害关系，几乎很少有作弊的消息。也许在无人监管的氛围下，倒是一种自我束缚自我监管吧。事实证明这样的方式也能取得很好的效果，比起用探测仪搜身、两个老师一前一后紧紧盯着的做法，更使人欣慰。

周一早晨，阳光射进窗棂，满屋子的金光灿烂。这个冬天并不冷，有点像深秋，风吹进来，润润地，暖暖地。张颖坐在桌前，喝水拿书，准备早自习。主任匆匆走进来，“小张，看看你班学生干的好事，集体作弊！”

“啊？”她站起来，“不会吧？我都强调了无数遍，一两个还说得过去，集体作弊，怎么可能？”

“你还不相信，看看马阿舍的卷子。”他抛过来一沓试卷。

张颖一把拿过来，一张一张翻开看，脸都白了。语文、数学、英语、理综，平日里宝宝写不了多少的卷子上，答案整整齐齐、满满当当。尤其是后面的综合题，步骤、环节、得分点一个不缺一个不少。就连英语口语，都做了个满分。

“简直不可思议。凭他智商，会做不会做这些题暂且不说。你再看笔体，不是一个人的，而是很多人，不是抄袭是什么？”主任指着试卷，有理有据。

办公室里一片静寂，同事们走过来，仔细看着试卷。

上课铃响了，张颖气愤地走进教室，瞪大眼睛，扫视全班，然后走到宝宝面前。他和往常一样，只要一背书就闭着眼摇头晃身，“心非木石——岂无感？吞声踯躅——不敢言”，嗓门很大，一字一顿。

正思忖怎么说，他忽然睁开眼，大声说：“老师，我又做错啥事了吗？”其他同学停止了背书，一齐抬头望着她。

“考试时谁在你后面坐？”她尽量用柔和的口气。

“班长”，他吃力地扭着整个身子回头看，“我们是好朋友嘛，学号也在一起”。

“好，那么请班长回答我一个问题，宝宝的试卷，咋回事？”她扭头问弟子，“我也请大家回答我一个问题，咱班马阿舍同学的试卷，咋回事？”没一个人答话，所有人都低了头，一言不发。教室里沉默如石，只听到日光灯发出的电流声。

“我都不知道说什么好了。你们的小聪明也太拙劣了吧？把老师都当傻瓜了。平日里谁学得怎么样做题怎么样，哪个老师心里没数？卷子拿到手里，一眼就能看出是作弊卷，而且不是一种笔体。卷子上的答案都是谁写的？给我自动站起来。”

大眼睛高鼻梁的班长红着脸站起来，“老师，是我带的头，要处分就出发我吧，宝宝不知道。”他们是铁哥们，绑在一起的那种。班长非常呵护他。他呢？就像弟弟一眼，紧紧粘着哥哥。“没了奖学金，他和奶奶的生活咋办呢？我们想了很多办法，准备募捐，但不知道能筹多少；想去打工，又没时间。想来想去，还是让他先拿着奖学金，其他的慢慢再说。是不得已才出此下策，我们……”

“你们怎么做的？”

“宝宝做题肯定做不完的。趁他慢腾腾做，我就拽过空白试卷，拣

会做的做了几道，然后传下去。原以为没几人参加，谁知所有同学都跟着做了。这样，试卷上就有了很多笔体。哎，做得太好了，结果露了馅。可是我保证，其他同学没一个作弊的。”

全班一起站起来，叽叽喳喳：“老师，班长说的是实情，宝宝不知道，是我们自动自愿做的，我们愿意承担后果。”“他奶奶最近生病，花了不少钱，如果没了助学金，都不知道怎么生活呢。”

“要处分就处分吧，这个我们也有心理准备。反正我也考不上大学，为他再次背个处分也值得。”

“我们决定成立一个小组，以后无论读书还是打工，每个月都尽所能给他们一些钱，用来保证他们正常的生活。”

张颖望着那一张张灿若阳光的脸，一时不知说什么好。

回到办公室，同事们也议论纷纷。“照制度，这件事就应该从严从重处理。集体作弊，性质太严重了。不管什么理由，都不能违背原则。”主任鼻子都气歪了。

“可他的确有困难啊。按户口不能享受各种待遇，按成绩不可能拿到奖学金。难道就眼睁睁看着学生去募捐，看着他辍学回家。这不背离了救助扶助的初衷了？”同事提出异议。

“这个问题我先上报学校，看学校怎么处理呢。大家赶紧上课去吧，铃声都响了。”主任拿着试卷，催促道。

又一个周一清晨，学校门口贴出了一张白色榜单，依照惯例，凡是考试作弊的学生，都会“光荣”地罗列其上。晨会完毕，学生们三五成群，黑压压地挤上前去，指点着议论着。

张颖看见自己班的学生也跑了过去。他们念着自己的名字，听着别人的议论，没有羞愧也没有气愤，相反还兴奋地互相追逐。

“经校委会研究，你班马阿舍同学属于特殊情况，学校不但继续给他发放助学金，而且提到了最高金额。团委还联系了一个爱心人士，进行长期帮扶。这下满意了吧？别笑，我看你和你班娃娃一样，都是个长不大。”一贯严肃的主任，此时看起来可爱极了。

宝宝呢？和往常一样，上课继续一字一顿地高声背书，下课就抱着板擦使劲擦黑板。有时忽然兴奋起来，哼哼唧唧唱；有时就盯着窗外的大柳树，一动不动；有时还会一摇一摆地去提水，照例洒了多一半。

楼道里，见他走过，人们自动让出一条通道……

读 书 记

先生之言曰："乐与苦，相为倚伏者也，人知乐之为乐，而不知苦之为乐，人知乐其乐，而不知苦生于乐，则乐与苦相去能几何哉！"

——人教版高中语文选修《苦斋记》· 刘基

今日准备上中外小说鉴赏，第一课是《林教头雪夜山神庙》。备课时，我特地请朋友下载了八六版《水浒传》的一段视频，又设计了好几个互动环节，然后拿起 U 盘和课本，忍着骨膜炎的疼痛，慢慢走下办公楼四楼，穿过摆满水泥沙子地板砖的一段路，又爬上教学楼四楼。

天气依旧阴沉沉，校园里到处乱糟糟，院子里满是泥浆白灰玻璃碴。学期初，学校终于盼来了整体改造装修项目，整幢老教学楼都被绿色外衣包裹了起来，拆墙面、贴瓷砖、加固修补。新教学楼大体完工，后续工作还在进程中。操场上，铲掉了绿色草坪和红色塑胶跑道，如中年人的头顶光秃秃，狼藉一片。高低脚手架下，蠕动着蓝白相间校服的学生，提着书本上下课的教师，低头劳作的工人们；干净整洁、井然有序的学校似乎变成了乱哄哄、闹腾腾的蚁巢。扶墙进教室，前排一个男生马上提起凳子走上来，示意我坐下。点头致谢，心里涌上一股暖流，这些孩子啊，除了不太爱学习外，真是最好的弟子了。

开始上课，想拿故事引导一下，我便循循善诱：今天，我们要学习中国古代长篇小说中的一个章节。它是我国古典章回小说中写得最富有诗意的片段，也是高中时期我记忆最深刻的一篇文章……我边说眼前边闪现出当年上这课时的情景：精瘦矍铄的语文老师一手叉腰里一手捏课本，嘴角堆满白沫，用方言大声地念山神庙那段。我们在底下自然转换成方言加普通话，小声跟着读，兴奋得手心直冒汗。

可没多大反应，学生们懒洋洋看着，无动于衷。

谁看过《水浒传》，请举手。他们面面相觑，然后不好意思地笑，谁也没举手。

完整地看完四大名著其中一部的请举手，我有些惊讶。

完整地看完四大名著其中一部电视剧的，请举手。我有些不敢相信。还是一片沉默。后排几位大男生低头吃吃笑，大约觉得这个问题有点不合时宜。

我看完了《西游记》……剪发圆脸的女生小声接了一句。她是个认真孩子，虽没选上三好学生，她今天有点情绪低落，但和往常一样积极回答问题。其他同学抬头望着她，表情大为怀疑。

看的是动画片吧？她同桌，一个面黄肌瘦、永远疲惫不堪的男生揶揄道。

就是《西游记》动画片，你也没看完过！她一甩头发，生气地低头翻书，其他人更沉默了。

我坐在凳子上，有些伤感，课前那种好好讲一讲四大名著的想法，如一块玻璃被风吹落，碎了半地。小说散文鉴赏虽在高中教材中占了重要一章，高考中也有一定比例，但因标准答案难以确定、得分率不高，多年来高三语文教师就直接砍掉，只要求学生选得分率高的实用性文来做。有时见一些作家高兴地说自己文章被选进了高考卷就倍觉辛酸，他们不知道高考生从不做这类题，甚至看都不看。

最初备课时，语文教师们也曾在这些章节到底上不上纠结过。有人以为引导学生阅读经典、培养阅读方法和阅读经验，是教学大纲中规定的，应该上。有人就觉得没必要，要学会走捷径。我也左右为难取舍不定。上吧，意味着要占用更多的时间与精力；不上吧，作为一名热爱古典文学的语文教师，总觉得心里空落落，像丢了一块重要的阵地。思忖再三，最终决定不但要上而且要好好地上，因为无论考不考，大量阅读不仅能提高学生的阅读写作水平，而且对发展个性和培养文学素质有着至关重要的作用。这些年，受快餐文化侵袭，阅读生态就令人担忧，学生本来就不爱读书或读书少，如果教师只以考不考决定取舍，未免有些太功利化了。于是就认真地备了课，准备了课件，还设计了拓展延伸的阅读指导。原以为他们会对四大名著感兴趣，至少看过各种版电视剧吧，谁知……如果这一章高考不考，大家愿意学习吗？

不愿意。所有人正襟危坐，认认真真地回答。

咱们把这一章当作平时看的小说一样去读，可以吗？

考试内容都读不完，哪有时间看闲书？一个学生气哼哼，很委屈的样子。

在你们心中，哪些是闲书哪些是正书？我只好转换话题。

小时候不让看，说影响了学习的；大了我们不爱看，觉得没意思的。

我父母说凡是中、高考不考的都是闲书，只要念好正书就是了。从不让我看，我也不爱看。

他们七嘴八舌，老师，既然高考又不考，学这些干啥？浪费时间！再说我们也看不懂。至于读书嘛，只要有个联网的手机，一切答案皆在其中。

如果没手机了呢？

不可能！没手机的世界简直不可想象！人类造手机目的不就是为了方便快捷、代替更多厚重的书本吗？

闲书正书一说暂且搁置一边，关于《水浒传》，你们知道多少？

知道知道。他们一下子嘻嘻哈哈起来，花和尚鲁智深嘛，杀了女人的宋江嘛，做人肉包子的母夜叉孙二娘嘛。还有“大河向东流，天上的星星参北斗……”“该出手时就出手……”。有人推搡了同桌一下，马上得到有力还击。

老师，咱还是不上了吧。说实话，凡是课本上写的我们都不爱看，凡是学校要求的我们都不想听，凡是高考不考的我们都不想学。

那除了高考，你们认为生活中最重要的是什么？

赚钱啊！上好大学，赚很多钱，买大房子，就是最高理想啊。父母天天唠叨只有这样才能为他们争口气，才能让他们在人前抬起头。我们的理想是早被规定好了的。

还有没有其他爱好？

好像也没特别喜欢的，啥都那样，无所谓。现在只盼望有人能研究出一种考试药，吃完后立马就会做各种试题。考前只要吃一颗，什么样的考试都不在话下。呀！那一定是世界上最有用的发明，也是最赚钱的渠道。围绕这个话题，他们顿时无比兴奋，热火朝天地讨论起来：最好是丸药，最好分文理科。文科要颜色艳的，红粉金黄色，椭圆形，一看就浪漫嘛。理科自然沉稳，蓝黑褐色灰色棕色，长方形正方形……

我只好重新引回话题，难道平日里你们什么书也不看？！

也不能这么说。除了少数打游戏、网聊的人，我们随时随地在看啊，不过就是拿手机看，这也是一种学习的方式吧。对了，老师，咱班还有个书痴呢，骆驼骆驼。大家回头看坐在最后一排的同学。

叫骆驼的学生慢慢推开课桌，凳子吱扭扭叫起来。一米八几的个子、二百多斤的体重，使他每次站立都像是完成一项浩大工程。这个不太说话的学生，平时总把厚重的练习册竖起来，给自己造了个封闭的城堡。此时他像个英雄，骄傲地俯视着其他人，我看过的书嘛，多了去!《我是流氓我怕谁》《鬼吹灯》《寻秦记》《回到明朝当王爷》《庆余年》《朱雀记》《诛仙》《交际求人用人 36 计》《成功人士必读丛书——掌握说话的技巧》《没有任何借口》《谁动了我的奶酪》《富爸爸 穷爸爸》《水煮三国》，还有厚得能当枕头的《易经的智慧》……他一口气说了很多，学生用赞赏的眼神望着他，使劲鼓掌。我目瞪口呆，因为很多名字听都没听过。

那咱课本后书目上的书，你看过哪些？

一本也没看过。老师，那些书不但没意思，而且离生活太远。你们眼里的好书，对我们来说早过时了，尤其是课本上的。再说读书的目的不是为了有用吗，没用的话读它干啥？

你以为读书的用处是什么？！

古人早就说过黄金屋、颜如玉的嘛，我觉得读书就是为了实用。凡是能教人赚大钱、传授人际交往技巧、教导生存升职之道的书，就是我们第一选择。文学类的难懂不说，主要是觉得没用处。老师您说过书里的世界很大，可我有时觉得纯粹是浪费时间。我们甚至只喜欢看看图片，直观方便一目了然，还不用费脑子。

读什么样的书怎么读，也有价值选择和正义尺度的。你们这个年龄应为个人精神成长去读书，而不是功利化的阅读……

老师，现在的人，哪个不功利呢？关于这个问题，我觉得咱们之间有一道鸿沟。不知为什么，我们喜欢的书籍你们觉得肤浅，我们喜欢的歌曲你们觉得低俗，我们喜欢的明星你们觉得没品位，我们喜欢的大多数东西你们都觉得没素养，但一代代人都是在不断否定中走过来的。您不是讲过，柳永词在当年也是通俗歌曲，“凡有井水饮处，皆能歌柳词”，可现在我们还背诵他的诗词，难道不是一种佐证？掌声四起，他赢得了一片喝彩。

文化在不同时代，呈现的形态不同。在唐朝，最红的明星自然是李白杜甫白居易；在宋朝，苏轼王安石柳永这些人独领风骚。那些时代，无论你当不当官有没有钱，只要诗写得好词写得好，就是最大的明星。反观现在，平心而论，你们所看的那些网络小说和真正的典籍有没有可比性？

学生们低下头来，不作声了。

他想了半天，抬起头来，还真没可比性，但我们就爱看那些玄幻、青春类的故事，爱看日本的耽美小说、韩国的校园小说。记得初中时接触上网络游戏小说，我被迷住了，一有时间就偷偷看。每天上课看课间看，晚自习回家后顾不上吃饭，也抱着手机看。很多次整夜都不睡，实在疲倦了才停下打个盹。睡着后满脑子也是小说里的情节，甚至做梦都想着主人公的结局。可早上六点就得起床到学校，这样白天上课睡觉，晚上疯狂看书，生活学习规律都颠倒了，老师讲什么也不知道。后来的情况，大家都知道……

他声音渐渐低了下去。

说到底阅读也是有道德取向的呀，不是什么样的书都可以拿来就读，更不是什么书都有阅读价值的！怎样看待阅读的价值，确定阅读的价值观，也是应该思考的问题。你们的阅读是消遣性阅读、充电式阅读，还是精神性阅读呢？虽说前两个简捷方便些，但都是浅层阅读。它会误导人们将信息化为知识、将碎片化为体系，使阅读陷入浏览式、随意性、跳跃性习惯，最终导致思维能力弱化，文化底蕴散失。现在你仔细回味认真梳理一下，读了那么多的网络小说，哪些是有用的？

他沉默了好一会儿，才叹口气，客观评价吧，也无非是消磨了一些时间罢了。以前不觉得，慢慢才觉得害处很多。比如眼镜度数增加了，因为屏幕费眼睛；体重增加了，因为整天坐着不运动；人也变丑了，因为太胖了；学习也下降了，因为太费时间。哎，有时真觉得爱读书误了我，脑袋里整天都是那些玄妙幻想的东西，身心都受到了极大影响。有个阶段我特别崇拜故事里的那些人，总希望把他们经历的都演绎一遍。模仿不同的人生，是我的最高理想。后来，一次次考试失败，一次次前途渺茫，一次次自信受挫，我的内心也发生了巨大变化，尤其是无法接受自己发胖丑陋的事实。中考失败后，我更是躲在网络里，觉得世间一切都没意思……老师，其实我有些后悔了，现在也开始看减肥类的书……

他声音低下去，头也垂到了胸前；其他学生也低下头，若有所思。

关于有用无用，我想多说几句。如果把读书和吃饭喝水相比，真没有可比性，但如果只为了有用才去读书，也背离了阅读的初衷。读书不是单纯的敲门砖，不是打发日子的工具，而是提高生命质量的最佳途径，是开发生命资源的最好手段。

教师里静悄悄。

文学是一种力量，是一种无用中的有用；阅读是一种抚慰，更是一种无用里的有用。工具书、教辅类、经管类、身体保养、心理自助类的图书成为大家阅读的主流，无可厚非，但反思一下，也透视着整个社会关心现实胜过关心理想、信奉物质胜过信奉精神的现状。你说得对，书里的世界很大，但书里除了有黄金屋和颜如玉，也有酒肉臭和冻死骨；除了有奸佞小人的狂妄当道，也有仁人志士的忠肝义胆……读书的过程，就是一个大世界在我们面前缓缓展开，你可以选择，可以遵循，可以坚守，它是和信仰联系在一起的。

那网上阅读的东西，就没一点用处吗？我们不是也在学习和求进步吗？一个学生大声问。

这涉及阅读价值和取向问题。书读得越多，你会越觉得自己浅薄无知。只有知道自己的无知，才能进而思考、日益自省，人才能从骨子里谦和起来。不会咄咄逼人，不会恃才傲物，不会强迫别人接受自己的观点，不会拘泥于对小事或既得利益的追求，你才能对一些反对意见予以包容和尊重，这是真正的智慧啊。

可现实生活中很多人不读书，照样日子过得很滋润，老师，这个怎么理解？

思想决定行为，行为决定习惯，习惯决定性格，性格决定命运。这是最终选择现实生活和精神追求的问题。我觉得，无论从事什么职业，总有一些东西是提升个人品质的，比如读书过程中掌握的学习方法、锻炼的归纳能力、养成的学习习惯、培养的理智目光以及待人接物时的心态。一个人在解决了温饱后，总是要有精神追求的。知道自己要追求什么，才是我们安然生活的根基。虽说追求富足安逸是社会经济发展的必然，也是人们的自由权利，可在陶冶精神境界、提高自律能力、强化人文素养、继承发扬传统文化等方面，无论是个人家庭还是国家，都不能放任自流。一个民族如果没有那些真正静心求索、不断思考且力求创新的人，是很危险的。

老师，不管高考考不考、有用还是无用，咱们还是继续学这些课文吧。仔细想想，如果连老祖先留下来的珍宝都不知道，还不羞愧死了？都说传统文化在回归，我想从我们做起，从现在做起吧！他搡开桌子，慢慢地坐了下去。

我打开课件，慢慢开讲。学生们翻开书本，认真听讲。

下课了，我欣慰地走出教室。太阳出来了，温柔地抚慰着大地。一阵微风吹过，卷来股股春意。我抬头看，风筝在低空中追逐盘旋，杏花梨花在花园里兀自开放，学生们在操场上撒欢，工人们在工地上砌砖抛瓦。

广播里传来歌声——一个春暖花开的季节，正扑面而来。

拍照记

人只不过是一根苇草，是自然界最脆弱的东西；但他是一根能思想的苇草。用不着整个宇宙都拿起武器来才能毁灭他；一口气、一滴水就足以致他死命了。然而，纵使宇宙毁灭了他，人却仍然要比致他于死命的东西高贵得多；因为他知道自己要死亡，以及宇宙对他所具有的优势，而宇宙对此却是一无所知。因而，我们全部的尊严就在于思想。

——人教版高中语文必修四《人是一根能思想的苇草》· 帕斯卡尔

1

早上六点半，一打开手机，就看到她短信：老师，听说今天拍毕业照，我可以来吗？其他老师同学不会笑话吧？

我马上回信：来吧，没人笑话，娃娃病怎么样了，高烧退了吗？

等了半天，她才回过来，还输错了好几个字：还在高烧。不过您放心，早上会请婆婆照看一小会儿，拍完照就回去。老师，对不起，虽然辜负（付）了您做了逃（套）兵，但多么想拍张毕业照啊！我想给自己留个念想。

我打了几个字过去：放心。大家等你。

学校通知毕业班七点整务必到校，整队到指定地点拍毕业照。校园里，一大早就有学生四处走动。风和日丽，阳光明媚，紫槐明艳，芍药怒放不羁，大丽花浓墨重彩，丁香的味道飘散在每个角落，又是美好的一天。

“七点十分，清点完人数。”我低声嘱咐，“今天拍照，大家不但要精神抖擞更要秩序良好，这是最后一次集体活动，希望给母校留下最好的印象。马花一会也来和大家留影。”

三年时光一千多个日子，即将离开这所熟悉的校园，孩子们既留恋又兴奋，不停笑闹合影，兴奋异常。只有我班孩子站在一旁，沉默不语，满脸沉重。

七点半，年级主任嚷嚷：“马上到你班了。”我一遍遍给班长说：“你再打电话问问到哪儿了？”沉稳的大男孩更严肃：“打了很多遍了，说马上就到，几个女生在门口等着接呢。”

又过了十分钟，主任跑过来：“怎么回事，你们班是不是不拍了？说了几遍了，还不上台（几层铁箱组成的高梯）？”

“还有一个没到，能不能让其他班先照，我们再等等？”

“就你们事多。一个不来就算了，不要影响全体。”他有些生气。

我压低了声音：“马花也想来照相，你知道的。她情况特殊。”

他怔了一下，“那你快点催催。咱拍完，初三还有十几个班等着呢。九点四十要在礼堂进行毕业典礼，就怕耽误了时间。”我忙说：“她孩子感冒发烧了，事情多……”

时间飞快地跑过去。八点四十了，我跑到大门口左顾右盼，连接她的几个人都不见了踪影。

高中部早都拍完照整队往礼堂方向走去，初中部也只剩下一个班。我班规规矩矩站在指定位置上，校领导和各科老师在大太阳下也被晒得通红，看得出有些不耐烦。我急得头上汗都出来了。

终于，远远飞来两辆出租车，旋即下来几个人。学习委员跑过来：“老师，马花女儿发高烧哭闹不停，我们去接了她来。”

语文科代表使劲抬高胳膊，手里提着个输液袋。她慌慌张张跟在后面，瘦弱矮小，大汗淋漓。怀里，满脸通红的孩子细嫩胳膊上输着液，一只小手握着颗棒棒糖吃得正香。

“对不起，老师，我、迟到了。”她羞愧不堪，指着身后同样矮瘦的女人说，“这是我妈。原打算把娃放在婆婆那儿，可娃娃哭个不停，她骂骂咧咧不要我出来，幸好同学来接了，不然又得挨骂。我只得跑回娘家让我妈来哄娃娃，不管怎么样，一定要拍集体照，不然这辈子我都不甘心。”

她妈妈腼腆地一笑，顺手接过孩子，奶奶孙女安静地坐在花园墙边，

我们帮着将输液袋挂在树杈上。她本来就不会说话。

摄影师皱皱眉头："嗳，你们几个，赶紧过来站好。"我回头一看，孩子们已迅速站到了铁箱上，排好位置。连忙跑过去坐好，向焦急等待的校长解释："对不起，我们班退了学的马花也来了。"

校长满脸同情："就是结了婚还准备参加高考的那个？"

"嗯。她不容易……"

"不要说话，听我口令。一二三，茄子。"大胡子摄影师连连摁了几下，低头仔细看镜头，然后抬头说，"这个班整体表情不好，再重拍一次。大家高兴点，这是毕业照嘛。"我转过头说："大家都高兴点。来，一起喊——苹果。"

人们哄的一声都笑了。我扫了后排一眼，她使劲挺直身子，努力露出几颗牙齿，黑黄的脸色，露出俏皮的笑容。红红的衣服在大太阳下有点刺眼，汗水顺着脸颊流下来。

拍照很快结束，班长大声喊口令，迅速集合，排队去礼堂。大家急忙排队，女生们松开拉她的手，边走边扭头看。她退后几步，站在一旁，看着远去的队伍，满脸羡慕。

我安慰她，今天时间太紧，不能和你说话了。你好好复习，等高考结束，咱好好说说话。她赶紧说，："老师，您快忙去吧。能来拍照，我已经很高兴了。"

2

三年前，这个班属于民族班，限定五十人。是尖子班，也是学校要求出效益的班级，当然得保证优质的生源、优秀的师资力量以及各种优惠条件。最重要的，这个班的学生全部是免费生。也就是说，三年高中不但没书费学费之忧，只要成绩好，还能得到各种助学款项和奖学金。学校起先要求这个班为纯回族学生，但成绩高的汉族学生也陆续插进来，变成七十人的大班。

她是第一个来报名的学生。

八月过半，大热的天，她来到报名处，穿着厚衣服，浑身上下捂得严严实实。矮矮胖胖的身材，黑红的脸蛋，大大的眼睛，汗水漫过了尖下巴，在脖子处濡湿了衣领。最触目惊心的，是一头麻白夹杂的头发，粗壮密实，黑皮筋绑着。也许是压力过大，也许是其他的缘故，如今，越来越多的学生戴眼镜少白头，但这么严重的，还是第一次见。一个苍老枯槁的男人，佝偻着背，背着个大包裹，手里提着电壶脸盆等日用品，花床单里鼓鼓囊囊。

“老师，我叫马花。”她嗫嚅。我边查分数注册边问情况，户口所在地、家庭住址、毕业学校、经济概况，有无低保证残疾证。她低头认真填写表格，字体端庄大气，方方正正。

“残疾证？老师，我妈不会说话但没有证。”她声音小到几乎听不见。父亲放下东西上前来，挤出一丝笑容：“老师，乡下娃娃，又是女子，第一次到城里读书，人生地不熟的，麻烦你给我照看着。”

我笑笑，说：“你放心，每个学生我们都会好好照看的。”

“老师……和她一起住的都是回族娃娃吗？”他欲言又止。

“我们会安排民族生住在一起的，你尽管放心。”他笑了一下。

“老师，她成绩不是很好，只比分数线多了几分，也不知能不能跟得上？”父亲有些担忧，她也胆怯地望着我。

“一定会跟得上的。民族生，又是女生，只要认真努力，将来会考个好学校好专业的。你就放心吧”。我顺便讲了国家对少数民族高考的优惠政策，又列举了很多例子，他们欣慰地互望了一下。“你一定要好好听老师话，考上大学啊！”父亲谆谆教诲，女儿不停地点头。

刚开学，新学生新班级都有个适应过程。大多数学生既有初到高中的新鲜感，也有身处尖子班的优越感，更有躁动不安心不在焉的情绪，但她一开始就很少说话，也不过多表现，上课认真听讲，埋头完成作业，安静朴实，勤奋好学。学校就是以成绩论英雄的地方。第一次月考在学生纷纷扰扰的心思中结束了，成绩出来，她名列前茅，得到了所有人关注。学习好，人品好，大家报以热望。她依旧话不多，勤快懂事，属于班里最不讲究吃穿的女生之一。上课下课，作业练习，像只自信满满的气球，充实轻盈。

有时候，她父亲会来送东西。大多是家里烙的饼、煮熟的鸡蛋、腌的咸菜等。老实巴交的人总会先到办公室问问女儿成绩，当听到老师一致赞扬时，佝偻的脊背似乎也挺直了几分，连声说：“辛苦老师了，感谢老师了，都是你们教育得好。现如今，国家政策太好了，娃娃念书不但不要钱，还发生活费，我都不知道说啥好了。”

有一次，他还背来两个大西瓜，说是自己种的“瓜王”，让老师们尝尝。我们感动极了，赶紧给钱。他红了脸，一声不吭走了。

大家感慨万分，什么样的家长就教育出什么样的儿女，单看这家长，孩子以后都是明事理的。不像有些家长，无论国家政策多好学校条件多优越，都认为理所当然；给什么都拿得心安理得，没一点感恩之心。

期中考试后，按规定，学校召开家长会，开始发放各种资助金奖学金。每个民族生尤其是女生，还有额外的生活补助。团委需要一个品学兼优的孩子及家长作为代表发言，她成绩好家境差，自然是最佳人选。她推托了几次，说自己不擅长发言，父亲也怕自己不会说话说不到点子上，不敢来。我劝说，想怎么说就怎么说，实话实说就是了。

家长会上，她表现得格外出色，普通话标准，声音语调都恰到好处。父亲呢？虽紧张磕巴，但都是真心话，说到人心坎里的话。大礼堂里，全是羡慕的眼光，当他们从台上走回来时，人们都说，看看人家这父女，多攒劲啊！

回到办公室，我们正激动地夸，他们父女悄悄跟了进来。父亲红着脸，半天才说：“老师，给你说个实话，真没想到我女子书念得这么好。她是个心气高的娃娃，念个高中真不容易呢。她自小是定了娃娃亲的人。”

“啊？”我一愣，站了起来，办公室里一片寂静。

“我家里穷，三十好几才成家。当年她妈一场大病，没钱看，我着了急，把她五岁上就许了人家，拿了彩礼去西安看病，结果她妈命保住了，但成了哑巴。”

“你知道吗？”我转头问她。

“知道呢。我早早就知道，亲戚朋友都知道，庄里人也知道。”她满脸平静，一点儿也不惊讶。

“我那时只想着救急救命，哪想到女娃娃会有出息啊！说私心话也是人家一口人，认识个钱数知道写个名字就行了。农村女子，像她这么大嫁人成家的很多。可这女子一心想念个书，我就和婆家商量让她念完高中。”

大家七嘴八舌。“现在还有这种事？赶紧退婚了算了。”

“那不行。她爷爷临完时，我问过的，老人没给‘口唤’。我们回民没给‘口唤’就不行，不管考上考不上都是人家媳妇子，这是不能改变的。”

她低着头，说：“大，我知道。我爷爷给我说过，做人要讲诚信，一句话说出去就像一碗水洒到地上，不能挽回的。你们答应了人家，我一定做到。”

“那家人怎么样？”我云里雾里，觉得这是小说里才有的情节。

“也是个好人家呢。老辈儿厚道本分，娃娃也是个老实人，听说她要念书，也没说啥。人家这么好，咱再没良心，那不是亏人吗？”

“那你念书的目的是啥？”我继续问，“我就想念完高中考上大学，就想看看外面……”

“你可得想清楚，一切都会有变化的。现在接受了，不一定以后能接受得了。学识眼光境界都不同，就没有共同语言，你想过这个没有？”

“我只想着念书，这些都没想。”真是个孩子，倒是我们都不知怎么说了。

那天，正在给学生讲《人是一根能思想的苇草》，她站起来朗读：“人只不过是一根苇草，是自然界最脆弱的东西……”

门推开了，一个人慌慌张张进来说：“老师，叫马花出来一下。”

她站起来，满脸通红走出去。

一会儿马花进来一脸泪水说：“老师我要请假……我大大出了车祸在医院呢。”师生怜悯地看着她，她收拾好书包，背起来转身就跑。我追出去，瘦瘦高高的小伙子扶着她，说着什么，一辆白面包车在校门口等。

她再也没来过学校。

只是陆续听到消息，父亲在给她送东西时，被对面过来的大货车卷进车轮，当场死亡。母亲不会说话，弟弟还小，她只能在家帮着撑家理事。不久放了寒假，听说她结了婚，新郎就是那天来接她的年轻人。我们既惊讶又惋惜，可惜了一个好苗子。但她似乎很坚强，像个大人似的，发短信说自己必须养活母亲、弟弟，女婿不错就是文弱些；又说自己夜里还偷点时间看看书，还做着高考的准备，读书梦没完成，是一辈子的遗憾。还让我告诉其他同学，珍惜父母师长朋友珍惜学习的机会，珍惜能参加高考的日子。开班会时，我专门讲了她的故事，孩子们静静听着，唏嘘不已。

再后来，事与愿违，听说她生了个女儿，三斤八两，猫儿一样。日子忽然就艰难起来，老公公和女婿都到内蒙古去打工，家里剩下年轻的婆婆和更年轻的媳妇子，各种摩擦应时而生。大家心知肚明，贫贱之家

百事哀，她才十六岁，完全是个孩子呢。

再后来听说，女婿在外也被车撞了，婆家便说她命不好，分了家。她一个人拉扯着娃娃，偶尔打打工，租房住。生活都时常发生问题，分身无术，再也没了学习时间。

班里同学时常去看她，带回来各种消息。老师，马花说她多么热爱学校生活热爱大家呢，常常半夜偷偷哭。她说没文化没知识啥都干不了，打个工人家也不要，日子太艰难了。她鼓励我们一定要好好读书呢，还说女孩子一定要有本事。

我为她保留着学籍，因为她还以常人无法想象的辛苦坚持着自己的高考梦。会考时间到了，她不顾婆婆的污言秽语，把娃娃放在娘家，不但坚持参加考完四门，而且成绩都不错，甚至比在校读书的一些同学还考得好。

“老师，麻烦你给我报名，我一定要参加高考，虽然知道一定考不上，但是念了一趟书，不参加就这样放弃，我不甘心。即使生活给予我再多磨难，我也要将它化作甘甜，一一咽下去。”

在团委组织的一次成长励志演讲比赛中，我把她的事迹写了出来，讲给所有学生听，感动了无数人。自此，大家都知道我班有个马花，知道有个抱着孩子参加高考的学生。

广播上再一次通知所有毕业班迅速去礼堂，我只好再次告别。她走过去，取下输液袋，从母亲手里接过孩子。怀里的小孩，好奇地四处看这静谧的校园，三个人相跟着慢慢走出校门。

我眼泪一下子冒了出来，我的抱着孩子准备参加高考的弟子啊……

课 桌 记

我们各人都知道行将有一个机会要来的，机会来时我们会改造自己变更自己的，会尽我们的一份气力去好好做一个人的。

——人教版高中语文选修《逆境也是生活的恩赐》· 沈从文

1

最后一场监考完毕，学生呼啦啦一下子跑光了。六点四十，做了一天的卷子，他们又累又饿。当然，我也是。

站在讲台上，按学号整理试卷密封试卷。这是最后一场考试，意味着又一个学年即将结束，也意味着一排排日子迤逦而过，再也寻它不见。阳光透过树影，钻进来几缕，白天的酷热完全消失，凉爽极了。黄昏。光影。夕阳。此时，教室里只有我一个人，寂静得有些不可思议。

订书机卡了壳，我使劲拔开，两根针突然挣脱束缚，蹦跳到前排课桌上。我走过去，小心翼翼捡起来，摁进长方形铁条内，忽然发现光滑的桌面上，密密麻麻刻着各种划痕。回到讲台，弯腰偏头，顺着一排排课桌看过去，刷了几层清漆的桌面上，褐黄、黄色、黑褐混杂，犹如梵高未完成的画布，光和影兀自缠绵，余晖中静默一片。

走下讲台，慢慢看过去。呀，似乎发现了新大陆。每张桌面上均有印记，深浅不一，内容庞杂，包罗万象。有的清楚明了，有的晦涩含蓄，有的就是简单的数理化公式图形，有的却繁杂深奥如达芬奇密码，还夹杂着中英文日韩文与各种动漫。总之，桌面就是一页页的羊皮书，有意无意留存着无数的往事和秘密。

铁打的教室流水的学生，引申一下，固定的课桌流水的学生，这些

课桌一成形就摆在这里，还是从其他地方调配过来的，不得而知，但上面却寄存着一张张青春的笑靥，一份份情窦初开的心思。这些年，天天在这间教室里上课，尽管学生一茬一茬，面孔由陌生到熟悉，我却从没注意过桌面。不。准确地说，也没机会去细细端详。一进教室，从来都是满当当的人和一堵堵书墙，从来都是高考题型和做题技巧。课桌上除了一个个疲惫不堪的身影和课本练习册试卷，被文具盒、眼镜盒、墨水瓶、水杯、牛奶瓶、豆浆、大饼遮盖得严严实实，我不知道上面居然有这么多的内容，这么复杂的情绪，这么多隐藏着的故事。当然，也不排除一些应急所为，比如考试前才写上去的公式单词，没有演算纸时的随手计算和百无聊赖时的涂涂画画。

学生在课桌上涂画的习惯应该说由来已久，源远流长，想想哪个人在读书时没在桌面上写过字画过画、胡乱涂抹几笔呢？就连鲁迅先生也刻过一个早字。课桌文化，专家说是俗文化的一种，映射的不仅仅是一种文化现象，更是一种隐形心理的直接反映，属于社会心理学研究范畴，有时代鲜明的特征。我第一次思考这些问题，有点迷离，想了半天，终究一头雾水。

第一张桌靠右侧，除了细笔画满的各种公式算式外，还有刘蓓蓓三个字。端庄的楷体字，刚劲有力，刻痕深凹，看得出被钢笔描画了无数遍。刻下这个名字的人是本届的上届的，还是上上届？拿什么刻的，圆规还是小刀？刘蓓蓓，单凭名字看也是个时尚俊俏的少女。人名是最具时代烙印的符号了，从政治口号到个性突出，期间不知经过了多少悲欢离合与风云变迁。在这个偏远的山区寄宿制学校，取这样名字的孩子现在越来越多，弯弯、苗苗、甜甜、娟娟，取代了祖母辈的淑德、惠贤、爱菊、春花，也取代了母辈的爱红、爱民、红霞、社会。

突然，就记起那个瘦弱白皙、文静单纯的女孩和她的同桌了，一个小个子男生，睫毛弯弯，下巴尖尖，锅盖头黑皮肤，害羞如少女。新学期新气象，他们上课一起认真听讲，下课同时做作业，班会上互相修改演讲稿，打扫卫生时配合十分默契。有次，男生被叫起来回答问题，忘记了答案，羞愧地低着头。女生呢？悄悄搡过来作业本。我笑着揭发，全班起哄，阳光隔着窗户洒进金光，教室里一片祥和美好，像电视里的场景。连老师们都说他们虽有早恋迹象，但也堪称少男少女友情的楷模，他们以青春努力赢得了所有人默默的祝福：好好学习，共同进步，美好

的未来在前方等待。

但人世间的愿望从来只是愿望，人们多爱用一些始料不及的情节来弥补自身想象的单纯。一个早自习，女孩的父亲，一个干瘦矮小的男人冲进教室，指着男孩说，你个不要脸的东西，不好好念书，跑来勾引人家女孩子，然后照着男孩脸就是几拳。学生们都吓蒙了，老师也不知所措，等反应过来后，男孩倒地，口吐白沫，血迹横流。过了几天，男孩母亲来教室收拾书包，说他已去了外地打工。也是，出了这种事，哪里还会来上学呢？女孩家没一个人来，书包和学习用品就那么放了好长时间，最后被抛进垃圾箱。因为她上吊了。

除了唏嘘之外，只有感慨。如果父母们能理性地处理孩子之间的感情，如果女孩父亲没有如此过激的行为，如果“早恋”这个词没有那么强大的负面效应，她一定会好好地活在这个世上，走上社会，走入婚姻，生儿育女，尝尽人间的悲苦欢乐。他呢？也许会读书也许会打工，但都会健康阳光地享受着青春带来的憧憬与希望。他们或许会成为一对，更多是各走各路，若干年后想起，对方影子属于明媚角落里的暖意。无奈亲人的一个感性举动，从此阴阳两界，天各一方。他早早背负起生死离别、悔恨终生的重担；她在阴间如缕烟尘，独自飘荡。

不管怎样，我喜欢这个名字，少女柔媚，鲜花初绽，甜美娇艳，如蓓蕾般开放。

老师，这是我画的画，你看看？

还记得她羞怯地拿出一个笔记本，里面全是卡通人物。风趣的流氓兔、可爱的史努比、机灵的蓝精灵、笑眯眯的福娃、长发飘飘的少女、帅气高大的男孩……有的唱着优美动听的歌曲，有的跳起婀娜多姿的舞蹈，还有的在花园里追逐嬉戏。还有这儿的几朵小梅，哪儿的几朵幽兰……

2

第二张桌面上，直截了当得多。箭头孔武有力，指向一个心形图案，就是丘比特箭手里握的那种，还有硕大的英文字母——Betty。贝蒂，贝丝，还是贝琪？不清楚，但旁边一行汉字，却格外娟秀整洁。图画和字体显然是两个人所为，却如此完美和谐，让人浮想联翩。Betty 是女孩

的英文名，单词含义为“上帝的誓约”，一定是个美丽的女孩吧。刻字的人呢？一定是男孩。既然有盟约，想必是二人共同完成的杰作。青春总是伴随着清纯与誓言的，课桌成为他们情感宣泄的地方，也成为感情历程的见证，他们一起刻下这些东西，一起享受巨大的快乐和秘密。

可是这姣好的图画上，却打了大大的一个 ×，仿佛美丽的身躯被拦腰斩断，血淋淋的味道。无疑这是发生了巨大变故的信号，也是恶狠狠的明示。那么，是刻字人所为还是别人恶意相向，不得而知。如果是主人自己画的，他们中间发生了什么？年轻时，因爱生恨多了去，到底是怎样的失望才能令人如此激动如此愤恨？看来谜团永远是谜团了。

记忆转到另一个频道，凄惨的画面徐徐展开：旷野中的小窝棚里，几块砖头支撑着的木板上，一个不到十八岁的女生，躺在血泊中，身边是瑟瑟发抖和她一样年龄的男孩。她娇小玲珑，聪敏好学，写得一手好字；他单薄瘦长，脾气特好，喜爱弹琴。他们是同学也是恋人，是一对本应继续风花雪月的中考生。可就像所有青春期的孩子一样，他们以为感情就是彼此的全部，用叛逆和张扬来对待家长老师的谆谆教诲，用私奔和出走来对抗各种束缚和规矩。来到外地，身无分文，举目无亲，无一技之长的两个孩子想找工作，却被告知雇佣未成年人是犯法的。贴小广告卖假药，搬煤球送快递，都是吃苦耐劳的活计，他们干着干着就抱怨不休，后悔不已。他们才知道，离开了父母老师亲人，生活是如此艰难，日子是如此不容易，可始料不及的事还是接踵而至。她怀孕了，没钱去正规医院打胎，两个人只好在江湖郎中那里买了堕胎药。她吃了后躲在一户人家的窝棚里，然后大出血死了；他连惊带吓，成了个傻子。多年后，我再见他是在街上，一个到处疯跑不知冷暖的成年人，头发结成团，衣服上全是污物，身后跟着一群同样脏兮兮的流浪狗。

他们的错误在于不该担负的年龄偏要担负，在于毫无准备就走进生活并试图迅捷奔跑，从浪漫一步跨进入了现实，把上天赐予青春的花朵、纯洁的光辉、天真的希望和无忧的快乐远远抛在身后。

3

角落里的一张课桌，空荡荡，亮晶晶，干净得像张洁白的脸，没一点瑕疵。可我知道恰恰在这个位置，有个人们不想触及的黑洞。

那是一个可爱快乐的学生，三角形脸上有双大眼睛，看起来就像个芭比娃娃。黑色头发随便绾成一圈，挂在脑后也耐看；校服衬着挺拔的身姿，一棵端溜溜的小白杨。她习惯低头思考问题，咬着红润的嘴唇写作业，只要抬起头，恬美笑容如水果蛋糕，谁都喜欢。一个晚自习，她说自己头疼恶心，需要去诊所输液，她母亲便给班主任打电话请了假。几个小时后，她猝死在一家酒吧。原来，吃了药输完液的她，被同学喊去参加一个聚会，喝酒唱歌，结果药物过敏而死亡。

人们对生活的热爱，对幸福的敏感，有时只需一件事就可完全改变。一朵鲜花就此凋零，一个生命从此消失，当大家万分悲痛时，家长又来学校吵闹，找各种理由寻求赔偿。争争吵吵、挑衅闹事的日子，使向来生活纯净心灵美好的学生们无比愤怒，他们默默地将她的书桌搬到最后，似乎抛弃了一块毫无感情的石头。

4

在最后一排最旧最脏的一张课桌上，我发现一个硕大的“恨”字，几乎占了课桌的四分之一。旁边一行小字赫然在目：耻辱！罪恶！卑贱！显然这里很久都没有人坐了，它只是摆放作业的闲置书桌。如此偏激如此悲愤，这里曾坐过谁呢？我在记忆深处拣寻，灵光一闪，一个影子从暗处走到了眼前。

几年前，就在这个座位上，一个女生早自习还被我叫起朗诵课文，第二节课时请假出去看病，一个小时后，就出了事。她去和网友见面，被强奸后跳水身亡。

那段时间，每次面对书桌时我都很悲伤，无用感、无意义感让我对课本课堂充满愤恨，对自己贩卖知识的行为感到羞愧。高声讲解着各种做题技法时，我常常被悲哀侵袭，想停下来慢慢告诉他们，尤其是她们：没有人富有到可以赎回自己的过去，也没有人奢侈到可以买断自己的未来。世界的面目除了真善美，也有假恶丑。学会拒绝诱惑，学会保护自己，学会让自己平稳地度过青春期，也是学习的主要内容。而教育的目的，是为了让坐在书桌前的他们，遇到各种侵扰时会拒绝会避让；为了让更多的孩子们有梦想地生活，有尊严地生活。可是我知道，沉迷在高考试卷中的他们，无暇去顾及身外的事情。没人关心那个女生哪里去了，

遭遇了什么？他们习惯了习题和书本，习惯了坐在书桌前等待老师说出的一个个答案。

5

后排的几张桌面上，都有一些印迹。其实，墙面、笔记本封面、课本内侧、校服背面、校服袖口的各种图案和字体，处处都散发着貌似隐秘实则昭然的青春气息。每一条刻痕，每一个文字，每一张图画背后，都有一个故事一段情愫，都承载着甜蜜喜悦或踌躇哀伤，都记录着纯真往事和珍贵片段。它们伴随着他们，走过多彩的校园时光，享受着无数甜蜜和憧憬，见证着无数的疼痛眼泪。

时光荏苒，岁月如梭，刻在石头上的字，终会风消云散，更何况木头上的痕迹呢？或许刻字人和被刻人都已忘了曾经的欢笑悲伤，但赫赫划痕还是默默记载着青葱岁月里的爱恨情仇。即使尘封已久，多年后，它们也会在某个时刻被翻出来咀嚼吗？

日子照常，如水一般，是一种形式的结束，也是另一种形式的开始。王尔德说过：你拥有青春的时候，就要感受它。不要虚掷你的黄金时代，不要去倾听枯燥乏味的东西，不要设法挽留无望的失败，不要把你的生命献给无知、平庸和低俗。这些都是我们时代病态的目标，虚假的理想。活着！把你宝贵的内在生命活出来。什么都别错过。

可是，又有多少人，错过了自己宝贵的内在生命呢？

高　考　记

父亲虽然不代表自然世界，却代表人类生存的另一个极端：即代表思想的世界，人所创造的法律、秩序和纪律等事物的世界。父亲是教育孩子，向孩子指出通往世界之路的人。

——人教版高中语文必修四《父母与孩子之间的爱》·弗罗姆

雨淅淅沥沥，六月天气居然有些冷。学校门前，车流往来不息，各式花伞挤成一团团。

老汪和他女人在雨中站着，看着身边喧闹的人，有种身不知何处的迷茫。校门口，拉了警戒线，武警们站得笔直，平日里热闹熙攘的地方就肃穆起来；警车呜里哇啦，喊叫着一路飞过。身边黑压压的，都是等着入场的考生和陪同的家长、忙碌的老师及执勤人员。大多数家长都不说话，脸上挂满了担忧焦虑，只有少数几个叽叽喳喳，那也是自我掩饰。考生呢？毕竟年轻气盛，初生牛犊不怕虎，有的满不在乎，有的大声喧哗，有的紧张地窃窃私语，有的就在地上走来走去。

到了校门口，他们远远站在一边。儿子不让陪考，虽说有些心酸，但一想，也对。平日里不太亲热的一家人，忽然亲热了，倒让大家都不自在。看见街上那么多中年人都沉默地站在雨中，他们就拣个店铺门口，悄悄站着。

一会儿，女人怯生生拉了拉他的衣袖，眼神里满是无助。老汪看了她一眼。唉，两鬓似乎更白了，皱纹越深了，皮肤更黑了，心里一酸，只好扭过头。

今天儿子也参加高考呢。不过，在不远处。

老 汪

吃早餐时，儿子气呼呼地说："今天考试，我自己去，不准你们送。你们在家就好好待着，门都不准出去，听见了吗？"

他一时有些反应不过来。高三这一年，他似乎已习惯了遇见此类情况就保持沉默，但还是怔了一下。儿子大了，一米八六的个子，一百七十斤的体重，像头小牛样急躁、易怒、敏感、嘴硬，一如当年的自己。年轻时，自己脾气不好，话说不上几句就急，高喉咙大嗓门，为此和妻子、同事们闹了不少矛盾。好在后来人们了解了他的为人处世、品质品行，也不和他见识。没想到，现在被儿子驯服得如家里的猫一样乖巧。猫老不逼鼠，他想起朋友的调侃，解嘲地苦笑了一声。

女人丢给了他一个眼色，他也就闷坐着，一勺一勺喝着小米稀饭。

嘴里又苦又麻，一点食欲都没有，但还是硬着头皮，呼噜呼噜三两口喝完，坐在沙发上，闷头吸烟。他想不通小时候那么乖巧懂事的儿子，怎么一眨眼工夫就人高马大，就变成个不懂礼貌的东西。为了这个家，自己吃多少苦受多少罪都没叫嚷过；为了把儿子拉扯成人，他恨不得把自己变成一头牛。换来这样的结果，他有些伤感无助，有些孤单寂寥，更多的是愤怒和不解。

看着女人小心翼翼帮儿子整理笔袋、检查准考证、身份证，看着娘俩轻松地开玩笑逗趣，他竟然有些嫉妒，当然也羡慕。儿子和妈亲，家家都这样吧。他安慰自己，要让我爷俩这样，恐怕还做不出来。

初二那年，自从儿子偷偷去网吧上网被他抓出来狠狠打了一顿后，直到现在，父子俩再也没亲昵地说过话。凡是需要什么，儿子都背过他和女人说；关于儿子的一切，他基本上都是听女人转述。上了高中，儿子懂事了很多，聪明能吃苦，成绩一直很好，老师说考个重点没问题，就是脾气有些倔。"还不是跟了你？"女人常常埋怨。有时，看着那个头发长脖子长、说话瓮声瓮气的愣小子，他就想，不是冤家不聚头，老辈的话没错。

女人拿着削了一头的铅笔说："不知道考场要不要拿削铅笔的刀子，要是涂卡的铅笔尖断了，咋办呢？咱们没买下。"

儿子在里屋大大咧咧："妈，看你说的，能涂多少卡啊？好着呢。"

他心里猛然一甩，但嘴里说："不是昨天下午专门跑出去买了吗？还没买上？一天慌慌张张的，啥都干不成。"儿子把什么东西重重摔了一下。女人狠狠瞪了他一眼，转身收拾碗筷。

他起身，慢腾腾稳当当地走出院子。雨正大呢，砸在水泥地上，声音很响亮。一出大门，他脚步就快了起来。平日里从没觉得从家到街的巷子如此长，此时他恨不得长个翅膀飞起来。他正大步流星往前奔，遇见个熟人。那人叽里咕噜说了一大堆，他一个字都没听清，含含混混答应了一声继续往前跑。

巷子外，超市门开着，他气喘吁吁问："有削铅笔的小刀吗？""没有，这是买副食的。"

他觉得头上汗一下子就出来了，浑身燥了起来。他有些慌，赶快往前走，一连问了四个小铺，人家都摇头说没有。怎么办？怎么办？汗水顺着鼻子往下流，他开始飞跑。前面还有个小店铺，他冲了进去，大声问："有——有削铅笔的小刀吗？"

店主诧异地看了他一眼："有呢，一个一块五。"他掏出五块钱，说："买一个，噢，不，买两个。"

回家路上，手里紧紧攥着俩小刀，似乎安心了许多，浑身冒汗，他顺手抹了一把脸。哦，没拿伞，原来是雨水顺脸往下流。他长出了一口气，紧步往回走。

到家门口，歇缓了一下，他换了口气，依旧稳稳进了门。妻子还在收拾碗筷，他说："去，把铅笔拿来。"女人抬头一看，一惊："这么快？"

他没说话，看着女人把铅笔拿过来，坐在沙发上慢慢削，两头削得整整齐齐，一模一样。又一想，涂卡，太细了容易断，还浪费时间。又拿起削好的铅笔，来到院子里，蹲下来在水泥地上慢慢磨。

女人出来嚷："好了好了，时间到了，娃娃要走呢。"他赶紧递给她。一抬头，见儿子手里拿着笔袋，站在他面前，嘟囔了一句："干啥都让人不放心。"

儿子脖子一拧，出门走了。女人眼睛红了："你呀，就是个嘴硬蹄子软。"

儿　子

考点就在不远处的母校。主场作战嘛，还是有优势的。儿子沿着巷子飞快地走。

早上起床，不知怎么就有些烦躁。尤其是看见小心翼翼、连大气都不敢出的忙活的妈妈，心里很酸，他一咬牙就宣布了那个决定。

他知道父母的心。这么多年来，大人们觉得他还是小孩子，不谙世事，只管读书，早晚都忙忙碌碌，一副什么都不懂的样子。实际上，作为一个十八岁的男人——他觉得自己已是男人了，该为自己、为家庭负起一份责任了。

初二那年，父亲下了岗，母亲生了一场大病，家里日子就艰难起来。以前在厂里坐办公室的大男人，一夜之间成了没工作的人，那个大气豪爽、仗义率直的男子气，也随着工作的消失迅速蒸发了，剩下的只有暴躁和没出息。他成天喝酒，和别人吵架；在家里说话，也骂骂咧咧。一次，就因为自己作业没做完，就抬手打妈妈。那是一个多么让自己恐惧憎恨的男人啊！也就是那年，他学会了上网，学会了在网络游戏中宣泄不满和愤恨……

考场离家不远，十分钟就到了。站在考场外，看着黑压压一片人，他有点慌。一个非常要好的哥们，和父母站在一起，冲他一笑，然后在父亲耳边说着什么。那个中年男人回头看着他，也微微一笑。他忽然就后悔自己不该那样。虽然本意是心疼父母，但方式似乎更伤害了他们。让他们来多好呢。唉，都怪自己的脾气。

永远忘记不了那年。凌晨三点，父亲在网吧找到他时的眼神。那是一双什么样的眼神啊！所以，当父亲狠狠揍他时，他没挣扎，默默承受着。因为他看见了父亲挥拳时眼里无边的绝望，也看见了那个疯狂的男人在打完自己后抱着棵榆树仰天号叫的样子。也只有他，看见那个倔强了半辈子的男人，在得知学校要处分他时，在校长、班主任面前卑贱讨好哀求的样子。那种可怜心酸的表情迅速击碎了他的叛逆。他决定改变。他是这个人的儿子，倔强是他们的共性。他知道，自己就是这个家生存的勇气、全部的希望。

后来，在学习上他再也没让父母操心过。青春期很快过去了，一路绿灯走到了今天。只是宁可心里波涛汹涌，也绝不会用温情言语表达的个性，让父子像隔岸相看的两条船，你在你的岸，我在我的边。

有时，他也尝试去改变，当看到父亲那张冰冷冷的脸，就打消了念头。但他发现自己对父亲的崇拜似乎却越来越多。特别是和好朋友爸爸——一个当年和父亲一起工作过的叔叔谈话后，他更尊敬这个正直善良、不畏强权的男人。厂里女工多，主管业务的副厂长仗着手里的权势，经常欺负女工，被仗义的父亲狠狠修理了一番后，自然怀恨在心。下岗的名额里，第一个就有他。不甘心的父亲，那段时间，只能选择在醉酒的麻木中宣泄不满和无助。

网吧事件让父亲一下子改变了许多，他似乎一下子老了。这么多年，为了自己他什么苦都吃，什么活都揽。尽管嘴上没一句好话，但他知道这个人的心全在自己身上。他暗暗发誓，长大后一定要好好做人做事，来报答他们。最好能做个大官，嘿嘿，那时可要风风光光回来，给他们带好多好多东西，让可怜的父母也能扬眉吐气一回。

他开始怨恨自己，明明知道父亲担心，明明知道父亲说话就那个方式，明明看到他的爱意，但就是管不住自己。唉……

老汪女人

儿子走了，见男人心神不定，出来进去走了几趟，她就说："咱也出去吧，我心慌得待不住。咱就站在这边，不让他看见就好。这待在家里，咋待得住？"

男人没说话，默默跟着她出来。花伞映衬下的他，两鬓完全白了，佝偻着身子，她一阵恓惶。这爷俩，一个模子倒出来的，脾气一样，个性一样。多年来，尽管彼此心里惦记，但都绷在一股劲上，谁也不主动打破。不，准确地说，儿子主动过，但老子不接受。想到这，她恨恨看了丈夫一眼。

她已习惯了这样的状况。儿子和老子不怎么搭话，她就是个传话筒，是调节器，夹杂在中间，有些吃力。娃娃是个好娃娃，虽说初二那年走过一段弯路，但是以后很懂事，念书上再也没让她操心过，对自己绝对孝顺。丈夫呢，也是个好丈夫，对她一心一意，努力养家糊口，不乱花一分钱。刚下岗那一阵子，有些心灰意冷，但很快就调整过来了。这么

多年，自己又有病，他甚至在工地上抱过砖头。那么倔的人，被人呼来喊去，都忍着，就为了这个家，为了这个孩子。就是不会好好说话。唉！

广播声响起，标准的普通话女声在雨中飘荡：请各位考生准备好随身物品，马上进入考场。有人竖起了耳朵。老汪不由站直身子，伸长脖子，眼睛四处扫射。

儿子排队准备进校园了。忽然，看见那把熟悉的花伞，眼泪顺颊而下。他知道父母绝对会在某个地方，默默地等着自己。

"阳阳……儿子……"女人焦急地从台阶上跑下去。熟悉的身影正回头张望，那是她儿子。

老汪伸出胳膊，晃了晃，接着使劲摇了摇。

女人站住了，眼泪雨水，满脸肆流。

儿子双手扬起，用力摇晃，转身走进了考场……

隔 壁 记

飞湍瀑流争喧豗，砯崖转石万壑雷。其险也如此，嗟尔远道之人，胡为乎来哉……蜀道之难，难于上青天，侧身西望长咨嗟！

——人教版高中语文必修三《蜀道难》· 李白

入了伏，天气如巨大的烧烤炉，一下子热浪腾腾；又如满腔怨恨的复仇女，有誓不罢休之势。空气中弥漫着呛人的尘土味，花草树木奄奄待息少了生机，大约也被热晕了。

早自习，按照惯例学生复习上过的内容，我提要求：“今天咱们继续复习《蜀道难》，请大家抓紧时间背诵全文，二十分钟后检查默写。这课生字词很多，有些古字现在很少使用了，一定要注意识记。”过了一会儿，发现后两排学生有的身在教室但神游天外，便走下讲台，几个男生慌慌张张拿出本子来，照猫画虎地写。

1

隔着墙，隐约传来隔壁班放英语听力的声音，照例叽里咕噜说着只有中国人才认真学的口语，她偏头侧耳，入神聆听着。我走过去，她脸一红，迅速低下头，认真写起了课文。

两年时间，这个叫包领弟的大眼睛厚嘴唇的女孩，似乎没多大变化，只是越发沉默寡言，如一池深水。黑硬的头发，扎成马尾，垂在脖颈；瘦弱的身材，整洁的校服，努力的态度，她是典型的乖孩子好学生。我走过去摸摸她的头，她抬起头看我，羞赧一笑，我叹口气，因为刚才批改作文，看见她的一首小诗：

我是一棵倔强坚强的向日葵\ 日日夜夜\ 不知疲惫地\ 追寻心

中的太阳。

我是一颗孤独的向日葵 \ 拼命欢笑 \ 却没人知道 \ 那是为了藏起心中 \ 明媚的忧伤。

隔壁对她来说，仿佛高不可攀的喜马拉雅山，须仰视才见；犹如暗恋着的男子，有着无法拒绝的诱惑。一层墙，按说也没有什么，不过是隔开了两个教室。前后排的座位呢？但在学生心目中，可是迥然不同的两个世界。因为有普通班、尖子班之分，本班是普班，隔壁是尖子班。学校有不成文规定，按成绩分座位，成绩好的选前面，成绩差的永远在后排。也就是说，薄薄一堵墙，一后一前的座位，学生的身份便有个高下，地位就有了高低，阶层也有了隐形区分。

这堵墙，现在成了她高中生涯中的“滑铁卢”，成了一道难以跨越的关口。尽管在普班成绩稳居第一，座位也在第一排，但她关注隔壁的程度远远超过本班。因为高一时她还在隔壁，最后一次月考以零点五分的差距从尖子班退回到现在的普班，从此就矮了身子低了头，昂天的马尾也垂了下来。“太阳花”，普班学生送给她这个外号，明褒实贬，颇有深意。同学一年，水是水油是油，他们之间很少有交集，彼此混同却完全背离。他们认为她从尖子班过来，故作清高，有意识在保持距离。最近一个阶段，她状态更不好，成绩下滑得厉害，科任老师反映课堂上时常开小差，叫起来回答问题也闭口不言。

何况隔壁，还坐着她妹妹。

2

隔壁班的作文课，照例是年级组统一出的作文题目——我的理想。

尽管唉声叹气怨气冲天，学生们还是拿起笔，按照套路开始编写。只有她坐在那里，一动不动。

我走过去，问：“包引兄，你怎么不写？”

“老师，您说什么是理想？”她站起来，气呼呼。

“就是十年、二十年后想要的那种生活。”

“您十年前、二十年前也有过理想吗？”

“那当然。”

“您的理想实现了吗？”小小的个子，倔强的眼神，咄咄逼人的口

气，像棵长了尖刺的树。

“……”

“为什么？”

“很多原因吧。其实大多数人的理想都实现不了。”我一时有些语塞。

“那写这些有什么意思呢？从小到大，这个题目不知写过多少回了，都是叫人瞎编。我以前的理想是做个好女儿，可他们不稀罕。现在的理想是不想读书，可他们不行。未来的理想是单身，但这能写进作文吗？”几句话，钉子一样硬，然后她坐下兀自生气。

3

“老师，听说我妹妹上课顶您了。您别在意，她就那个脾气，直戳戳硬邦邦。”包领弟站在办公桌前，像个做错了事的小媳妇。

“没什么，她说得很有道理。”

“她越来越叛逆了，在家天天和父母对着干，在校和老师、同学闹矛盾，这样下去咋办啊？”宽大的校服衬托出一个未发育完全的小孩，口气却是大人。

“平时她最听谁的话？”

“以前我说还听一点，现在谁的也不听了，谁劝和谁顶牛。您知道的，她比我聪明，成绩也不错，只要稍微用心一点，一定会考个好大学的。老师，她小时可乖了，上了高中才变成这样……”

“你放心，哪天我和她谈谈。”

“唉，她现在是我们两家的炸弹，谁也不敢碰。”

“两家？”

她顿觉说漏了嘴，警惕地看了一眼其他老师，声音低下来：“改天和您细说。”然后快步走了。

4

包领弟和包引兄是亲姐妹，在同一个年级，相差一岁，性格属于两个极端。她们都是我的学生。

领弟是姐姐，温婉含蓄，勤奋懂事，是个循规蹈矩不越雷池一步的

孩子，小小的脑瓜里，似乎永远有根弦紧紧绷着，有根鞭子紧紧打着。她从不偷懒，勤奋努力，但学得太死，不知变通，压力大责任重，少年老成的那种。引兄是妹妹、大大咧咧，像个男生，有个性有思想，聪慧过人，计算能力超强，成绩较好。但从高一下半学期开始，行为夸张，叛逆张扬，张牙舞爪的，好像全世界都欠着她。领弟、引兄，单凭名字就可看出端倪，这家人是多么盼望有个男孩。重男轻女在本地，还是源远流长。男娃可以传宗接代光宗耀祖；女娃呢，那就不用说了，所以凡是生了几个女娃的人家，为了生个儿子，会想出各种办法，给女孩取名字，也是禳改的一种。

夜，拉上了帷幕。暑热终于散去，凉爽慢慢浸润，星空澄净，像细碎的火花。晚自习，教室里灯火通明，包领弟像只小猫，悄悄走到我身边："老师，能和你说说话吗？"

我回头看，学生们在认真做作业，悄悄下了楼。

沿着暗红色跑道，我们边走边聊。她说了自己学习上各种困惑，突然话题一转："包引兄是我亲妹妹，但又不是。"

"怎么回事？"我大吃一惊。

她哽咽着倾诉，妈妈一连生了两个女孩，父母有些沮丧。两个姐姐虽聪明伶俐任劳任怨，但没人看得起。生下她，又是女儿，父亲说，就叫个领弟吧，给咱领个儿子来。可老天故意作对，自己不但没领来个弟弟，而且又领来个妹妹。在村里，这样的人家低人一等，抬不起头；即使爷爷奶奶，也跟着发愁。父亲整日阴沉着脸，看啥都不顺眼；母亲成天哭哭啼啼，心病难治。她家四个女儿，二叔家四个儿子，爷爷就做主，将最小的两个孩子交换。于是，妹妹便到了二叔家，换回来了弟弟。弟弟备受宠溺，乖巧懂事，温顺恬静，像个女孩，而且成绩很好，是全家人的骄傲。换给小叔家里的妹妹，起初无忧无虑地享受了很多的关爱，可到了青春期，得知自己身世后，就开始叛逆。除了和大人顶嘴、不好好读书、逃课去网吧外，还学会了早恋。婶婶小叔管教不了，后悔万分，就嚷嚷要回亲生儿子。妯娌间吵骂直至大打出手，亲兄弟间反目为仇，两家人全被牵连进去，全家鸡犬不宁。

奶奶去世后，爷爷因当年决策失误被两个儿媳妇不待见，租了房单独过日子。婶婶说妹妹三天两头跑得不见人影，不但抽烟喝酒，逃学滋事，还夜不归宿。母亲舍不得弟弟，更心疼可怜可恨的妹妹，气出了心脏病；父亲碍于面子，坚持不还回儿子，借酒浇愁，天天醉得不省人事。家庭闹剧天天上演，家事一团乱麻，折磨着年仅十七岁的她。这样的环境，自然上课不能专心听讲，加之考试时妹妹出走，做卷子连题目都没看清，成绩自然不好。高一结束后，年级组按成绩排名重新组合，她就从尖子班到了普通班。妹妹呢？虽天天折腾，但聪敏过人，成绩比她高了十分，留在了尖子班。

我很震惊，只知道包引兄后半学期一直请假，说去兰州治病，不知道还有这样的隐情。

5

班会结束了，大家边说边回到办公室。头发花麻的中年男子坐在凳子上，低头抽烟，一言不发。旁边站着两个孩子，包领弟眼睛都哭肿了，不停抽噎；包引兄嘴里嚼着泡泡糖，盯着窗外。

“为啥不上操？”胖小张气哼哼问。

“我不能上。”包引兄毫不畏惧地和班主任对峙。

“总得给个理由吧？”

“我是女生，说不能上操，老师应该明白了吧？”她振振有词。

“那为什么不请假？你看看你现在，变成个什么样子了？”

“我就这个样子，你开除我吧。反正我也不想念书了。”她昂起头，满不在乎。

人们气得都盯着她，她觉察到了，低下了头，耳朵上一排排耳钉闪闪发光。

“学校三令五申不准戴首饰，你看你……”小张说不下去了，“一个家里的孩子，差别咋这么大？你能不能向你姐姐学学？”

“她不是我亲姐姐，她是我堂姐。”

男人忽然间站起来，手舞足蹈，滔滔不绝。原来他也是教师，在乡下一所中学教书。年轻时曾非常向往陶渊明般的田园生活，梦想有所院子，一块田地，一儿一女就足矣，生个儿子叫家禾，女儿叫家英，安贫乐道，恬然自乐地过日子。可妻子一口气生了四个女儿后，压力就像山一样大，在单位、村里都低人一等，抬不起头。不得已同意了父亲的安排，和弟弟换回一个儿子。“我儿子可优秀了，听话懂事……”

“又来了，谁爱听你夸你儿子。”包引兄大怒，脱门而出。

父亲并没追上去，继续慷慨激昂叙述自己的无奈，然后加重语气，对战战兢兢的包领弟说：“唯有扬鞭策马，奋起直追，才对得起父母，对得起老师。最重要的，要对得起家族。你比她大，应该知道自己肩上的责任，怎么做你自己清楚。”然后头都不回，拧着脖子走了。

6

我下了楼梯，在合欢树边找到包引兄。

她靠在树上，满脸是泪：“老师，他们没本事生儿子，为啥要生了我？生了为啥要换给别人？女孩就这么不值钱，这么不被待见？领弟引兄，您听听，谁家给女儿这么取名字？”

“你说，我听着。”

“您知道吗？他们把我换过去，有了儿子，就百样娇惯，满心高兴。可谁管我呢？婶婶表面上对我好，背地里一直找碴。学校缴任何费都要唠叨，放学迟一点就不给饭吃，晚自习回家故意不开门，话里话外的不想要我。人家看着自己儿子学习好，以后能考上学，就想要回去，偏偏他们舍不得，硬逼着我留在那家。您说，我怎么办？……每次我出走，都是因为咒骂，可他们只听婶婶一面之词，说我不学好说我不上进。我有亲父母，不要我；有养父母，也不要我。我有家却不能回去，和叫花子有啥两样？别看一个个嘴上说得好，可谁家也不想要我啊……”

“妹妹，我要你。你别闹别折腾了好不好？咱俩好好学习，考上了走得远远的，再也不受这个气不回这个家……”

我回头一看，姐姐站在一边，哭成个泪人。

姐妹俩抱头，号啕大哭。我乘机劝：“不管怎么样，都要咬牙挺过去，不要把自己的前途命运押在自暴自弃上。这样对别人的伤害是一时，对自己的伤害可是一生啊!真正的强者不是流泪的人，而是含泪奔跑的人。”

“我就想报复，让谁都过不好。”

“那除了让自己的处境更艰难外，还有啥好处？”

她一动不动，站了好久，才说：“老师，我现在想通了。不哭了，姐姐，我还不信努力一把就考不上个学。我知道你心思都在我身上，影响了成绩，后面我会好好的，再也不惹你操心了。”她破涕一笑。

我回头劝慰姐姐：“不管尖子班、普通班都要努力，真正需要战胜的人是自己。在很多时候，我们的力气总是小于愿望，但只要好好学习一起努力，比如考上同一座城市，以后也可互相陪伴。对吗？”

她重重地点头，说：“谢谢老师鼓励。我们一定会努力。”妹妹走向前，紧紧抱住姐姐。

7

校园里，多了一对形影不离的姐妹，一起上课一起吃饭一起学习一起出行，双胞胎一样，令人羡慕。一墙之隔，她们在不同的座位上，背诵着一篇篇课文，演算着一个个算式，写满了一本本笔记，做完了一道道试卷。

花开了，花谢了，夏天过去，冬天来了。平安夜，我收到一个大大的苹果，还有一张纸条：

老师，每朵小花都有春天，我们也是。不管命运多么不公平，身份多卑微，我们这对姐妹花，也要灿烂开放。不管以后的路多艰难坎坷，都要互相帮扶，走出属于自己的一片天地，我们现在任务就是好好读书，争取考上大学，因为不仅仅是为自己而努力，而是为身为女孩、女人而发奋图强。

领弟：老师，我的理想是上个护士学校。即使将来没正式工作，也能有个手艺打工赚钱。我以后要找个好男人养两个健康孩子，无论男女，决不送人交换。如果都是女儿，一定不要她们受任何委屈。

引兄：老师，不说感谢啦。近期目标嘛，先考上学。考上学第一件事嘛，先改名字。到底取个什么名呢？目前还没想好，到时候再请教您。至于将来，我要走遍世界云游四方，做一个旅行达人。嘻嘻。我才不结婚也不要孩子呢。要是生个女儿和我受同样的气，宁可不让她到世上来。反正这种事有我姐，她负责生我负责玩。嘿嘿。

跳 舞 记

青青子衿，悠悠我心。但为君故，沉吟至今。

——人教版高中语文必修二《短歌行》· 曹操

春天的下午，柳絮长出长长的翅膀，在窗外四处飘荡。我正讲得天花乱坠，耳畔似乎传来微弱的声音，于是停下来问："有人喊报告吗？"

学生们从聚精会神中醒过来，停下笔抬起头，茫然地看看我又看看门外。

"没有啊！"

"那咱们继续。青衿是周代读书人的服装，这里运用借代的修辞，代指有学问的人。后两句'纵我不往，子宁不嗣音？'什么意思呢？"

一个学生站起来大声回答，它的意思是："虽然我不能去找你，你为什么不主动给我音信？"

"好。请大家注意它的深层含义，曹操是借女子对心爱的男子的思念，来比喻自己对贤才的渴求……"

坐在第一排的女生偏头侧耳，然后说："老师，好像有人。"

我跳下讲台，拉开门，马文像根长歪了的竹竿，红头涨脸站着。

"你咋又迟到？赶紧进去。"虽有些不快，但我顾不上批评，因为今天内容特别多，多说一句题外话就可能讲不完。

他吐吐舌头，一溜烟跑到座位上，翻开书，认真听起课来。这孩子一向最听话，很少犯错误，最近这是怎么了？

第二天，我去跟早自习，见他站在楼道里，头低到胸前，一动不动。

班主任正大发雷霆："你还像个学生吗？天天迟到，天天让我去领，天天扣分。咱班运动会上打扫卫生挣来的分都被你扣完了，那可是大家在操场上顶着大太阳弯腰驼背捡塑料瓶拾纸片半分半分挣来的，你倒好，一扣就是两分，还让我丢人现眼，你说你对得起谁？”

他抬起头，眼泪在眼眶里转：“老师，我……”

“别说了。先上课。再迟到你就回去！别想让我去领你！也别说是咱班学生！”然后，气鼓鼓走了。

学校规定凡是迟到的学生必须在检查老师处登记，然后站在校门口等班主任去领，还要扣除班级量化分，一次两分，难怪他心疼。

我走过去，问：“你咋又迟到啊？这样天天扣分，谁受得了？”

“老师，我不是有意的。我去练舞了。”

“舞蹈，你还在练？”

他的眼泪一下子喷了出来，顺着瘦长的脸颊往下滴：“凭什么我就不能练？我就喜欢这个嘛。老师连你也这么说，你不觉得太……”

我有些啼笑皆非，也诧异他反应过激：“你还有理了不是？现在不说了，先上课。不能因为你一个人耽误所有同学上课吧？”

他用手在脸上胡乱抹了一把，身子挺直，端溜溜进了教室。我看着那细长细长的背影，又可气又可笑。

去年九月份，新生入学，报到时他就引起了大家注意，高瘦颀长，浓眉大眼，鼻梁挺直，特别是眼睫毛，又黑又浓，比女孩的还翘还弯，加上肤色白头发黑，显得很俊朗。

过了几周，这山区来的娃更令人刮目相看。虽性格腼腆些，也不爱说话，但学习踏实认真，从不偷懒；做起卫生来，总是把角落都打扫得干干净净；还写得一笔好字。很快他被选为卫生委员，成为班干部。

一段时间，每天早晚，我都看见他一个人拿着工具，默默在扫地拖地。问起来，他红了脸说：“班里已排了值日，但有些同学不想做，有些同学估计忘了，我也不好意思说。不要紧，老师，这点活比起在家里犁地割草拉车子轻省多了，我三把两把就干了。”

我严肃起来：“定了规矩就要大家都遵守，谁忘记了就要去提醒，提醒了再不遵守就要惩戒，不然要班干部做啥？就是起监督作用的。如果让你当个领导，估计不到半天先把自己累死了。”

他嗫嚅了半天：“原先想活我都干了，其他人看见会不好意思，结果现在……以前的老师总叮嘱，咱山里人，多做事少说话，沉默是金。”

“问题是你全部代劳了后，那些不自觉的同学有没有反应？”

“好像还是无动于衷。”

“你要知道，适当的沉默是为了听清别人的话，而过分沉默就毫无意义了。当你与别人竞争时，沉默是退让；当你与别人交流时，沉默是尴尬；当你对一些坏现象保持沉默时，就是纵容。一个真正聪明的人知道什么时候应展示自己的优秀，什么时候应收敛自己的光芒，什么时候该发出自己的声音。你觉得自己属于哪一种？”

他低头思考了一会儿，说：“我是那种毫无原则的沉默。可是老师，虽然道理全对，我在班里还是不敢多说。”

“为什么？”

“各种原因吧。比如成绩不是很好，山里来的，家庭条件不好，我觉得很自卑。”

“你要学会善于表达自己的观点，学会拒绝，学会沟通。不要因自己出身农村而自卑，也别因家庭条件低人一等，该怎么样就怎么样，劳动委员本来就是你的职位，你是在完成职责范围内的事。”

下次自习一走进教室，就看见他眼睛亮晶晶，我顺着看过去，黑板上赫然写着：没打扫卫生的同学名单如下，请尽快完成自己的工作。否则，严惩不贷。那粉笔字真好看。

我们对视，会心一笑。

高二分了科，他学了理，成绩开始稳定上升，回答问题也不磕磕绊绊了，班会上也敢站起来总结了，状态非常好。大家都说他不出意外的话，能考个不错的民族学院。

一次，我放学准备回家，他跑过来，兴奋得满脸红光：“老师，给你说个事。我们村子的移民政策下来了，我家也在搬迁范围内呢。好像划定的地点就在东郊，如今我们也是半个城里人了。这下子好了，我可以做自己想做的事了。”

“你想做啥？”我有些纳闷。

他左右看看，凑过来神秘地说：“我想学舞蹈。”

“啊！”这个我还真没想到。

“老师，不瞒您说，我从小就喜欢跳舞，尤其是我们回族的那种舞蹈，头摇一下，脖子点一下，肩膀拧一下，特别好看。我有个小叔，爱唱花儿爱跳舞，他一唱一跳我就偷偷跟着学。他说那不单单是跳舞，还是在传承一种文化呢，我就更觉得有趣了。那时家里还没电视，小叔就带一群娃娃跑到队长家看，我们特别喜欢跳舞的节目，可人家不爱看，常常换频道。后来，我家得到了扶贫专款，买了一台电视，彩色的。我和弟弟为看电视经常打架，我打不过他，就哭。我妈就说谁干活多谁选着看，我就拼命干活，就盼着干完了看舞蹈节目。”

他两眼发光，像天上的星星：“不过，所有人都反对我学跳舞。大（爹）说那是女人干的活，不是正经男娃干的事，他还说我要学跳舞，见一次打一次。我妈说跳舞是城里人的事，乡里人就没那个命。但我还是喜欢，经常偷偷练。现在进了城，一定要找个老师学一学。老师，你支持吗？”

我想了半天，摇摇头。他目光顿时暗淡了下来：“为什么？书上都说，再卑微的人也应有伟大的梦想，我就想站在大大的舞台上跳一段民族舞。你看！”他双腿并在一起，脚尖绷直，身子往上提，两手张开，转了一圈，又转了一圈。我惊呆了。

我没敢说很多理想在平凡生活中会消磨殆尽的，只是冷静地分析：“学舞蹈可不是你想象的那么容易，需要很多条件。首先天赋很重要，身体条件要好，还要有乐感；舞蹈还需要激情，太内敛的话爆发力不够，影响表现力和感染力。会吃很多苦，也不一定有收获。最重要的，四五岁就要开始训练骨头的柔软度和韧性，训练耐心和意志力。你衡量一下自己符合哪一点？”

“我也知道个人条件差，可就是喜欢，没办法。”他说着，背过了身子。

“老师还是希望你好好学习，考个好学校，然后把它当作业余爱好。艺术生中，女生选舞蹈的较多，男生就少一些。总之咱这个地方，学舞蹈好像有些不切实际。”他没说什么，低头走远了，两只胳膊抡过来抡过去，仿佛一只受伤的大鸟。

秋天的一个下午，狂风卷起尘物，满世界飞。我开会回来，见他和一个老人一起站在办公室，低头听班主任历数罪状：“一学期几乎天天迟到，尤其是下午。上课睡觉，不好好完成作业；晚自习不上，也不说原因；接连几次请假，也不说自己干啥去了。”年轻的老师越说越气，不想读书就回家去，不要在这里浪费青春，害人害己。

我看着他，个子又冒了一截，腰更弯了一点，人更瘦了一些。雪白的衬衣，宽大的校服挑在身上，肩膀上隐约露出一条斑痕。老人赔着笑解释：“老师，别气了。这娃娃犯了错误，你该批评就批评，该处分就处分，可千万别不要了。唉，我这个孙娃子其实是个好娃娃，他念书可不

容易呢。”

班主任神色缓和了些，让他出去站在楼道，然后说：“您坐下来慢慢听。我哪里会不要呢？只是吓唬吓唬罢了。他是个好苗子，不抓住就可惜了，叫您来也是为了解情况，不是我故意难为。据您所知，他一天都干啥呢？这样神神秘秘，不会是学坏了吧？”

老人忽然拉起了哭腔，说起来难肠得很。“自从搬到了城里，他爸妈就去乌海打工了，家里剩下我和三个孙子。他是老大，每天进门就做饭洗衣服收拾家里，还要看着那两个不懂事的弟弟做作业。这娃从小就能吃苦爱操心，别看不说话，心里可有路数呢。唉，也怪我。搬迁到了川区，分了几亩地，儿子媳妇子说种地划不来，要承包给别人，我舍不得，硬撑着要种。谁知人老了，干不动了啊，加上一场病，现在走也走不了，更别说下地了。这下就害苦了这娃娃，天天放学得照顾我们爷孙几个吃喝，还得去地里干活。干完活才往学校跑，肯定就迟到了。”

“边上学边种地？”

“是啊！那几天请假，就是和别人合伙挖洋芋。你看他衣服上脏兮兮，那是拉架子车勒下的印子。唉，今年再也不种了，苦了一年，不够种子化肥钱，还把娃娃害成了这样。他瘦成了线绳绳，我看着也心疼啊……”

班主任叫他进来问情况，他只说以为自己能吃得消，结果顾了这头顾不了那头。“老师，请你相信，学习能补上去的。”

“那晚自习不上课，也干活？”

爷爷瞪了他一眼，气哼哼：“还不是跟着个老师学跳那个啥舞了。这个我一点也不同意。他大知道就把腿子打折了。他怕人知道，和谁也不敢说，硬撑着。”

深冬的夜晚，北风呼啸，雪花飞舞，教室里异常暖和。他满头大汗，喊了报告，急匆匆走到座位上，拿出作业本写作业。没人大惊小怪，都知道他又去学舞了。

课下了，他跟着出来：“老师，有个电影叫《立春》，您看过吗？”

“看过。蒋雯丽主演的，一个文艺女青年的故事。”

“舞蹈老师让我们看的，看完我都哭了，觉得那里面的人就是我。”他垂头丧气，一只手紧紧地捏着笔，“那女人长得一般，有一副唱歌剧的嗓喉，不甘心和周围人一样过平庸的世俗生活，一心想站在大舞台上唱

歌剧。可是现实不允许。她清高虚荣，热爱歌剧，没有爱情也没有婚姻，为虚无缥缈的理想付出了太多代价，被人当作傻子，日子过得很凄惨。老师，是不是人越有追求，就越痛苦？”

“因为有追求，就有希冀，有希冀就期望得到，得不到就痛苦。”

“现在越来越觉得自己是个异类了。学舞蹈对我来说，是理想，也是目标。但我很孤单也很孤独。《立春》里那个王彩玲说宁尝鲜桃一口，不吃烂杏一筐，以前我也这样想，但这几天我开始怀疑自己。舞蹈老师说，心有多大，舞台就有多大。可是我很害怕，考不上学，还是个农民。一个农民，学跳舞有啥用呢？理想和现实之间，到底有没有一条融合的路？理想，也许永远都无法实现才叫理想的吧？”

“怎么说呢？有理想是好事，但单纯为理想而活也不对。理想与世俗本无和解，这就要看你如何选择了。你有权利去选择，也有权利放弃。虽然这条路很艰辛，但是你自己选择的，那就不要后悔。问题在于选择了，还要坚守，用一生去坚守，你能做到无怨无悔永不改变吗？”

“我不知道。老师，你说我怎么选择？”

“老师也不知道。我怕支持你，反而害了你；不支持，又怕毁了你的梦想。每个人年轻时都有过梦想，但大多都成了梦幻。问问自己，你想要什么，能不能坚持下去，然后再做决定。”

师生二人，面对着窗外茫茫大雪，各想着各心事。

过了几天，他来交作业，满脸喜色：“老师，告诉你一个好消息。我父母回来了，我爷也同意把地包出去了，再也不用边上学边种地了。真高兴啊！我妈还偷偷给了钱，让我继续学跳舞。我大还不知道，他要知道肯定得大闹几场。不过我也想清楚了，目前先好好读书，等考上学，那时家里人就管不着了。业余时间我就去学跳舞，不是一举两得的事吗？嘿嘿。”

“艺术是普通人通往精神高度的唯一途径，但把生活当成艺术，或者把艺术当成生活，其实都不可取。”

“我不怕吃苦。老师，也许有一天，我会登上舞台，美美地跳它一曲；也许我会是一个普普通通的人，过着平平淡淡的日子。无论怎样，我曾经为梦想努力过追求过，我的青春没有被浪费，就知足了。”

他迈着大步走出去，我看着那个背影，百感交集。一辈子很漫长，不知道有多少艰辛在前面等着他。

录 像 记

至于我，我却认为生命不是这个样的，我觉得它值得称颂，富有乐趣，即使我自己到了垂暮之年也还是如此。我们的生命受到自然的恩赐，它是优越无比的，如果我们觉得不堪生之重压或是白白虚度此生，那也只能怪我们自己。

——人教版高中语文必修四《热爱生命》·蒙田

她突然跳起来，冲到墙边，把头斜着向墙面撞去，“砰砰砰”几下。我半天才反应过来，急忙跳起来冲上去，拉她拽她。可力气那么小那么弱，根本拽不动这只狂怒的小兽。我张嘴大喊，跳过来几个同事，三下两下就把她拽回来，压在椅子上。几双手同时使劲摁着，一点儿也不敢松开。我呆呆看着她，不知所措；她呆呆坐着，毫无知觉；人们一个个脸色发白，面面相觑，惊魂未定。

好一会儿，老杨发了声：“你说你这个娃娃还得了，这么多人都在，好端端说着话，怎么一下子就寻死觅活的？”

血从乌黑的头发里慢慢渗出，慢慢流下。起初是黑褐色，黏稠凝滞，渐渐变成鲜红色，酣畅淋漓地经过额头鼻子嘴巴，流到了脖颈处，打了一个旋，变成无数条细线。一会儿，她就成了个血人。我们赶紧拨开头发找伤口，打水找毛巾，使劲擦拭。盆子里清水微荡，毛巾抛进去，马上变了色，血红血红一盆，瘆得慌。人们七嘴八舌，边擦边劝。

班主任很快就来了，上前拉着她。她愣怔怔，毫无反应。一群人看着她，接着簇拥着去了校医室。我走出去，趴在栏杆上，春天的早晨，和风旭日，初中部的同学正大声读：“去年今日此门中，人面桃花相映红。人面不知何处去，桃花依旧笑春风。”

过了很久，她的班主任才进来，擦了一把汗：“这个娃，平日里就心

事很重，很少和人交流。同宿舍的说她常常整夜不睡觉，半夜里常常偷着哭，好像有抑郁征兆。”

“哪里人？具体啥情况？”我赶紧问。

“山里。父母打工在外。住宿生。学习不好不坏中等偏上。从高一到现在，家人一次都没来过，也没一个电话问问情况。据说今年假期也没回家，就在附近找暑期工，开学了继续上学。”大家听了，叹息一声，这样的学生太多了。

昨天晚自习年级组把月考排名单贴在各班墙上，她成绩是倒数第三。有同学说她先趴在床上歇斯底里哭了半夜，然后跳起来，拿过铅笔刀划自己胳膊、腿，还准备划脸，被她们拉住了。

“自残？到底出了啥事？”

年轻的班主任满脸愁容：“我也不知道啊，所以带她来让你给开导开导，谁知道这么激动，差点闯了大祸。”

“现在的娃娃咋回事？各种助学金拿上，暖烘烘楼房住着，吃饱穿暖有学上啥心不操，还动不动要死要活的？想当年我们上学时，想吃个洋芋都没有。记得那时我给队里拉粪，四更天就起来套车子，冻得鼻涕都吸不住，早上挣完工分才能去上学。到了教室又冻又饿，浑身发软。我就想吃饱了再念书的日子，简直是神仙日子。”老杨百思不得其解。

“对对对！我们那时住校，吃不饱穿不暖都不说，最愁没水喝，尤其是冬天。学校只有一个食堂两个水管，打热水吧，没钱买热水瓶；喝冷水吧，水管被冻住了。你猜我们喝啥？”一边的王老师接着忆苦思甜，长叹口气，“我们天天晚上就偷偷拧开暖气管接水喝。那水看一眼黄锈斑斑，喝一口舌头又辣又涩，还有一股怪味。我就想要是有碗甜水喝该是多么幸福啊！唉，现在这老胃病就是当年种下的病根。”

“我读书时最怕回家。”一旁的小李神色凄然，“你们都是男生，不怕坏人，我念了几年书，最怕周末。我们村里上高中时女生只剩下我一个，回家也没个人做伴。记得夏天的一个傍晚，我放学路过一块玉米地，一个男人冲出来，拽住辫子，把我拉进去就开始撕扯衣服。我使劲喊叫也喊不出来，踢打也无济于事，老天开眼，二妈背草过来了，大喊了一声，那人才跑了。回家后，我妈边哭边剪了我的长辫子，然后派我哥在路上接我。唉，念了三年高中，我哥整整接了三年，无论春夏秋冬，所以现在能念成书，全是家人的功劳。山里女娃，念个书真不容易啊！”

大家都不说话了，低头各忙各的，但达成了共识，这女娃一定有事，还是个大事。

再见她时，她坐在心理辅导室的凳子上，一脸平静。我倒水给她，她马上站起来，说："老师，我不喝……"她以为我会从那件事问起，试探着问："老师，那天我……"

"今天咱不说那些事了，就好好说说话。谁都有失控的时候，我也有过。"

"您也有过？"

"是啊。我有过很多次。小时候被父母误解的时候，上学时成绩考不好的时候，还有被冤枉被欺辱的时候……"

"老师……"她抬起头，满是惊讶。

"我像你这么大时，和你一样。父母那时总爱吵架，他们一吵闹，我就祈祷老天让我口吐鲜血晕倒在地，那样的话他们就不吵了，可愿望一次也没实现过。后来才发现，即使我晕倒在地，他们还会照样吵。有时候你越盼望啥，老天偏偏就不让它发生。这个世界总有很多东西都不如我们所愿。"

她没说什么，斜眼看着窗外。盛夏时节，合欢树上，许多粉红色小绒花，像一个个绒球点缀在绿叶丛中。一阵清风吹过，小降落伞般飘飘悠悠离开枝头，在空中翻转，然后落在地面上。我们看着那些花朵，沉默着。

忽然她自顾自说起来，一连串词语拥挤着跑出来，凑成一个个悲喜交加的情节：一个遥远偏僻的村庄，一个关系复杂却不失温馨的大家族，一个贫穷但不失和睦的家庭，几个懂事乖巧互相吵嚷的娃娃，一群早上出圈晚上回家的羊，几十亩贫瘠到收不回种子的山地，构成了她生活的全部。

"爷爷是那种传统的、热爱教门的老人，每天除了做礼拜很少管事。他说五十岁后再不抓紧上寺礼拜，那是自己给自己挖坑，完了（死后）不能进天堂。奶奶呢？即使每天再忙，盖头都要洗得干干净净。她有十个娃娃，八个儿子两个女儿，是大家族里的管家，谁干啥都要听她的。我大呢？脾气超好，能不说话就不多说一句。我妈性格恰恰相反，爱说爱笑爱干活爱吃零嘴。我们堂姊妹十几个就是在这样的环境中长大。日子虽穷一点，也够吃够喝；时常虽吵架，也没大冲突。夏天好像所有人

都上山干活，除了看小娃娃的。冬天下了雪，冻得不敢出门，大家挤在煨得很热的土炕上一起看电视。妈妈和婶子纳鞋底，锅里煮着洋芋。中午时，阳光透过窗户射进来一束，像是金色的带子，我们在空中抓着玩。雾气灌满了窑洞，和阳光交织在一起，非常好看。洋芋出锅了，我拿在手里，拨开洋芋皮咬一口，又绵又沙又甜，再加上腌的咸韭菜，真是无比的美味啊！

“就这样慢慢长大了，我开始上学，成绩一直很好。父母决定供我上完初中。可是中考时我成绩不错，考上了城里学校，他们思想就有些变化了，想让我上完高中。爷爷奶奶坚决不同意，因为和我一样大的都出嫁了或定了亲。奶奶追着撵着骂我大我妈，说高中上出来岁数大了没人要怎么办，在外逛野了更没人敢要怎么办。好在这时，国家开始了整体搬迁政策，我们村被划到离黄河不远的川区。大家都搬走了，只剩下我们一家，尽管在那边也有房子也有地，但我大说现在跟过去我就不能上高中。就这样，我来到城里读书，父母在家里继续种地。一直到高二，我成绩比较稳，父母更高兴了。爷爷奶奶在川区生活了一段时间，思想也变活泛了，不但支持我读书还天天催我们搬过去。一切都向最好的方向发展，可一件事情发生时，黑暗降临了。”

她坐在墙角暗处，缩成一团，沉浸在自己世界里。我静静听，没呼应也没打断。

“假期，三爸带着堂哥回来看我们，全家人高兴极了。大人们在正屋里吃饭侃闲，我在偏窑里看书。弟弟跑过来，拿了堂哥手机让我看奶奶爷爷照片，我俩就挤在一起边看边笑。他不知怎么一按，就出来了一些东西……”

她忽地站起来，眼神警觉，神色慌张。我忙上前抓住她：“什么东西？”

“肮脏的东西，可怕的东西……”

“你说出来。”

“就是……就是脱了衣服的男人和女人，在一起做那些不要脸的事。我把手机甩在一边，喊弟弟拿出去，可他见有人喊着玩，跳下炕一趟子跑了。手机躺在炕边，像邪恶的火团，我下意识躲得远远，一点也不敢动。但似乎魔被鬼控制了，我管不住自己的眼和手，慢慢走过去，拿起手机又看了一遍。后来，后来发生的一切都忘了，只记得自己从此变成了另一个人。

“恶魔永远攫住了我……我时常会想起那些画面，回味那些丑陋的动作。走路时、做操时、和别人说话时、晚上睡觉时，都会想起，后来发展到上课也会。我怕别人知道自己肮脏、不干净，越发小心翼翼，可它们就像故意和人作对，越不想让它们出现，它们就越跑出来骚扰。这是老天的惩罚，谁让我看了不该看的东西。脏！贱！丑！我用最难听的话咒骂自己。恨自己的手，恨起来就拿刀子划；恨自己的眼睛，想把它挖下来。我想毁灭……”

“毁灭谁？”

“先慢慢毁灭身体，然后再消失。”

“为什么？”

“男女在一起原来这么恶心……人类原来是这么肮脏！”

“怎么毁灭？”

她一下子拉开校服衣袖：“看，这就是我的惩罚……哦，还有腿……”胳臂上、双腿上全被划成一缕缕细条，新伤旧痕，伤痕累累。我后退了一步。

“拿什么划的？”

“尺子、圆规、中性笔……那些东西跑进脑子里一次，我就划一下。老师，你说我是不是个罪人？就像那人说的淫荡、妓女、贱人……”

“哪个人？”

“一个穿黑衣服的人。他说只有不断惩罚自己，才能洗刷罪恶走向永生。我越来越感到压抑窒息，越来越觉得自己罪不可恕，但有时又觉得哪里不对……”

“是真有个人，还是你自己想象出来的？”

“真有。他每周来给我送一次东西，吃的喝的用的，还有钱。对我很好，有时比我父母还好。”

“你们怎么认识的？”

“在校门口不远的小巷子里，我捡到一个宣传册，上面有电话号码。我打了，他来了。”

她仿佛看见了鬼魂，蜷缩成一团盯着墙角。我也毛骨悚然，觉得自己走进了惊悚剧。

我们从下午坐到了晚上，从午后谈到了深夜。准确地说，不是谈，是她一个人在说。不知她压抑了多久，恐惧了多久，总之像个话篓，使

劲倒出一些匪夷所思的话。

一个无眠的夜晚……

仔细回想了白天的谈话内容，我试图整理出明晰的线索来，真有其事还是虚构臆想？青春期性意识懵懂还是心理隐患？缺乏性知识还是被坏人利用？如果单纯是性教育缺失造成的无知愚昧倒还罢了，要是加上另外的因素渗透，就更可怕了。以前听说偏远山区有邪教组织，却从没和自己身边的人联系在一起。在相对纯净的校园，我和所有的同事，从来也不会想到那些乱七八糟的东西会偷偷摸摸走进校园，侵扰花样年华的学生。如果是真人真事，应该怎么办？头都大了。

在约好的时间点，她来了。我盯着这个满脸青黄、头发卷曲、又瘦又弱的女生，既担心又忧虑，既可怜又可悲。

“今天怎么样？”

“好多了。老师，很奇怪，昨天说出来之后，似乎没那么纠结害怕了，觉得自己缓过来了。您别笑话我，也别骂……”

“笑话什么？其实这些想法也很正常啊！每个孩子到了青春期都会有这些反应，你也一样。”

她张大了嘴：“这……很正常……”

“是啊！换个角度想，上天创造世界，本来就这样。有男就有女，有阴就有阳，有生也有死，世间万物皆有规律，一切都是顺应自然。有了男女才有生命繁衍，而生命繁衍的方式就是男女在一起的那些事。不然的话，你从哪里来的呢？”

“我不知道我究竟是从哪里来。我妈说我是从她胳肢窝里生下来的。有一个阶段，看着她腋下浓浓的腋毛，闻着挥之不去的味道，我为自己出生的地方可耻。”

“你还记得初中语文课本上的那篇《提醒幸福》吗？”

她点了点头：“毕淑敏？”

“是。她说过，人可以自然而然地学会感官的享乐，人却无法天生地掌握幸福的韵律。灵魂的快意同器官的舒适像一对孪生兄弟，时而相傍相依，时而南辕北辙。记得吗？”

“记得。”

“她还写过一篇文章，名字叫《美好的性，是阳光下的火炬》。老师推荐给你看看，还有一本《了解悄悄变化的自己——给青春期女孩》。”

我顺手把书递给她。

“哦？还有写这方面的书？”

“怎么没有？很多呢。只是目前很少有适合你们的读本，所以造成了你有认知误区。看完了我们再交流好不好？”

她瞪大眼睛，一把抓过书，跑远了。

小雨“沙沙沙”地打在窗棂上，向远望去，校园里一片烟雨霏霏。近处，树木花草被清洗得干干净净，仿佛能听到生命拔节的声音。

我坐在课桌前，微笑着听她絮絮叨叨：“老师，她可真是个大作家啊，我看完后豁然开朗。她说出了很多同学不敢面对的事实，也讲清楚了很多问题。”她指着其中一段，“因为我们的环境太恶劣了，尤其是我们的网络，色情的东西太多了，有时候一打开电脑，就会弹出色情的网站和图片，对于青春的少年来说，这是一个很糟糕的诱惑。我觉得这段写出了我们的心声。”

“你觉得这种说法对不对？”

“对呀。因为我就是那个糟糕的、被诱惑的人。”

“其实，这个问题很好解决，只要汲取一定的生理知识、了解一定的科学道理就会明白。青春期性意识萌动是完全自然、正常的现象，你完全可以大大方方去看一些这方面的书，或从过来人那里获得知识解开困惑，而不是一味自我否定自我批判，产生强烈的羞耻感罪恶感，导致惊恐、迷惘、烦恼、压抑，甚至自残。你看，这雨中的万物，每一个生命都有自己特定的形态，而每一种特定的形态，都包含着特定的生命信息。无论是高大还是弱小，它们都要经历生死的历程，都有稚嫩和成熟的时节。人也一样，无论是引人注目还是平淡无奇的人生，都会沿着特定的时令，在特定的生存空间里，完成上天赐予的生命过程。”

“我不敢问老师，怕你们骂我是流氓；也不敢问我妈，她要知道还不打死我？越想越害怕，越想越愤怒，只能从其他渠道找出口，所以就求助了那个人。”

“他怎么说？”

“他说人一出生就带有‘原罪’，女人天生就是卑贱。因为有原罪，才需要救赎。”

“怎么去救赎？”

“要毁灭自己然后毁灭别人。他说我要学会奉献，包括献出生命。我就是从这点上才开始怀疑的。”

“如果人人都这么想这么做的话，人类恐怕早就消失了。”

“但我当时想不通，所以才走入了迷途。”

“你看毕老师就说，有爱的性行为是很幸福的啊！性不光是成人层面上的生理意义、一种生命最基本的能量，对青少年来说，也是建立自我价值的一个非常重要的方面。老师和父母要做的，就是要肯定这种能量，指引你们在生命的不同阶段，将能量用在最重要的事情上。但我们没做到，所以很愧疚。”

“我会断绝和他来往，摆脱他控制的。老师，可是为什么身边大人提起那些事也觉得最丑恶肮脏？”

“因为我们的社会整体上还是男尊女卑，还有封建迷信思想作祟；在传统伦理道德、风俗观念等长期禁锢之下，人们观念还根深蒂固。你们年龄小，思维具有不定性、盲从性和迷惘性，遇事容易冲动也容易偏执偏信，加上缺少生理知识常识和性教育，就会轻易走进误区。”

“老师，为什么没人告诉我们这些？多盼望有这样的课本，有老师讲这些知识啊，我也就不用遭这么多罪了。”

我无言以对，陷入了沉思。

毕淑敏的一段话熠熠生辉：“我们的性教育面临着家庭学校不教育、社会泛教育的现实；我们在非常重要的领域，集体失语了。”

逃 课 记

贝多芬说的:“我要扼住命运的咽喉，决不向命运低头。”

——人教版高中语文选修《贝多芬 扼住命运的咽喉》·罗曼·罗兰

老人上完厕所，正准备提裤子，一条黑影倏然而过，他吓得赶紧系好皮带，钻出了灌木林。

再次揉揉眼睛，仿佛不相信似的，他又往墙那边看了看，除了摇晃的树枝，什么也没有。夏日的风，吹得杂七杂八的灌木杂草四下里摇摆。

他苦笑了一下，五十八，眼睛花，爹当年叹气的样子就浮在眼前。那时他正年轻，觉得爹在装聋卖傻，明明东西摆在面前偏说看不见，没想到自己也到了眼睛花的时候，也尝到了年老的滋味。

他定了定神，继续往前走。墙那边，紫槐探过了半个身子，妖娆地招手。他喜欢这棵树，更喜欢它开花的样子。他知道，只要立了夏，那葳蕤的绿叶从，就会吐出一骨碌一骨碌的花串来。

黑影又在眼前绕过一次，这次他看清楚了，是个人。老人使劲跳起来，瞅准盯稳狠狠一把，就拽住了一条胳膊。

墙头上，一个穿校服的孩子拼命往回撤，撕扯了半天，终究被大手牢牢抓住，气愤地骂了句脏话，索性不动弹了。老人一用力，孩子就从墙上跌了下来。

“不上课，准备干啥去？”他生气地就想给一巴掌。

孩子不大，至多有十一二岁，像才从母亲怀抱里挣脱的娃娃，还奶哄哄。此时，那张圆脸上满是愤怒:“管得多，你又不是我老师!”一个倔强如驴驹子的小男生。

老人笑了，多年的教书经验，他知道怎么处理。“也是啊，我又不是你老师，真是多管闲事。好了，我不问了，既然你翻墙逃课，就一定有

自己的理由。好吧，想干什么就去吧，我不管啦。”其实，他想摸摸那个乱糟糟、沾着紫花的圆脑袋。

孩子一惊，警觉地问：“你保证不给我老师说？”

“不说,我又不认识你老师。再说咱们又不熟悉,凭啥管你的事呢？”

“那你到这里干啥来了？”他神情一下子松弛了许多，大大咧咧地问，像对着和他一样大的伙伴。

“我嘛，原先是这学校的老师，退休了好几年了。”他想了想，还是说了实话，“今天路过，就想看看当年种的这棵树，可是我不好意思从前门进，就绕到这里。你知道吗，我种这棵树的时候，你还没生下来呢。”

“哦。”他倒是不好意思了，同情地说，“没事。很多人脸上带着微笑，心中却充满悲苦。”

老人怔了一下：“咦，你个小鬼，还知道这么深奥的话，像个小哲学家。谁教你的？”

“我自己看书记住的。”他很自豪。接着问，“那你看见这棵树，啥感觉？”

“就是觉得有点伤感。你看这些年轮吧，挤挤匝匝，圆圆圈圈，像是岁月更替。再看这些新芽，细细小小，却生机勃勃。树比人强啊，比人更能见证时光痕迹，生命轮回。我以后没有了，还有棵树活在世上。”

“你是把树当作朋友了吧？”他抓起一枝树干，捋了把花串放在嘴里嚼，“孤独是人的宿命，都一样。放心吧，以后我替你看着它。”

“不说我了，说说你怎么样？”老人看着他，真诚地说。

“我……我没什么说的……说什么呢？”眼神黯淡了下去，他背过身子低下了头，过了膝的破校服，晃荡晃荡的，“不说了，我走了。”

孩子走到墙拐角，回头见那老人依旧站着看他，停了停，但还是拐了过去。老人瞥见那个稻草人样的背影消失了，叹口气，转回身继续盯着树和花。一会儿，拐角处隐约探出个圆头，小心逡巡着往回走。

“我回来了。”他走过来，坐在一个黄土堆上。

“不去网吧了？”老人没看他。

“不想去了。没意思。”他看着仰脸看花的人，“你去过越南吗？”

“没有。那儿离咱太远，是亚热带地区，到处是椰子树。你问这个干啥？”老人也坐下来。校园后墙外，是一大片的田地，除了杂生的灌

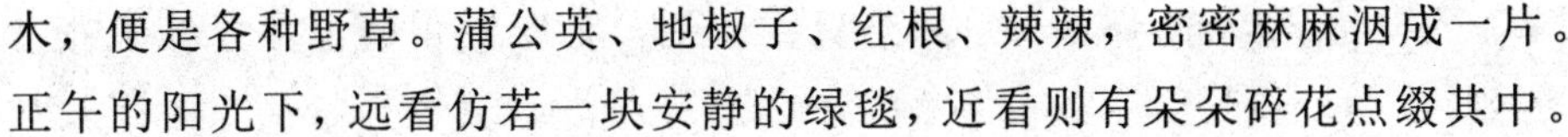

木，便是各种野草。蒲公英、地椒子、红根、辣辣，密密麻麻洇成一片。正午的阳光下，远看仿若一块安静的绿毯，近看则有朵朵碎花点缀其中。

孩子手里握着根细长的小木棍，百无聊赖地画着地面，半天不说话。老人诧异地扭过头看，才发现他在哭。

“怎么了？”

“狠心的妈妈，自己走了，害得别人都看不起我，说我是野粮食吃下的，有人养没人教育。我妈是从越南买回来的，可漂亮了。爸爸对她很好，把啥都交给她掌管，可她生下我一个月就跑了，还带走了家里所有的钱。爸爸得了精神病，犯了病就打人。有一次半夜起来放火，差点烧了房子。奶奶老了，一天到晚骂我妈，说花了两万三买回来个害人精。爷爷对我好，还说等我长大一起去越南，可上周他去世了。”说着说着，他大哭起来。

一双大手伸手拉过小手，不停地摩挲着。

“可是，我想她啊，别人越骂我越想。有时候想得这儿抽着疼。”孩子小手指着胸部，哽咽着，“老师骂我不好好学习，心不在焉。同学笑话我没妈，爸爸还是疯子……呜呜呜……活着真没意思啊……我不想念书了，就想出去打工赚钱，买张火车票去越南找她……哪怕看一眼都行。老天不公平……”

“谁都想有属于自己的好生活，但不可能人人得到啊。你看，老天造人，给的东西不一样。有些人会得到聪敏、富足，有些人就只能得到辛苦和磨难。有些人在成长中啥都不缺，有些人就要伴随着痛苦和泪水，还有死亡。”

“为啥偏偏是我？”孩子抬起脸看着老人，肩胛骨在斑驳的日影下一颤一颤，眼泪沿着光滑的脸一颗颗滚下来。

“没有谁愿意经受苦难，问题是恰恰遇上了。也没什么，不怕。”

老人抱紧孩子，用手擦擦那张圆脸，慢慢说起个人的经历。三岁上死了母亲，差点被送了人。父亲娶了后妈，又生了四个弟弟。记事起就贫穷的日子，没人管的日子，饿得嘴里淌酸水的日子，冻得手脚皴裂的日子，一一在眼前闪过。黄米饭里，吃着吃着就看见肥胖的虫子，还是闭眼咬牙吃了下去。洋芋煮熟后，又苦又涩，就着咸菜便是无上的美味。

家里不让念书，前半夜干完分给自己的活，后半夜警醒着去学校，很少迟到过。没有纸笔，就拿着木棍在地上写。没有书看，给人家干了半年活才换来本《新华字典》。民办教师当了很多年，穷得让人笑话，走路都拣小路走。好容易转了正，没黑没明地读书，没黑没明地教书。备教案改作业讲习题，一晃眼，几十年过去了。

“要怎么做才能实现自己愿望呢？”

“不需要做什么，只需要咬着牙坚持走过这一段就好了。老天是公平的，会补偿你所有失去的东西。”

“要是补偿不了呢？”孩子看着老人，满脸狐疑。

“那也只能咬牙坚持。放弃了就永远放弃了。”

“有没有像化肥一样的东西，一吃就能长大？长大了一切就都好了。”

“长大了也不一定都好，不过到那时你就有勇气和能力承担了。现在咱俩来个约定，我带你去个地方，以后要是饿了，就去那里吃两口，填饱肚子；要是不想念书了，就来和我说说话。但是不能再逃课，来之前得给老师请假，最好是周末，好吗？”

孩子重重地点了点头。

太阳爬过树梢，空气里飘来甜丝丝的味道。一老一少，坐在地上，看眼前的草，头顶的花，天上的云，脚下的蚂蚁。孩子仰头，看见一朵朵怒放的花儿在微风中落下，一群花腰小蜂在紫蕊中嗡嘤着飞，一群棉絮般的白云在天空中跑过，高兴得手舞足蹈。老人呢？看见高大枝丫上的串串花蕊，一个个英姿飒爽、气势磅礴。心想，即使经过风雨侵袭，它们也会开得如火如荼、汪洋恣睢。

他小声哼着：一棵树摇着另一棵树，一朵云触碰着另一朵云，一个灵魂唤醒另一个灵魂……

群 架 记

夫天地者，万物之逆旅也；光阴者，百代之过客也。而浮生若梦，为欢几何？古人秉烛夜游，良有以也。

——人教版高中语文选修《春夜宴从弟桃花园序》· 李白

1

早上十点半，我抱起卷子背起包，急忙走向办公室。楼道里挤满了学生，叽叽喳喳在讨论答案。这是高考前的最后一次模拟，师生们表面上都说不在乎，其实很紧张，毕竟要上战场了，实力最重要。

他跟在后面："老师，想和你说件事。"

"你最近状态很不错，题感也好，放松些。"上次他选择题做了零分，吓得哭了一场，找了我好几次。

"昨天傍晚发生了一件事，我好像闯祸了。"

我一时没反应过来。虽说前天立了夏，但近几天风雨交加，加上即将高考人人紧张，感觉似乎迟钝了许多。

"我放学回家取自行车，不小心碰了补习班一个同学，他大骂不止，咱班一起走的几个看不惯，上去论理。人家先动了手，我们也还击，现在他头破了，住院了。听说学校要处理。"

我顿时火冒三丈："说了几百遍，做事不要冲动，别惹是生非，马上高考了，你们干的啥事吗？一共几个人？"

"七个。我也没想到会这样。虽然我没动手，但事情是因我而起，现在怎么办？"

"赶紧通知家长，拿了钱积极配合医院治疗，多给人家家长说好话，等高考完了再处理。”

长脸宽额的他脸越发长了，满面愁容：“我妈说了，祸已闯了，就盼着对方家长好说话。唉，都怪我，马上高考了，惹是生非的，牵连了一大堆人，现在怎么给家人老师交代呢？”

“事情已经出了，别想那么多了，做了错事就要接受惩罚。先回去吧。”

“嗯，老师，我觉得自己最近做题也不怕了，客观题得分率也高，心里很高兴呢。”他说了谢谢就匆匆跑了。

2

第二天早上监考完，我抱着一沓卷子经过门厅，见一群家长聚集在一起。一个瘦长女人低头在门廊前，站着抹泪。“老师。”她叫我一声。我抬头，呀，他母亲。再仔细一看，全是我学生的家长。

“怎么样了？”

她一下子哇哇大哭：“老师，不得了了，娃娃们昨晚十二点被派出所抓走了，现在已关在拘留所了。头都剃光了，黄褂都穿上了，成了犯人了。”

“啊！”

一圆脸女人也走过来哭天喊地：“我是×××妈妈，老师，那个家长说好了多给几万就不报警了，我们交了钱，结果还叫了警察，连夜进宿舍把孩子抓走了……”

我不知道说什么，只好站着听她们哭诉。接着又过来几个家长，神色张皇，焦虑懊丧。一个大腹便便像个公职人员的中年男人正义愤填膺：“我年轻时学过法律，已满十六周岁不满十八周岁的未成年人，初次违反治安管理的，可以不执行行政拘留处罚。他们这么做是犯法的，不合规定的。”

旁边几张黝黑皲裂的脸立即凑过来：“咱农村人供娃念书不容易啊，谁知道会出了这样的事。这么多年辛辛苦苦，实指望考大学呢，现在人却进了监狱了……哭都没眼泪了……”

家长们正激动地喋喋不休，同事小王喊开例会。我赶紧说：“我去开会，你们先冷静一下子，等等看怎么解决。”

例会上，照例是各部门汇报情况和工作安排，然后校长总结。他咳了一声，脸色沉重，疾言厉色："昨天下午咱高三年级出现了一次非常严重的群架事件。就为取自行车时的一个小摩擦，发生了口角，然后应届班七个学生把补习班的一个学生拉到厕所，拳打脚踢不说，还用脚踩踏。致使补习班同学下颚骨被踩裂三处，右眼视力模糊，鼻梁骨折，右耳失聪……昨晚送到医院，连夜做了第一次手术，据说还要进行三次手术。按照法律，已满十四周岁不满十八周岁，结伙殴打、伤害他人的，已经构成犯罪。目前公安机关已经介入，认定这是一起严重的校园暴力事件。这起事件性质相当恶劣，而且还发生在高考即将来临之际，严重影响了学校教育秩序，社会影响极坏。我们对于暴力肇事者一定严惩不贷，以儆效尤。"

我越听越不安，越听越恐惧，照学生昨天说的，不过是一次小纠纷，怎么会变成如此恶劣的群殴事件？原以为不过一时冲动，互相几拳头几巴掌而已，怎么会如此暴力、喋血？原来的版本轻描淡写，现在的版本罪孽过重，到底发生了什么？

开完会，心情沉重得像屋外的天气，回家途中，有同事搭顺车，又谈起这事。她说昨夜被打的孩子严重受伤，家长报了警，送到医院后做大手术，的确为恶性暴力事件。她丈夫是刑侦队队长，也是法治校长，主管学校片区的治安，他的话一定没假。

直到现在我才意识到，七个学生已犯了罪，被关押在拘留所里。拼死拼活三年，离高考不到一周，却发生了这样的事，惋惜、遗憾、心痛、气愤，一时五味杂陈百感交集。但这七个人，是完全不同的性格不同的圈子，可以说，平日里很少有交集，即使如油水混在一起，照样有隔阂，他们怎么就成了一伙？

3

隔着长桌，他们站成一排，抬头看了看来人，随即都低下了头；有的哭丧着脸，有的站着抹泪，有的满不在乎。一旁，校长、政教主任、年级主任还有看守人员、警察，站了一大堆。

海洋是主犯，自然是第一个进来接受问询。他走进来，光头长脸，宽额剑眉，仿佛根本不是平日里笑嘻嘻的我的学生，而是陌生极了的一个人。“叔叔，我取车子，不小心碰了他一下子，他回头骂我，我道歉了。他接着骂，骂得很难听。我哥们就冲上去对骂，他伸手就是一拳……跑过来几个我班同学，××喊了一声，找死也不看个地方，拉住他就往厕所里拖。我追进去后，一群人都乱打，我喊了几声喊不住……”他浑身颤抖，双手互相紧紧抓着桌角。他为人慷慨大方谨慎小心，好面子讲义气，擅于团结所有的人，是个稳重成熟的学生，极少惹事，“都怪我啊，我真不知道事会这样，能不能放过他们，就处分我一个人？他们还要参加高考呢啊……”说着，放声大哭。

第二个进来的雪冬快言快语。“是他先动的手，我气极了才上前打了几拳。但在厕所我没动手，只看着别人打。现在也没什么说的，犯了错就要付出代价。为朋友两肋插刀是应该的，我和海洋有福同享有难同当，进来也不后悔。”这次七人事件中，他是最有把握考上重点的一个。这小帅哥，高大帅气，阳光干净，一笑两颗虎牙，很可爱。人品不错，学习也很好，女生们总是找借口和他坐一起，问问题或者聊天。班草班草，她们戏谑着喊。他呢？不生分也不骄傲，总是哈哈一笑。他和海洋是最好的朋友，两家人住在一个小区，常常一起上下学，吃饭戏耍。出事时，他第一个冲上前对骂，跟着一起犯了错，不但没怪罪，反而很有担当的样子。

冯昊一进门，鼻涕眼泪一大堆。“他欺负我同学，我就上去打了一拳，只一拳，都是其他人打的。×××打得最凶，还说要回宿舍取钢管呢。”他一脸谄媚，提供了许多细节。这个又瘦又弱、白白净净、聪明伶俐的娃让人又气又惋惜。他是我从高一带到高三的几个“老学生”之一，进校时成绩很好，被分在尖子班，但轻狂耍小聪明，处处瞧不起人，成绩下滑到最后。大家商量了让他跟着艺术老师学专业，将来好走另外一条路，可他又吃不了苦；尽管在朗诵上有天赋，但三天打鱼两天晒网，不久也夭折了。最主要的是没主见，谁说啥他都跟着走，尤其是交了不学习混日子的朋友后，更是放任自流。平时不学习，考试全靠作弊，好容易申请下来的助学金，只要发下来，马上拿出去请客吃饭，一天就花光。高一结束，尖子班重新排名，他倒数第一，被退到一墙之隔的普班，成了整个年级组的反面典型。到了普班，他消沉了一段时间，但觉得自己来自尖子班，优越感极强，时常出言不逊，狂妄自大，后来就成天睡觉看手机起哄，等着毕业。这次打架，他纯粹是跟着凑热闹。本就一天到

晚无事找事，遇见群架机会，哪里会放过呢？

叫金宝的学生凭谁也想不到也会跟着打群架。“我正在上厕所，他们拉着一个人进来了，摔在地上就拳打脚踢……我提起裤子，吓得浑身抖。×××过来说，‘小伙子，你是咱班人吗？不打他就打你……’我没办法，上前就踢了一脚，真是轻轻一脚，踢到了脚丫子那里。”黑红脸蛋，细缝眼睛，他坐在那里，就像个洋芋蛋蛋。农村出身，家庭贫困，三年来，他都是角落里的孩子，沉默寡言，没这次事件，谁也记不起他。

顺魁进来时，人们大吃一惊。剃了头，头顶尖耸，两耳下垂，一双眼睛骨碌骨碌，模样太像个罪犯了。他咧嘴一笑，牙齿黄黄，像从没刷过一样。“照我说，当时没打死，留下后遗症太多。最好一下子打死，给几个钱解决了就是，省得麻烦。”他是全班乃至全年级一千多人中最玩世不恭、最凶狠的一个，没有之一。平日里从不正眼看人，总是偏头斜眼，嘴角上扬。“秦午阳”，据说是学了《荆轲刺秦王》后他给自己起的外号，因为崇拜那个十三岁就敢杀人的人。初中时就是闻名小城的混混，上了高中更是变本加厉，纠集了一群问题学生，抽烟喝酒、上网赌博、欺负女生、勒索低年级同学钱财；公开和老师作对，动不动扬言要告老师告学校。他上课睡觉，数学老师喊醒，他开始骂，“写封信就把你的饭碗端了，看你还敢不敢管我？我先人都说了让我往大长着就是，你管得是哪一朝哪一代”。实质上，他是这一片区学生中的老大，谁见了都躲着走。冯昊就是他的喽啰之一。

军军自始至终没抬头，就像他在班里一样，只是低头哭。“我本来不想打人，但看着他们都在打，一下子就转换到玩游戏场景……我兴奋极了，上前去狠狠踩了几脚，也不知道踩到哪里了……可我真不是故意的。”这是个典型的游戏控，平时独来独往，很少和人交流，课堂上也很少听讲，更不调皮捣蛋。整天沉迷于虚拟世界，看起来神神道道木讷呆板，说起话来疙疙瘩瘩。只要有台联了网的电脑，一切都会忘记，什么都可舍弃。

浩明弓腰塌背进来时，大家全部瞅着他的脸。“马上要高考了，我想自己学习差，一定考不上，也无所谓，但一想起以后连她的影子也不见，心情就非常不好，看什么都不顺眼。正想找个地方发泄，就听见谁大喊打架了，我上前问都没问，一把拽着那人到厕所，随后的事情你们都知道了。现在才知道后悔……”然后任凭谁怎么问，都低头不说话了，似

乎神游天外，不知在想什么。他是为情所困的无数个孩子之一。高一时学习很好，一切正常，但自从高二喜欢上了尖子班的一个长发圆脸女生后，终日不能自拔。被拒绝后，索性自暴自弃，把所有人的规劝当作耳旁风。

4

我们叹息着出了门。门外，一群家长吵翻了天。

海洋妈妈躺在地上，晕了过去。他爸爸，一个泥瓦匠，心力交瘁地坐在哭晕的妻子身边，喃喃自语："对不起大家了，都怪我啊！人家本来说五十万可以私了，我实在拿不出那么多。其他人一分钱都不出，都来吵闹我，说是为我家的娃惹的事，害得人家报了警，所有娃娃跟着遭殃。我自己的娃不参加高考就罢了，连累其他人不得安宁，现在咋办啊？"

大腹便便的中年人又滔滔不绝："本来就是你家娃惹的事，现在装穷装孙子，谁信？没钱你去借啊，背高利贷都行，卖血卖肾也行啊！亏了你们家的先人了，自己养的坏种，还连累好人家的娃。瞧你作的孽，看你以后怎么还？"其他几个家长随声附和，一齐喊叫着指责那对夫妇。

雪冬妈妈上前劝："都是二愣子娃娃，已犯了错误，就按照正常法律手续来，私了怎么行？再说，咱娃都跟着参与了，现在骂家长有什么用？"

那人用手摸着肚子，不住大骂："我看你脑子也进水了，他家娃娃是主犯好不好？咱们的是从犯，性质可完全不一样。你还帮他说话，是不是神经病？"

浩明爸爸跟着大喊："自己养的儿自己都清楚，现在说这些有什么用？我们是一根线上的蚂蚱，谁也推卸不了责任。都别幸灾乐祸了，处理问题就是。现在最重要的是娃娃们能不能参加高考？"

"是啊！咱们拼死拼活赚钱，就为的是这几天。不让参加高考，那就全完了。"人们七嘴八舌，又一轮吵嚷。见警察们出来，一起噤声不语，围了上来。

警官严肃地说："大家心情我们都理解，谁都不好受，但在这里吵闹，没有作用。走法律程序是最好的，其余都是白说。至于参加高考的事，大家放心，我们会及时调查，尽快给你们一个答复。"

5

班里忽然走了七个人，一下子空荡荡，没有了往日拥挤不堪和吵吵嚷嚷。几个月来除了高考一切国事家事天下事都是身外事的学生们，一夜之间就长大了。上课静悄悄，下课也不说话，一个个满怀心事，满脸悲戚。

政教处联合宿管处开始又一轮的严查，从男生宿舍搜出来的东西让人不寒而栗：钢管、九节鞭、水果刀、藏刀、铁链子……大家都想不通怎么会有这些东西，是从哪里买来的。保卫科长气呼呼地说："网上啊！现在网络上什么都卖，买来一组装就得了。很多学生买来是为了防身，也不排除蓄意伤人的可能。"

正当大会小会高调批评时，女生宿舍也发生了一起殴打同宿舍同学事件：四个女生将门反锁，把一个女生的衣服扒光，逼迫她拍各种猥亵动作，准备发到网上去……

办公室里，大家边改作业边探讨中学生为什么爱打架的原因。老王说："一个是环境因素，一个是自身因素吧。十五六这个年龄，心理极其不稳定，价值观也不成熟，很多人都有我是老大我怕谁、拳头解决一切的想法，而同龄人也很认同这种观点，自然而然产生恃强凌弱的心理，所以打架也就不奇怪了。"

"都是法律意识淡薄、行为规范意识不强的缘故。除了恃强凌弱之外，独生子女多，留守儿童多也是一个原因。如今很多孩子在宠爱中长大，被宠惯了宠坏了，自私偏执，人际交往中，稍不顺意就大发雷霆甚至拳脚相加。加上现在很多影视剧打斗、凶杀等暴力镜头太多，更有一些宣传侠义暴虐的游戏，所以生活中他们会不知不觉尝试。碰到看不过眼的，马上大打出手，还认为自己在伸张正义。"物理张老师站起来发表意见。

"我觉得网络中充满暴力的游戏影响最大。比如军军，他以前可腼腆了，自从迷上了网络，完全变了一个人，总喜欢拳头击打声、刀枪进攻声、血流满地的场面，脾气越来越暴躁，下手也越来越凶狠。"老李对网络充满怨气，因为最近他孙子迷恋游戏，正和全家人做斗争呢。

"现实生活中，个别流氓地痞，抓住人们多一事不如少一事的善良

意识，蛮横无理，风光潇洒，这让一些学生尤其个头较大的学生很羡慕，于是在自己生活圈子里开始效仿。顺我者昌，逆我者打，凭着有力的拳头，既可呼风唤雨也可为所欲为，极大地满足了畸形变异的虚荣心。我问过一个学生，他直言不讳地说，宿舍里因一件小事打架的例子太多了。走路时不小心撞了别人、碰掉了别人的书本、学习太好、长得太帅、性格像女生、被人家看不顺眼，都会被找碴挨打，他们也时常觉得没安全感。其实打架背后的原因还是为感情，说穿了就是追女生。”

“学校三令五申也不起作用？”

“起一点，但很少。小事不断，大事不犯的人太多了。再说如果有人告状，不但被所有人瞧不起，而且还遭到变本加厉的欺辱。”

“有没有解决办法啊？”年轻的小安问。

“有，但效果甚微。家长不应太溺爱，应在行为习惯上严格要求；学校应严格监管，时时防范；社会应该保护孩子，呼唤正气，打击暴气、戾气。爱打架的学生，多是学习成绩不好的。他们在学习上看不到前途和光明，又没有有益的兴趣爱好，充沛的精力无法宣泄，就会在打架中找到乐趣，甚至还会收获来自同类学生的羡慕，满足在其他正当途径中得不到的虚荣心，久而久之，自然就会陷入怪圈。

6

高考前两天，学生们怀着复杂的心情接过绝密卷。在二班监考时，班长凑上来：“老师，他们能不能参加高考？”

“我不知道。学校今天派人去交涉了，考试中心也上报了教育厅，就看怎么答复了。”

“唉，这教训也太沉重了……”

“你说实话，真有那么多学生打过架，藏着凶器？”

“是啊！大多数男生都有。有时候是随大流，有时候是好奇，有时候也是迫不得已，有时候纯粹是无聊。”

“你打过架吗？”

他吐了吐舌头：“怎么没有？不过我们都是小打小闹，一会儿就和好了的那种，您别害怕。”

“以后冲动之前一定要想一想，不要学他们，现在说啥都迟了……”

“谢谢您提醒，我会牢记的。”

7

暴雨说来就来了！狂风吹过，雨帘从山后漫过来，顷刻就把天地间变成白茫茫一片。等待孩子高考的人，有的立在雨中，有的躲在屋檐下，有的蹲在太阳伞下，有的聊着天，有的看手机，大多数都呆呆地望着地上的雨水。

平日里拥堵的路被封了，街上冷冷清清。只有穿雨衣的交警们，像一块块稳如山的石头。

“老师！”雪冬爸爸追上来，我连忙站住。

“怎么样？”

“已进去考试了。听说是单独教室，单独监考老师，单独收发卷子，还有监控录像。多亏了好心的警察们，多亏了学校和你们。唉，世上好心人还是多。”

“现在家长情绪怎么样？”

“我们商量了，一切走法律程序，娃娃们不懂事，大人们再跟着闹还行？不管怎么样，对娃娃们也是个教训，以后的路也需要这样的教训。只是可惜了海洋妈妈……”

“怎么了？”

“老师，你不知道？她本来就有心脏病，连气带怕，走了。”

“过世了？”

“海洋知道吗？”

“知道。他哭了一夜，就来参加考试了。这个娃的教训，怕是一辈子都无法忘记了。”

雨停了，灰色建筑的屋顶上，飞过来一只流浪的鸽子，咕咕地叫着……

课　改　记

然国家之兴替，视风俗之厚薄。流俗如此，前途何堪设想。故必有卓绝之士，以身作则，力矫颓俗。

——人教版高中语文必修二《就任北京大学校长之演说》·蔡元培

1

是早自习吧，总之是下课了，王晓华步履轻盈，微笑着往办公室走。今天课堂效果真不错。高考中古诗词鉴赏最难，但这两个难题，却被弟子们做得接近标准答案。当铃声响起，全班学生伸长脖子喊答案时，她故作停顿，然后重重点头。耶！学生们兴奋地笑着，满脸都是喜色。前排两个孩子甚至互相击掌，然后急忙在卷子上做记号。每当这时，她觉得学生们真是一张白纸！课堂真是个好地方！就会理解孟子得天下英才而教之的感觉。解决问题后的快感，教书育人的成就感，会让人暂时忘掉压力焦虑和懈怠，会觉得教师这职业不但美好而且颇有意义，教书育人也是福分一种。她边走边哼“我在仰望，月亮之上，有多少梦想，在自由的飞翔”……

三班语文科代表追上来，有点胆怯：“老师，月考成绩出来了。好像、咱班倒数第一……”晓华看了看短发大眼、乖巧小脸的孩子，一阵心惊肉跳，急忙说：“快给我成绩单。”

接过高三理科前一百名排名单（这样的单子考一次试排名一次），大红软纸上，又小又密的黑表格里，站着一行行名字科目和分数。她迅速朝第一竖行扫了一眼，平均成绩九十三点五，又急忙横行看过去，呀，还真是倒数第一。站在楼道里，顿时心凉如水。尖子班没考过普通班，

怎么给学校和家长交代、给学生公布？这么多年，单科成绩没一次这么差，现在怎么办？她气短心跳，羞愧内疚，觉得自己是个罪人，误人子弟的罪人。

“您别伤心，都怪我们，给您丢脸了……分数不代表什么，再说一次成绩能说明个啥？高考才是最终的检验尺。”三年朝夕相处，学生如儿女般默契。同事总是笑她老师当地把科代表变成了小棉袄。这孩子更是懂事，每节课前都要来问上啥课怎么上，需不需要开电脑拷不拷课件。此时，肯定看出了老师失落之至惊慌失措。晓华心头一暖，挥挥手让她先上课去，然后盯着分数看了好几遍，心灰意冷地靠在墙上，隔着玻璃看操场里那绿色的足球场、红色的跑道。一堆堆学生蠕虫一样跑跳，做体育老师规定的动作。一排排紫藤正在怒放，花朵扑簌簌随风摔下来。花谢花飞飞满天，风霜刀剑严相逼，不知怎么就想起了《红楼梦》中的一句，泪水滑落到脸上。明天怎么见人啊？然后……

然后就醒了。她摇摇头，闭了眼又使劲睁开。阳光洒在嫩粉色床单上，明艳温暖。身下的床单上，各种碎花仿佛集合起来开会，一朵朵摇曳生姿，娇艳可爱。客厅里传来咯咯笑声，“幸福的日子，就是吃饱了撑着去睡觉的日子”，孩子在看《喜洋洋与灰太狼》。哦，假期。自家。一场梦。

她伸了伸懒腰，自嘲地笑了。难怪现在很多人去考公务员不当老师，这职业连做梦都不得轻闲。静静躺了一会，正想是好是坏时，孩子的笑声又响了起来。她听着，一股暖流弥漫开来，不管梦的事了，今天答应了带孩子红宝去儿童城玩，该起床了。随即打开手机，当一圈圈波纹停止，铃声忽然一声接一声地吼叫，她吓了一大跳，迅速摁下键，那边说话人像吃了火药，“不是要求假期全部开机吗，怎么都不接电话？七点半前必须到剧院门口集合，不来按旷工处理”。这口气，谁的呢？晓华糊里糊涂地辨识着声音，那边却猛然挂断了。她看了看时间，七点四十了。哦，想起来了，年级主任，她光脚跳起来，打仗似的收拾。

一路狂奔，赶到指定地点，发现自己还真迟到了。偌大的剧院里，一千多个座位已坐得满满当当。她四处张望，找自己学校的座位，见副校长在右侧招手，“快快快，赶紧坐到指定位置。一会儿局里要检查，一个学校一个学校过，一个座位一个座位查，哪个单位座位上没人，就要给校长打电话责问，要通报批评。评优选先一票否决。”她紧张得满脸通红，脑门上全是汗。

她急忙过去坐下来，喘气、放包、打招呼、签到、领资料。“晓华晓华……”往左侧声音处望去，同事兼闺密小敏指着身边空位，她低了头又跑过去坐定，两个人笑了笑。四周多是熟悉面孔，大家互相点头示意。放假十几天，每个人看起来都有些不一样了，容光焕发，精神抖擞。还是假期好啊，至少可以休息好。抬头，电子屏幕上滚动的红字赫然在目——“2014 年川口市教育系统深化教学改革专题培训会”，她赶紧拿起资料看，才知道传说已久的新课改，开始了！

2

台上，照例是各位领导的各种讲话，一个个高屋建瓴，高瞻远瞩，为课程改革宣传造势营造氛围。红色丝绒的桌面上，一排矿泉水摆得整整齐齐，瞪大眼在听各种剖析、严格要求。因为坐在后面，扩音器里传来的声音有点混，说的什么不太清楚，大约是强调深化教育教学改革的严肃性、迫切性、时代性、重要性吧。一个工作人员上台递过另一个话筒，声音顿时清晰了。“各单位要高度重视，精心组织；只准成功，不准失败。”铿锵有力的声音砸向每个人，大家不由正襟危坐起来。

晓华有些恍惚，这些话很耳熟，似乎在哪里听过。她想了半天，终于想起十多年前，也是这个剧院也是这些人，在“强化素质教育”的口号下，教育改革的大幕迅速拉开，一场新教改以疾风暴雨之势，如火如荼、轰轰烈烈地展开了。少年光阴流水过，不堪回首月明中，那时大家很年轻，对推行改革非常感兴趣，接受力极强。上面领导说，下面就竖起耳朵听；上面说政策，下面所有人快速记录，会后还激烈地边走边讨论。十几年后，还是这些老面孔，还是原班人马，当一个又一个新名词出来，一轮又一轮课改出现时，人们似乎已带着几分怀疑、几分无奈的态度观望了。

一个领导讲完，另一个接着讲，“又是老一套，没意思的，听这干啥？”前排谁嘟囔着。晓华环顾四周，见没几个人认真听，更没人小声讨论，人们都拿出手机，胡乱翻看着。和台上的慷慨激昂比起来，台下的一潭静水有点寂寥。一个声音忽然高了起来：“大家都知道，改革之路非常艰难。目前形势更迫切，环境更严峻，因此必须先从校长、教科室主任和

骨干教师开始，必须从思想上引起高度重视，从理念上颠覆传统课堂，从操作上采取新方法新模式。对从根本性质上发生变化的这次课堂改革，理念信念的培养尤为重要。”

教改专家在全场掌声雷动中上场了。先是深深鞠了一躬，接着挥挥手。远远看，洁白的衬衣扎在笔直的藏蓝色裤子里，同色马甲下压着金色竖条纹领带，乌发衬着黝黑的脸，精明利落，气场十足。讲座开始了，导师手扶眼镜，用摧枯拉朽、扫荡一切两个词开篇，一会儿伸长双臂展望前景，一会儿挥舞拳头放眼未来，说到激动处，眼镜都跟着跳。小敏碰碰她，眼神一抖："专家就是专家啊。帅呆了！最爱帅男啦。"晓华笑着挤兑："又犯花痴了。人家才不是韩剧里的主人公，那可是教育专家哦。瞎激动什么？"两个人正挤眉弄眼，前排副校长回头看，她们吐吐舌头，赶紧坐端正，拿出纸笔，开始记笔记。

"我们就是要旗帜鲜明地反对传统课堂。一切以学生为中心、以快乐为根本。教师要让孩子吃饱吃好，而不能替代孩子吃饭。打个比方说，饲养员不应该代替'猪'吃食，而只应该把猪养肥"，晓华机械地记着，眉头挽了个大疙瘩，觉得哪里不对劲但又说不上来，或许是这个比喻有点粗俗吧。她不安地看了看周围，比起导师的满怀信心无比亢奋，教师们整体热情不高。

大礼堂呈阶梯形，后排总比前排高，前面人干啥后面人瞧得清清楚楚。有人低头在纸上潦草涂画，好像是装修设计平面图；有人拿着申论做答案，一看都是考公务员的。前排靠左，有个外校的教师，腿伸得长长的，把座椅当沙发，鼾声四起，大家都笑。旁边人用胳膊轻轻捣了一下，他惊醒过来，扭头四处看看，转身挪了个舒服位置，继续睡起来。大多数人呢？都抱着手机看。手机真是个好东西，至少能让人在无聊时消磨时间打发光阴。前排右侧一长发女，枯黄头发弯曲如方便面，夹满了小蝴蝶发夹，像乱草堆里撒进一堆闪亮的铁片，自始至终都用语音轻轻聊天，不知是恋人还是爱人，总之口气甜得发腻。小敏用笔戳戳晓华，二人瞅着那躺着的资料和笔记本，瞅着面前椅背上谁用钢笔描画着"朱蒙，我爱你"的字样，相视而笑。"嘿嘿，我散了会就来"，那女人声音大了起来，蜜蜂一样绕着座位转。

"一场教育史上天翻地覆慨而慷的改革正式登场，让我们把传统课堂、传统方法、师传亲授的那一套抛到太平洋、爪哇国里去吧。"导师声

音洪亮，动作幅度大，滔滔不绝，有理有据地说着。小敏用崇拜的目光瞅着台上人，凑过来，“难怪人家当导师呢，听这讲得多棒。一看就是个内涵丰富、智慧型的男人。”晓华笑着搡她，“前天还说人不可貌相来着，现在又见色忘义了？”两个人偷笑，继续听导师指点江山。

台上开着大会，台下小会也不断。人们议论纷纷。“都知道教育必须改革，但改到哪里去怎么改，也说不上个一二三来。这次不知又是啥举措？”“咦，说的这是啥话吗？咋这么比喻？”副校长站起来，威严地扫射着四周。大家顿时静了下来，不作声了。会场里静悄悄，只有导师声音在大厅里来回荡。“课改是什么？就是从油锅里捞孩子。我们的孩子，已经在传统教育的油锅里煎熬挣扎了这么多年，快要被榨干了，你我要做的，就是要抢救！抢救，明白吗？看看台下的你们，一个个老气横秋、目无大志、得过且过，不是罪犯是什么？好教师就应该做名师当名人有梦想。请问在座的各位，教书教了半辈子，连香车美女的边都没沾上，还不叫人生失败？这样的生活不觉得悲摧？在我看来你们的人生毫无价值。可自己的人生已经这样了，不能让我们的孩子重复老路。我们要振奋！振奋起来，做名师做名人，实现自我价值。在座的各位，都是教师中的精英，是教师队伍中的上层建筑，不课改就是在犯罪！懂吗？”懂不懂没人回答，大家都忙着弄懂自己的事呢。好多人瞠目结舌，好像还没反应过来。

也许导师觉得会场太静没达到预期结果，也许一贯讲课风格就这样，他突然从椅子上站起来，大步走到台前，展开双臂，手心向上，五指伸开，“请大家跟我一起把内心的渴望大声喊出来吧。课堂是知识的超市，一二三。NO！NO！NO！这样不行，再来一遍，课改是生命的狂欢。耶！”人们抬起头来，有人跟着做，有人像看马戏，有人跟着喊，有人恶作剧地笑，整个会场一下子嗡嗡嗡，像喜鹊窝里捣了一扁担。“请让我听到你们的尖叫吧”，导师激动得声嘶力竭，用尽全力喊，一只手臂高高举起，一个拳头握紧向上连连举起。“接下来，我要请前排的教师上台来参加互动，还有许多惊喜等着你哦！”就有组织者拉着几个人上去，围成一个圆圈，一会儿做游戏一会发奖品。发一个奖就让所有人使劲鼓掌，高喊“课改课改课改”。人们笑着、闹着、说着，噪音冲上屋顶，连头顶的日光灯也被吵醒，龇牙咧嘴看着下面这些发疯的人。

“好好地讲课改呢，怎么变成了这样？这不是搞传销吗？”有人气

愤地合上笔记本，“假期也不让人好好过个假期，来听这样的胡诌？”前两排一个人也说，“我看就是耍猴呢。这天天折腾的，就是不让咱好好教书。教书教了几十年，课改说了无数遍，咱也跟着改了无数次，到底改成了个啥？越改越不会教了。”后排一人伸头过来，胖乎乎的脸上忧心忡忡：“依我看现在的教育就像女人裙子，几年短到大腿根，几年又长到脚踝，一阵风一阵雨的，流行啥名词就是啥。急功近利爱折腾，三天打鱼两天晒网。”头发花白的老同事也提高了声音，“教书和匠人一样，本就是慢工出细活的嘛。古人都说十年树木百年树人，这是自然规律。现在违背规律，硬要把学生当作温室里培育的瓜果，单靠上化肥打膨大剂，只想着几天就催熟催胖，至于品质好不好倒没人管了。你看如今的娃娃都成个啥样子了，还不抓根本，只说这些咸淡话。”

“记笔记、记笔记，不是说了要检查笔记吗？谁不想记了就睡觉去，不要连累其他人。”副校长转回头再次强调。大家静了下来，一边听一边做笔记。因为局里规定，笔记不但要检查而且还要打分。

课改模式演示开始了，台上人围成一团，忙忙碌碌地做起了游戏。人多话筒少，除了偶尔传来的导师指挥声，其他人说的什么也听不来。台下人如看哑剧，乐得耳根静。小敏耳朵里插起了耳机听音乐，凑过来和闺密闲聊，“听专家意思，这次课改就是不让老师讲，光让学生自学？”晓华也有些迷糊，“我咋听着也是。好像课堂模式要变动，具体怎么变也没明确说，不知道具体怎么操作？”身后有人就不以为然，“管他呢。咱一个普通教师，上面怎么讲咱就怎么做，让咱怎么做咱就跟着做，想那么多干啥？他说干脆不讲才美呢。”她俩皱皱眉头，没有吱声。

好不容易游戏做完，台上人依次往下走，如一尾尾鱼儿游回了浪花阵阵的大海。可到了领奖品时，礼堂里又喧闹如集市了，有人上台有人下台，有人说有人抢，工作人员拿起话筒，强调了几次，人们才从喧哗回到安静，然后又集体沉默着。发完奖品，导师意犹未尽，拿起话筒，继续坐下来讲。

这次有了 PPT。幻灯片一张张翻过，新词一个个吐出来。“接下来我想说说咱队伍中的老教师。他们对新中国的教育全心全意地热爱，也在平凡岗位上有过巨大贡献，但现在他们老了，已经跟不上时代了。对这次课改，他们一定会有抵触情绪，一定会成为改革路上的绊脚石……”这话如大风卷过海面，台下立刻叽叽喳喳起来。晓华前后几个老同事马

上凑在一起，“这说的是啥话？医生越老越吃香，教书匠就越老越没用了？”

“教书几十年，学生都没有嫌弃，他倒是一耙子打死了？我们还没听懂政策呢，咋又成了绊脚石？”

“这不是胡说八道吗？我们虽然老了，但对党的教育方针、政策可是一贯忠诚的、拥护的，任何时候都坚决执行。凭什么他说这样的话？”一个瘦骨嶙峋的老人气愤地说，“改革我们是一百个支持，就是担心怎么改、改成什么样的问题。如果取消了考试机制怎么改都行，可现在还有高考呢？所有的改革都要一步一步来，最怕纸上谈兵空想主义，经常是话说了一大堆，蓝图描了一大阵，结果啥事都不顶，还让咱领着学生们乱跑。”

身旁精神矍铄的老同事气得一下子站起来，“真正的问题不在于一线教师要怎么做，而是上面的教育思路是什么。这人会不会说话，咋这么以偏概全？”小敏赶紧拉他坐下，“李老师，少安毋躁，你还真生气了？”

“他要再这么说下去，我还真想上去和他论论理呢。”

“都别吵了。没看局里检查的来了，你们还说？”副校长站起来，他也生气了。大家都不好意思了，继续记笔记。那些睡得正酣的，也被推醒了，装模作样地听讲。

导师开始渲染自己推行的课堂改革力度、范围和效果。据说全国百分之八十的学校都进行了课改，据说已有多少教师多少学生受益匪浅，据说在教育界已是星星之火四处燎原，据说得到无数家长的热烈拥护，据说已培养了一大批名校名师。晓华闭了眼，耳听着各种天文数字，不知不觉就迷迷糊糊。当话筒吱啦啦一响，她猛然惊醒，左右看看，不好意思地坐起来，打起精神听。台上人话题大转，正在大讲特讲《易经》里的艮卦，讲“赢”“我”两个字的拆分，讲各种励志的故事，讲老子的无为思想，讲西方哲学流派。人们都被绕晕了，开始了又一轮的昏昏欲睡。

为了激励斗志，导师站起来端着水杯喝了口水，然后大声呼喊：“这是一场发生在教室里的革命！”底下人被吓醒了，纷纷坐直了身子。“我们每个人心中都沉睡着一个巨人。你所要做的，只是唤醒自己，唤醒孩子内心深处的巨人。这么多年，教和学本是阴阳共生的，是一对矛盾共同体，是争吵不休的两个对立面。在课堂上教师和学生的主体到底是谁？

是学生。我们新课改的目的，改到深处就是文化变革，文化变革的本质就是重塑价值观。请大家跟我喊，‘我要做个好老师！我要做个好老师！’”人们有的跟着笑，有的戏谑地喊，更多的嘴都懒得张，冷漠地看着。

导师自觉气氛不够热烈，很快又转换了话题：“看看我们台下坐着的各位啊，没一个漂亮温柔的美女，没一个从容优雅的女人，都被日复一日的工作、被成绩不好的学生蹂躏成了黄脸婆。再来看看我们的男教师，一个个浮肿虚胖，一个个毫无激情，你们都被无效课堂和白色的粉笔染白了双鬓……”此时，所有人都坐起来静静听，因为说到了共鸣处，人们不断拍手，有人大声叫好，尤其是年轻人。随后，大屏幕上出现了一行大字，“向着特定目标前进的人，全世界都会让路！”

十二点半了才结束讲座，导师踌躇满志地站着，听主持人总结，听各学校代表发言，然后又发表了一轮更慷慨激昂的演说，表达了无比坚定的决心才走下台去。没等主持人宣布结束，大家都站起来挤着往外走。整整一上午，人们都渴了饿了。

3

两点钟，提示音准时吱吱响。“下午什么课？”小敏发来短信，“真不想去啊。好容易盼到了暑假还要天天培训，愁都死了。”晓华飞快回复，“按流程是理念体验课。你以为我爱去？”

“你和我不一样嘛，你是热爱学习的人嘛。”手机“嘀”的一声，晓华看了一眼就回过去，“赶紧爬起来走吧。不然又要迟到了，再说后面还得补笔记。”

下午，人明显少了很多，空座位一张张。鉴于早上去迟了听不清，晓华签了到就撵到前排，放下包替小敏占着座位。旁边几个女老师正抬杠，议论谁的裙子好看谁的发型别致，谁家老公疼人谁的孩子争气，小鸟一样叽叽喳喳。三个女人一台戏，到哪里都一样。她不觉失笑，拿出培训表和笔记本查看。中午学校又发了短信，三令五申要检查笔记，打分不及格要补写，可不能马虎。

台上专家开讲了，孜孜不倦循循善诱，各种高大上的新名词清洗着耳朵，她看一眼 PPT 就跟着抄笔记。“怎么还讲理念转变啊，不是早上讲过了吗？”小敏中午没睡好，现在补觉，偶尔醒了就对着她嘀咕。晓华揶揄道，“别看某人像个小猪呼呼睡得香，这耳缝里还听着呢。”

“嗳，你还别笑话，我就想做头小猪，吃了睡睡了吃。猪一样的日子快乐无比。”

“别贫了，睡醒了就起跟着记笔记吧，要打分的。”

“其实教什么怎么教，教书还是育人，技术指导还是塑造人格，本来就是横亘在现代教育中的大问题。”晓华扭头一看，笑着喊声师父，他点点头，和蔼地笑了笑。

师父姓李，已经五十八了，马上就要退休了，但面对问题时客观公正不偏不倚，思想依然尖锐，见解依然独到。晓华对他既有师父般的尊敬，还有父亲般的依赖；既有同事间的欣赏，还有忘年交的欣喜。这些年，虽没正式拜过师，但在心底，这个满头白发的老人就是师父。记得刚进校，学校教科室组织年轻人学习，第一次听公开课，就是他的《短歌行》。那浑厚有力的范读、别具一格的课堂设计、巧妙精彩的设疑处理以及和学生默契在心的互动，彻底征服了所有听课的人。她暗暗下决心，一定要向他学习，做一个将课堂灌输变成艺术欣赏、把教书育人当作终身事业的好教师。

此时，他正俯下身子，听旁边一个和他年龄差不多的人低声说话。“哎，如今这世风日下的，网络媒体总喜欢夸大教师队伍中个别人的个别行为，将一个颇受人尊敬的职业渐渐变成负面的形象、弱势的群体。人们妖魔化了的教师，要么不食人间烟火，要么就是坏到无可救药。教师们被描绘成一个职业水平低下、整体道德坍塌的变形金刚。可咱的长辈同行，一辈辈都是凭良心在认认真真教书的呀，都是靠专业素养过人老老实实站在讲台。教书说到底，无非是教师踏踏实实教，学生扎扎实实学。万变不离其宗，潜移默化就是根本。为什么老祖宗的东西就那么不自信，教育为什么非要跟着潮流变过来过去的？”师父也感慨万千。“是啊！几千年来，传统文化中德育是根本，孝、悌、忠、信、礼、义、廉、耻是根基，中华民族文化的博大精深也在于此。至圣先师教育的全部精髓，为什么不被发扬光大？遵循教育的规律，才是最基本的教育理念。”一席话十年书，望着两个白发苍苍满脸皱纹老同事，晓华既尊敬又感动。她惊奇地发现，不但小敏也坐起认真听着，周围人都暗暗点头。大家虽不说什么，但晓华知道他们和自己一样，还在是在心里反思、辨析着教育的现状和未来。

坐着记笔记很吃力，很快就腰酸背痛，晓华捶了捶背，向后望去。幽暗的剧院里一层层眼镜，像蓝色的森林，反射出点点蓝光。难怪社会上有人一骂老师就说“眼镜蛇”，原来这么多人戴着眼镜啊。她望着这个被庸常工作磨光了皮毛的群体，被漫长岁月磨损了热情地人们，一时有些悲哀。

“这些年，我们的教育到底走了一条什么样的路？我想和大家理一理。”下午讲课的这个专家，可能是年龄偏大，头衔尽管很多人却还算低调。厚酒瓶底的眼镜，灰色的夹克裤子，头发花白，驼腰塌背的，不像个导师，倒像任何一个校园里常见的同事。他介绍完自己的教育经历就开始进入正题，语速慢语调低，但内容较扎实。随着他渐渐明晰的思路，越来越强的专业知识，人们也越来越感兴趣，一个个竖起耳朵听。

“我们的教育，可以说走过了一段不寻常的路。新中国成立初期，我们就摒弃了美国教育家杜威提倡的从生活中学习、从经验中汲取的思想，放弃了‘从儿童天性出发，促进儿童个性发展’的理念，改变了民国教育家们遵循的教育实践之路，开始移植苏联教育家凯洛夫的教育理念。凯洛夫强调教师在教育和教学工作中的主导作用，认为‘学校的首要任务， 就是授予学生以自然、社会和人类思维发展的深刻而确实的普通知识’，形成技能技巧，并在此基础上培养一种共产主义的人生观。他所主编的《教育学》一书，曾对我国教育产生过很大影响，所以我们的课堂，基本上是按照苏联的五步法模式进行的。到了 20 世纪 80 年代，江苏某所中学提出了疑问，开始了教学改革的探究。这几年，山东的一个中学提出了颠覆性的理念，那就是从”教中心”到“学中心”的转变。随后各种教育思潮、教学模式围绕着教与学的矛盾、教师和学生主体性的理解，公说公的理婆说婆的理，争吵不休，谁也说服不了谁。因此现在推行课改，首先要做的就是要先改变理念。新课程就是要完全把学生的学放在第一位，教师的教只是作为学的辅助工具。在这样的课堂模式下，一节课原则上教师讲授不能超过五分钟，不能说过二十句话……”

大家一窝蜂似的又炸了，嗡嗡嗡，吵得晓华连下一句是什么都没听清。小敏口齿伶俐，声音高了起来：“这不矫枉过正了吗？学无定法教无定法，谁上课还规定了具体时间，连说几句话都要规定好？”后排就有人接话，“所以一线教师才对所谓的专家们提出的观点持怀疑态度嘛。那些人成天坐在办公室里异想天开，也不下来实地调查调查，就自说自话乱发议论。课改课改，改的到底什么？只要有中高考这个指挥棒压阵，其他都是闲谈。再说教育理念上有了偏差，改来改去吃亏的还是学生，受害的还是家长。等中考高考成绩出来，学生考不上，看社会上怎么骂咱？我们不能亲手制造一批批的试验品。误人子弟不说，还害人害己害社会。不对学生、家长负责任的老师就不是个好老师。没有社会责任感的专家就不是什么真正的专家。”但也有个年轻同事表示可以接受，“我倒是觉得这样的教学理念不错。除了毕业班，完全可以尝试。咱们天天站在讲台上机械地讲使劲地喂，学生在底下昏昏欲睡一点也不感兴趣，不也是失败？这样下去，教育就是个死胡同，就是功利主义的机器。与其钻死胡同，不如改着看……”人们也不管台上专家了，说好的说坏的都有。

可台上人听不到这些，继续大讲特讲。“大家知道吗？民国时教授的月收入为 600 元，普通教师的收入分为三等，分别是 220、120 和 30 元，而当时一个县长收入才 20 元。那可是货真价实的现大洋哦。现在呢？大家工资多少？只有自己心里清楚。虽然年年说要涨工资，可我们等得花儿都谢了。经济基础决定上层建筑，人穷了也没办法，”接着又出乎意料地说了一句，“可是我们有信心的啊，只要活得时间长，一定会等得到教师收入比公务员高两倍时。”人们大笑，长时间鼓掌。一侧扎马尾的小同事调皮地说，“别说姐庸俗，姐要的是 money。好想穿越到民国去教书啊。”后面谁跟着逗，“嗳，说起钱我向往民国，可要说起社会动乱我还是觉得现在日子好过地多。如果真回到民国，天天打仗天天没吃少穿，像你这样的，早饿死八遍了！”周围人一齐嘿嘿嘿。

师父严肃地说，“其实提起民国，我们最应尊敬的是那些有真正自由思想、独立精神的教育家，如蔡元培、梅贻琦、蒋梦麟、张伯苓、傅斯年等等。他们在教育改革尤其是高等教育改革方面做出了卓越的贡献，人格魅力至今令人向往。在基础教育方面，陶行知先生就是楷模啊，他提出并积极践行的平民教育，才是真正意义上的教育改革呢。当年他的教育思想就是我们现在提倡的‘从人性出发，从人的生命关怀’入手的理念。还有梁漱溟，为推广基础教育，他能主动放弃北大教授的身份到山东农村搞乡村建设运动，现在那么多高谈阔论的教授，谁能做得到？你看现在山东仍是高考分数最高的省份之一，应该说得益于当年推行的平民教育。哦，还有晏阳初。这人可是以宗教般情怀推行教育的，是真

正的教育家。这些人，当年活跃在基础教育第一线，有思想、有理想、有人格、有独立精神、有践行热情，还有远大的情怀与责任担当。现在的教育家有几个能比得上……”小敏一改往日啥都无所谓的态度：“李老师，我太崇拜你了啊。”旁边就有人悄悄问晓华，“这人哪个学校的？”

“就是我们学校的啊。他叫李伟，教补习部语文的。”那人恍然大悟，“早都听说过他大名了，今天才算见了真人。”

“也该休息了吧？两个小时了，我都憋不住了。”小敏看着手表挤挤眼，可专家兴趣高涨、讲兴正浓，正说到入情处。谈到职业道德职业理想，他忽然话锋一转，提出了个问题，“相信大家都是有职业理想的，那么请大家现在想一想，你的职业理想是什么呢？”大家顿时静了下来。

“对呀，这么多年，我的职业理想是什么呢？”一语点醒梦中人，晓华的思绪飞回几十年前。说实话，当年自己那茬人很少有选择职业的机会，更不用说什么职业理想了。和大多数考进师范院校的人一样，做教师并非个人意愿，而是“被职业”的结果。在全民希冀“农转非”的年代，能考上学，有个工作，端上铁饭碗，算是给家人争足了光，给自己长足了脸，简直要烧高香了，哪里会想这么多？她上学早，十七岁就考上大学，全家人高兴得像过年一样。父亲至今还常常说起当年看榜的情景。

一大早就听说分数出来了，贴在教育局门口，他心急如焚但也不能请假。作为一个煤矿的会计，发工资的日子可是多少人等着盼着的。好容易到了傍晚，发完了工资，他揣着自己的十三元工资出了厂门，一路小跑去看榜。“哎呀呀，那真是人山人海啊，我使劲挤进去，一行一行地找，眼睛都麻了。看到你名字，我一下子高兴地大声喊，快看快看，那是我女儿啊。”可当他再挤出来时，发现身上的钱全丢了。“不要紧。钱丢了咱再挣。今天权当救济了需要钱的人。”消息传回家时，她除了知道考上了将来职业是教师外，其他一概不懂。“教书可是个良心活，也是积德积福的事。教书误人等于谋财害命”，她听着父亲一遍遍地叮嘱，走上了工作岗位。岁月冉冉过，不堪回首间，如今都工作了十多年。以前只知道好好教书，职业理想一词似乎从来没想过，即使有，也早都被单调重复的工作磨灭殆尽。她不知道别人是如何想的，对她来说，教书也就是自己的职业理想，所以踏踏实实地教，老老实实地教。她认为和学生一起积极向上、共同成长就是本分，帮助他们中的一些考上大学，圆了

多年梦想就是操守。掐指算算一届两个班，一个班最保守也有 七十 人，这么多年，应该说也桃李半山城了。她为考上学的孩子祝福，但为更多过着平凡日子的孩子自豪。

见台下人沉思，专家又提出几个问题让大家思考：什么样的教师才算好教师？什么样的课堂才是好课堂？可以问问父母的学生时代影响最深的老师有哪些？回首你的学生时代，你的老师教会了你什么？再梳理自己的教书生涯，你又给你的学生教了些什么？

年代久远，父辈们课堂无法还原，但晓华知道父亲至今念念不忘的是他的俄语老师。据说那个身材高大、银白头发、声音洪亮、走路一阵风似的俄罗斯老师，生气了会用指头指着学生，吐出一串串完全听不懂的词。他上课时，学生不敢说话也不敢开小差，生怕漏过了一个单词读法。父亲那时俄语学得好，经常得到表扬，严师出高徒，这是他眼中的好老师。母亲呢？说起当年的语文老师就眉开眼笑。瘦小、羞涩、讲课声音小但温婉的女老师，一手粉笔字让学生们充满敬畏。“那时我们早上上课下午劳动，都是在学校吃饭。老师为了多讲一点知识，就早早在黑板上写满字。上课读古诗，她读一句，全班同学跟着大声念一句又小声念一次。就连走路都有人悄悄模仿。她从来不骂人，但最调皮的男生都不敢捣乱。老师嘛，就要像母亲一样包容。”母亲感慨地说着。晓华觉得父母这一代，尽管物质上贫乏，但对理想的追求、对信念的坚定、对知识的渴望、对教师的敬畏和个人精神上的满足，是现代人永远也无法企及的。

自己呢？小学课堂的记忆没多少。因为那时根本没把读书当回事，只当作到了年龄都去干的活计。其时她主要任务是帮父母带好弟弟妹妹，兼职偷各种能吃的东西填饱肚子，玩各种自己发明的小游戏。记得梳着大背头的王老师，一口河南话，大人们叫他“河南侉子”。母亲带她去报名，他威严地问，“说，你爸叫啥？”她嗫嚅着，“王、王会计。”“啥？”他又大声问，她吓得哇哇大哭，躲在母亲身后。他哈哈大笑，“这娃是个超子，连她爸名字都不知道，回去回去。”但还是收下四岁半的她。

他包揽了一到三年级所有的课，每天早上，学生们挤在一起边晒太阳边拉长声念：“我爱北京天安门”“秋天到了，一行行大雁向南飞……”

头发微卷的爱军普通话总是说不好，老师让把舌头捋直了再说。唇

上有个豁豁的喜娃鼻涕流过嘴唇，老师说赶紧出去收拾干净。爱表现的春花当着小组长，谁默写不出课文就去告状，老师就把一群男生赶在教室外，命令他们用硬木芯或粗短的黑炭条在地上画字。她还记得自己边背书边偷看老师用巴掌扇大个子广田的样子。可怜的广田脸红脖子粗，伸出全部手指，慌乱地算着五加七等于多少。现在想起来，那时的课堂多不过三个字：念，背，打，可老师算不算好老师呢？似乎算不上。但又一定能算得上，因为小学生活快乐无比。小学学过的东西，不但过目不忘而且历久弥新。

“好了。现在请指定学员上台演示。”导师终于站了起来，将一千多名教师中指定的三十六个人叫上台，分为六组，围成一圈，进行课堂模式过程演示。这时出来一个秀气文静的年轻人，一开口却像保险推销员，比年长的专家更具有煽动性，几句话就把现场气氛推向了高潮。因为要做游戏，人们顿时来了兴趣，随着多媒体演示，台上人分别选出了组长、确定了组名、组训、组歌、组约。

开始上课了，每个小组都围绕一个问题讨论得不亦乐乎，其他人在底下跟着干着急。小组模式是先讨论后汇总，就组员意见达成共识，先在组内展示，然后选出代表在外展示，互相总结评价，最后检查验收，这叫“五步三查法”。晓华看了半天，明白了它的优势是学生自学时间多一半，合作学习机会也大大增加，能形成个性化、主动性、生成性的课堂，能让不同层次的学生有展示机会。缺点是乱糟糟，不像个课堂。

台上人自由讨论，台下人无所事事，大家就放松地闲聊，期盼点名完偷跑。更多的人，拿出手机不停地刷屏。前排有个刚刚从法国交流学习了三个月回来的同事，兴奋得满头卷发跟着跳：“终于迎来了理想中的课堂啊！英国课堂就是这样的，老师少讲学生多思考，上课就是做游戏。小组讨论后一一发言，每个人都有机会表达自己的观点，这样才能鼓励学生个性发展。”旁边有人质疑，“那可是小班啊。咱近百人的大班，分几组合适？一个凳子上挤着三个学生，坐都没地方坐，再分组就得出教室，显然不合理……”晓华还想听他们说，旁边玩手机的人嘘了一声，大家只好不作声了。她收好笔记，又开始了神思漫游。

初中，因“信其师爱其道”的缘故，自己对学科的喜好厌弃泾渭分明。那时的老师除了威严，既不包办也不唠叨，属于比较懒的。学生呢？也没多大压力。老师对学生好像也没多少硬性要求，作业都很

少布置；学生对老师没过多要求，基本上以自学为主，但师生关系是那么和谐融洽。老师和家长的关系更是不用说，都是互相尊重互相理解的。初一时的语文老师，是个大胡子黑脸庞的中年男人，一般上课不讲，只让学生自己读写背，但讲起来那真叫神采飞扬。学《背影》时，他范读课文，读到父亲弯腰拾橘子一段，几度哽咽，潸然泪下，学生也跟着掉泪。下课才知他父亲得了痨病，刚刚去世。到了初二，换了一个语文老师，黄脸黄头发黄眼珠，不知道为什么外号叫“阿尔巴尼亚”，好像做点小生意，一到集日便不见人，同学都说他投机倒把贩羊皮去了，但他们尤其是她对语文非常感兴趣，好像自学也没多大障碍。英语老师是个男的，细言慢语地，赢得所有女生崇拜，上课兴奋了，只说英文不说中文，大家就认认真真听天书。最有趣的是政治老师，人老了皮肤都松了，腰弓背驼的，两只特大的眼镜挂在焦黑的脸上，没一点脾气。上课大家都不怕，他一转身写字学生就偷着换座位。他女儿也在本班，有一天他正讲“破迷信除四害”，隔壁人家的驴不知为啥大叫起来。下了课，叫“长嘴”的男生就撵着喊“陈××，你爸讲课羞得驴都嚎呢”。大家哈哈笑，那女同学哭着找父亲去了。“长嘴”被叫到办公室，做好了挨打准备，可老师一点也不生气，笑眯眯地说，“念书为啥呢？就是为了不说脏话不笑话别人，做个文明人的嘛。”接着来上课，依旧认认真真。从此班里谁都不好意思在他课堂上捣乱。教师的人格魅力，大约就是如此吧。

晓华最头痛的课是数学和化学。多数女生不喜欢数学老师的原因是他动不动就骂人，“不好好学习不如赶紧回去嫁人去，坐到这里丢人现眼羞你家先人。”他还打过一女生，在她脸上扇了一巴掌又一巴掌，女生们深以为恨。这样的情况，可想而知他们数学成绩有多差，所以她引以为戒，教书后从不讽刺挖苦学生，犯了错误当面说清改正便是，更不用说动手了。化学老师呢？是一个文静腼腆的男人，上课从不看学生，不知是怕还是不屑，总之只瞅着教室的窗、门或头顶的檩子。上课就是照本宣科，然后叫学生起来回答问题。“三十四号，水的化学方程式是什么？”三十四号紧张地站起来，满脸通红，本来就口吃现在越发口吃了，然后拿起书自动站到教室门口。因为只要写错或答错，化学老师的惯例就是罚站，而且要站在教室门口。

记忆最深的还是生理卫生课，好像一学期只上了一节。当学校神秘

兮兮地把男生分在一个教室，女生放在实验室时，气氛马上不一样了。年轻的女老师穿上白大褂拉上四面窗帘，女生们挤作一团，凝重又羞怯地听着老师讲生理知识。晓华被那种严肃吓住了，云里雾里啥也没听懂。出来后她问同桌今天到底讲了个啥，一向心直口快的同学满脸通红支支吾吾，说了半天也没说明白。现在想来，那种神秘好奇也很有意思。

忽然掌声雷动，晓华一愣，赶紧抬起头来，见各个小组派出的代表在展示成果。因为都是从各校选拔出来的教师，无论口头表达还是流程处理均胸有成竹，自然游刃有余。大家饶有兴趣地听看说评。接着一个代表上场，是个穿黄衣的大个子女教师，她忽然忘了词，尴尬极了，其他组员急了，跑上来大声补充。角色转换了，老师做了学生，原来也会紧张。人们大笑，台上台下气氛融洽，其乐融融。

副校长猫腰走到晓华身边："一会儿你要上台，代表咱们学校发言。"

"我？发言？"她有点懵。

"就是关于新课堂模式的点评，每个学校都要表态发言的。"

"要说些啥？"

"当然是说些好话啦，最好从专业角度来点评。你先想想怎么说。"

晓华环顾左右，见大家都瞅着她，越发胆怯，"我不去。"

"这可是代表着咱们学校水平和形象的，是政治任务。要不然让校长亲自来请你？"旁边熟悉的同事就说，"赶紧准备，说好一点，给咱们争口气。"小敏也催道，"不管怎么样，关键时刻不能掉链子，说好点。"晓华心乱如麻，不知道这个好是如何的好法，只好硬着头皮做准备了。唉，要说完全好真正好，那是违心；要上去说不好，那是自找不爽，只能较客观地说吧。于是拿起笔写了几句，小敏爬过来看完，吐吐舌头："你可真行，编得有模有样的。"晓华有些惶恐，"不是你们都说要展示学校水平的嘛。我怕丢人。"随即把手中纸张传给前排的师父，师父看了一下，然后点点头，"上去说吧。"

于是，她被传唤到舞台一侧，等着"点评"。可是，台上参加小组活动的人兴奋了，讨论达到了高潮，久久不能收场。台下人心急如焚，都跃跃欲跑。好不容易等到六点四十，终于等到自己上台，人已走得稀稀疏疏。晓华原以为时间过了，后面两个学校的代表就不说了，可看见各单位负责人都在，还有电视台摄像开着机子拍摄，才知道这任务还真重。终于等到自己上台了，她稳稳走上去，把整理的几条简明扼要说了说便

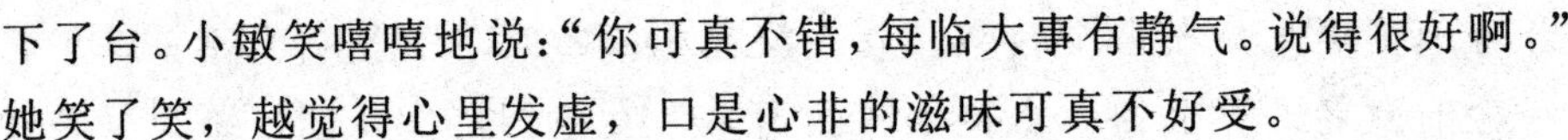

下了台。小敏笑嘻嘻地说："你可真不错，每临大事有静气。说得很好啊。"她笑了笑，越觉得心里发虚，口是心非的滋味可真不好受。

出了门，天正大雨。昏黄路灯下，人们挤作一团，将资料袋遮在头上，踮起脚尖乱跑。不一会儿，街上就寂寥又空旷了。

4

晓华刚回到家，便接到通知，说她作为学校代表，作为二级培训师，晚上在某小学二楼会议室参加新课改骨干教师培训。匆匆忙忙吃完饭，打了车赶到指定地点时，二十多人已挤满了小教室。其中除了三四个中年教师外，绝大多数是年轻教师。一个白净的年轻导师坐在讲台上，言简意赅地进入主题，还是互动励志畅想未来那一套。

"在座的各位，都是各个单位选派出来的优秀教师，自然是我们课改的中坚力量。有大家在，我们的工作就已成功了一半，我很欣慰。可是要让其他人完全接受新理念，只有从思想深处发生改变，才会将改革进行到底。说实话，当教师就没个出头之日，一辈子默默无闻，起点也是终点，没出息没意义，所以你们都要有当名师做名人的欲望，要有做成功人士的追求。想让自己成为名师，就得借课改的东风顺势而上，只要按照我们要求的去做，我保证让大家走出川口，走向全国，让世人都知道你们的名字，让人们如仰望明星般仰望你们。"人们低头不语，对这样的夸大其词和空头许诺，本能地选择了沉默。

二级培训员要分别结成对子，一组一组进行讨论。大家纷纷把自己和其他人的困惑提出来。首先是大班额的问题。一百多人的教室里，平时挤得人都过不去，现在要分组，场地太小学生坐不下咋办？其次是教与学的时间分配问题。如一年级的小学生，识字拼音完全靠教师教，如何实践教师不教、自学在先的课堂模式。再如高中的文言文，长篇大论的，没资料没辅导书的情况下，学生单凭自学能学到些什么。还有教学进度的问题。按照这模式，一周的教学任务一个月都完不成，那时候怎么办？最重要的模式小升初、中考、高考的指标如何完成？

讨论正如火如荼，四个老师气喘吁吁地推门进来。一个头发花白的人走上前，满怀歉意地说接到通知已七点半了，从乡下往城里赶就花了一个小时，所以迟到了。年轻导师却不顾解释，大声呵斥起来："其他学

校都来了，就你们特殊？我要让你们局通报批评，以后不准你们学校参加新课改。我们不需要这样不负责任的二级培训员，你们这所乡下学校，将从我的课改构架中被删除……”他扬起手，狠狠往下一砍。人们一下子愣住了，默默盯着年轻的导师和他的团队。

会场上的气氛顿时很微妙，一种对抗悄然地在讲台上下形成。一圆脸长发的女子忙上前打圆场，“导师，别生气了，明天咱到 ×× 县培训，相信他们会做得更好。”另一个高大黝黑的老师，用手指着导师，“就凭你娃娃这样的态度，我们就不参加了。说心里话我本来就不想参加，是局里三番五次地通知，我们可来过了，是你说不要的。”他扶了扶眼镜，苦笑了一下，“咱这些当教师的人，学生不尊重，家长不尊重，社会不尊重，有时连自己也不想尊重自己。把普通教师一点人也不当，还说什么提高待遇？”几个人转身一齐走了出去，消失在茫茫夜色中。那导师怔了半天，接着高声说，但讲了什么，没一个人听了。

絮絮叨叨，培训终于结束了，人们收拾起纸笔，一头雾水地出了门。雨停了，夏夜真凉爽啊！对面广场上，人声鼎沸，灯火辉煌，到处是跳广场舞、走步闲聊的人。卖风车、糖葫芦、吹糖人四处走动，音乐声此起彼伏。瘸腿人拽着一串串彩色气球，灯光下格外耀眼。卖红薯的女人眼盯着跳舞的人群，脚下轻轻点着节拍，小喇叭则毫不疲倦地喊，“红薯地瓜，不甜不要钱。”大家边走边讨论，质疑导师的素质。有人就骂，“没站过一天中小学讲台，屁都不知道，就跑来指指点点。到底想干啥？”有人附和，“比他父亲年龄都大的人，就迟到了几分钟，用得着那么说话？就凭这素质，还当导师？”也有人诡秘地笑，“你们不知道，这可是个划算的买卖呢。想想看，这样的讲课培训一小时多少钱？一早上多少钱？一个学校多少钱？全国跑遍了多少钱？”人们恍然大悟。晓华暗想，如今的人，都习惯用金钱去衡量一切正常不正常的行为，真是无语。

又一个清晨，睁眼八点，又迟到了呀。她火速赶到剧院最后一排和小敏汇合。负责点名的老师回头看，晓华连比带画签了到。“讲的啥？”晓华问看小说的闺密，她耸耸肩，“今天这导师方言太重了，咱又在最后，听不来也听不懂。”晓华竖起耳朵仔细听，还真听不清。

整个礼堂里像蜂巢，尽管还是全场起立喊励志口号、做游戏的环节，还是复述讲课内容发奖品的环节，但没人听讲也没人记笔记，大家都在开小会或看手机。一会儿，多数昏昏欲睡，少数等着点名后逃跑。她想对着课件抄笔记，可看不清；想做点其他事，又静不下心，才感受到学生上课听不进去的滋味。看看身边小敏睡意正浓，也不忍心叫醒。百无聊赖，还是回忆回忆自己当年的读书过程吧。人生有许多经历，需要时间滋养后，才会慢慢明白。

高中阶段，对晓华来说，影响最大的还是班主任。那个瘦削精干、精力旺盛的中年男子，不但多才多艺，而且善良无私，一人身兼语文、政治、历史三门课程，也从不喊苦喊累，讲起课来激情澎湃，手舞足蹈，听他的课就是一种享受。记得上鲁迅先生的《记念刘和珍君》，单是时代背景就讲了整整三节课。学生们睁大眼睛听，笔下不停在记录。讲到几个女子受难的细节，老师在讲台上模仿“匍匐”“又一个扑上去”的动作时，全班满含热泪，沉浸在一片悲痛中，下课铃响了也一动不动。还有一次上历史，讲到晚清腐败签订的一系列不平等条约，他气得面红耳赤，结结巴巴，猛拍讲桌，然后昂头拉开教室门，直戳戳走了。学生面面相觑，不知怎么回事。好半天他才进教室，慢悠悠开了口：“每次讲到起这段历史我就气愤不平，人善被人欺，国弱被人欺啊，同学们。我刚出去在操场转了一圈，平息了一下情绪。接下来咱继续学习第五十四页。”但她听说老师和妻子血液不融，三个孩子都未长大就夭折了。心事太重的缘故，他平日里几乎没笑过。

夏日的傍晚，斜阳正浓，在宿舍门口，他抱着手风琴，眼睛紧紧闭着，踩着节拍，手臂一开一合，忧伤的曲子水一样流出来。师生们围拢站成一圈，静静地听着。物理老师说，“男愁唱女愁哭，你们班主任哪里是在拉琴，他是在哭呢！”平日里他对学生非常好，但如果谁犯了错误也毫不手软。一次班长带着全班男生偷了村人地里的萝卜，被人家追到教室，人赃俱获。老师气得浑身发抖，自己掏钱赔罪，然后命令男生们站成一排，拿着半截凳子腿一个个打过去。连告状人都看不下去，说了几句走了。他却不依不饶，又罚站了一周。自此，再也没人敢犯此类错误了。

数学老师呢？是个大个子红脸膛的胖子，外号“酒壶”，一张口口水四溅，前排的学生深受其苦，常常拿课本当“伞”。他上课讲得忙写得忙，写了擦，擦了写，不一会蓝衣服就变成了白衣服，自己也由干干净净变成个粉刷匠。虽然讲课用方言，但语调抑扬顿挫，铿锵有力。他上课绝

不拖堂。只要下课铃一响，不管说到哪都马上停止，斩钉截铁地说下课，然后潇洒而去。他还有一手绝活，就是随便在黑板上一点，抬手便能画出一个标准的圆。单凭这一点，学生们就佩服得五体投地。

地理老师可爱极了，是个说话慢腾腾马上要退休的、慈眉善目的老爷爷，上课特别认真，就是一口“老土话”，惹得学生笑个不停。小个子、圆圆的他抱着个和他一样圆的地球仪，开始提问：×××，你给我说“得（dei）归”（德国）在哪个半球？“孪帮得（dei）归”（联邦德国）在哪个洲？“挪螺丝”（俄罗斯）有哪些矿产？“苏孪”（苏联）由哪些联邦组成？“闹大利亚（澳大利亚）国旗上的图案是不是袋鼠？”学生们边笑得前仰后合边回答问题。他也不恼，只是平静地说，“‘嫩可斯’（恩格斯）说过，谁肯认真地学习，谁就能做出许多成绩，就能超群出众。”班里一下子静悄悄了。晓华最喜欢上地理课，有一次笑着给家人复述，母亲严词厉色地说，“一日为师终身为父，你可不敢背后说老师坏话。”还有卷发大眼的英语老师，喜笑颜开的体育老师……

人们忽然哄堂大笑起来，晓华回到了现实，原来又到了提问环节。一位老师拿着话筒站起来说，“作为一名德高望重的导师，您讲了一上午的‘高效’，但大家听得云山雾罩，请问这算不算浪费别人时间？”全场肃然。“再说您用了很长时间只讲个人功绩，不说正题，到底我们要怎么做做什么还是没说。另外，我觉得您应该客观些，把这种模式的弊端也说说。”所有人都哗哗地鼓掌，有人甚至大声叫好。台上老师马上变了脸，用方言大声呵斥着，但谁也听不懂。工作人员忙上前夺过话筒，说休息十分钟。

座位越来越空，很多人趁机溜走了。小敏说，“咱也走？”晓华点点头。前排的一同事回头叮嘱，“这会儿不敢走，刚才听局里负责人说要点名。”果然不一会儿，负责老师走上台提醒各学校再次点名签到，而且必须是本人签。她们只好挪到前排，和其他认识的人一起周武郑王。说今年流行的裙子哪种好看，说小城哪里的麻辣烫好吃，说几个明星的情爱史。又盼着下午会换个老师，讲得好一些，也不枉坐几个小时。可翻看培训册，还是这人讲，就商量下午集体不来。签到册传到手里时，已十二点了。导师的结束语倒是很文艺，幻灯片上显示出“向西逐退残阳，向北唤醒芬芳”的字样。晓华想，这是三毛的一句话，但逐退和唤醒之间的距离，不正是千山万水吗？

5

一周的培训很快结束了。又一个艳阳天，人们三三两两，结伴走向某小学。尽管心怀疑虑，但大家对新课堂模式的操作流程及实践过程还是感兴趣，毕竟这关系着以后怎么教的问题。几天的培训，虽然嘴上乱嚷心里嘀咕，但还是希望尽快掌握，为推行课改添砖加瓦。教师的职业操守和职业素养，此时彰显出来了。

黑压压的人群按小学、初中、高中分组，很快就散开了，走进各自的培训教室。二级培训师们已提前到位，做好了准备工作。晓华和其他三位老师负责高中，在两个教室进行实践操作。虽说上了多年的讲台，也参加过不少观摩课公开课，但给这么多的同事上课，她还是紧张得在地上转圈圈。

昨天下午休息，原准备和小敏一起逛逛街，却被通知今天要讲课，计划泡了汤不说，任务还重。给自己的同事将新课堂模式，他们四个人都有些发怵。从白天的集体备课到晚上的网上讨论，大家一起边修改边查漏补缺，生怕不能领会课改精神缺少了某一环节。等课件做好已凌晨两点，她上了床睡不着，爬起来又看了几遍。

铃声响起，晓华和另一个同事开始上课。按照新课堂模式，一个班要有两个老师同时负责课堂，主教一人副教一人。同事们边说笑边选择了人员分了组，教室里吵吵嚷嚷很热闹。晓华严格按照流程走，先用三分钟视频导入。第一环节开始了，各小组顿时静下来，人们迅速进入角色，一个个神色凝重若有所思。出示了学习目标后，她引导六个组按照要求，分别制定出组号、组训、组徽、组约、组歌。组员们写的写说的说，一会儿工夫就完成了。她发现，年龄不一、性格各异的小组，连取名都大相径庭。年龄最大的叫闪闪红星队，最小的就叫王者至尊，其他如灿烂阳光、扬帆远航、嫦娥奔月等，都饱含理趣，各有特色。到了个人展示环节，都很出彩。资格最老的王老师，除了讲个人的教学经验及对教改的认识外，还讲了自己如何鼓励心理有障碍的学生的故事，讲了从教三十年的感知认识。大家认真地聆听并使劲鼓掌，对老同事爱岗敬业、恪守职责精神表示由衷敬佩。接下来展示各小组成果，配合最默契的是扬帆远航队，不但分工明确，设计新颖，而且集体展示时激情澎湃、

和谐统一。特别是唱组歌，所有人都十分投入，赢得大家一致好评。正好市电视台来录镜头，大家便异口同声地推荐了拍她们。

环节一个个进行下去，人们兴趣越来越浓，合作越来越紧凑，不但完成了质疑对抗、交流沟通、展示评价，而且其他组员抢着补充完善，课堂气氛渐渐进入了高潮，群策群力、求同存异、互动性创新均有呈现。每个人都兴奋不已，似乎回到了学生时代。晓华边引导边观察，助教小冯跑前跑后写分数算分数。即使平日里缄默不语的同事，也自告奋勇地将另一面呈现出来，让人刮目相看。

负责老师又一次推门进来，原来电视台要做宣传报道，指定小学、初中、高中每组代表一人说一段话。晓华实在推辞不过，只好挑了最简单的两句，跑出去拍。原以为就三句半，一次就通过，结果她一连说了五次，才算通过。电视台的人还想拍点花絮，晓华惦念着自己的流程操作，忙推辞跑了进去。见助教正组织各组编写情景剧，同事们积极配合，一边展示点评，一边拓展延伸，一边升华总结。当下课铃声响起时，讨论还未结束。

一个下午在紧张活泼中度过了，核算完毕成绩，评出了优秀小组，人们似乎意犹未尽，连说这样上课真有意思啊。夕阳西下，教室里拥出来一堆堆人，边走边说，看来效果都不错。大家都感慨，其实课堂就应该这样，让学生们高高兴兴上课，高高兴兴学知识。平日里总把学生当羊一样囚禁、控制不敢放手，圈养真不对。可也有人叹息，中高考制度不改革，所有的做法都是空谈。因为学生要成绩，家长要成绩，学校更要成绩，社会还是拿成绩衡量。这样的情况下，升学率和成绩挂钩，教师的绩效工资、奖金职称也和学生成绩挂钩，谁敢这么做谁又能这么做。人们连连点头称是。

高跟鞋噔噔噔，小敏追上来，“以后咱课堂都是这模式？”晓华说，“估计就是，这不正在推行嘛。”小敏忽然严肃了，“我觉得千说万说，花样繁多，落实到真正的课堂教学中还是有风险的。课改可不是一年两年就能显出效益，需要很长一段时间来验证，甚至需要一届或几届学生做‘实验田里的试验品’。就目前来看，学生、家长要的还是成绩，学校、社会要的还是升学率。课堂再热闹，教学内容完不成，进度不一致，成绩差升学率下降，后果就不敢设想了。哪个人敢冒着成绩一再下降的危险，拿学生前途做实验呢？”晓华点点头，也不知所措。

第二天一大早，细雨蒙蒙，作为二级培训师，晓华继续趴在电脑前看课件，熟悉流程处理细节。其他人呢？继续听课记笔记学着编导学案。不到十天就要开学了，每个人都面临着怎么上课的问题。课间休息，初中部过来几个同事，又一轮的议论纷纷。有的说这几年单是杨思就轰轰烈烈学了好几年，接着又是杜郎口，天天学习天天训练。现在又是新课堂，真是东风一阵西风一场的，越改越不会教了。有的说想当年的老师好像也就是听说读写的训练，照样培养出一茬茬的人才。又感慨那时父母不让念书哭着喊着要读书，现在的娃娃哭着喊着不来学校，真是不能比。一个年轻的同事总结，学生厌学也不仅仅是教育问题，也是整个社会大环境的影响。当成功的标准都是钱钱钱时，理想目标就是一种空谈。教学生三年，不如他们走上社会看一天，也不知这么做有什么意义。

下午，又一轮课堂演示课，因已熟悉了大致流程，也就没了太多的新鲜感，人们只是坐着看，课堂有点闷。晓华赶快放了电影《死亡诗社》，大家认真地看起来。当看到 Keating 先生被开除、学生们纷纷跳上课桌时都感慨万千。原来咱们面临的问题也是世界问题，不单单中国如此，各国都一样。不管是先学后教还是先教后学，不管是少讲还是多讲，教育终极目标的问题不解决，课堂模式说到底不过是皮毛。有人就说，上面怎么要求咱就怎么照猫画虎，哪种方法能使利益最大化咱就照着做就是。只要学生成绩能提高，管他哪种模式呢。也有人表示忧虑，不管上面怎么说，还是得谨慎小心，改不好又毁了一茬学生。

教育是个良心活，耽误了孩子真是良心上过不去。几个老教师说起听魏书生报告时的感想，同意“不折腾、不动摇、缓缓来、慢慢走”的观点。也有人反驳，这百年树人也太慢了吧，应该与时俱进。反正各种思潮孰错孰对，好像没个具体标准。也有人折了中：一个新教育理念地提出，意味着几年之内教育形式会发生巨大变化，但从根本上来说，“课堂承载希望，教师引领未来”的基本思路不会变。人们真切企盼课改有更多的理性和担当。

晓华站在一旁，思绪如丝。四点了，楼上已有学员往外走，同事们也急着回家，本来是假期，又培训了整整一周，人人都很劳累。但出去的人很快被拦挡了回来，说还要填写一个调查表，然后才能下课。大家只好攒在一起说闲话。终于等到四点半，一张张表格发下来，人们慌慌张张填完就出了门。人群从教室里拥出来，又从校园拥到大门口，挤进车流人流市井声里，消失在滚滚红尘中。这时，雨过天晴，晚阳正好，一缕缕阳光穿过云层，给万物罩上了橘红金黄的纱衣，整座城市变得美丽而虚幻，温暖而诱人。

6

校园里熙熙攘攘，新学期开始了，到处是学生到处是家长，到处传播着插班生补习生的小道消息。校园里一贯乱纷纷，各部门更是焦头烂额。人们被开学的各种琐事缠了头，似乎忘记了假期的培训。当一切走上正轨时，老师们开始上课，教材依旧是老教材，课堂还是老课堂，还得写写了几十年的教案，还得站在讲台上讲个不停。同事们提起书本上课，放下书本改作业写教案做练习。办公室里新进了三个年轻人，天天跟着老教师听课。偶尔还有人提起课改，提起轰轰烈烈地运动，都不置可否。也有同事在微信圈里转载各种关于新课改的文章，也是有人赞同有人坚决不接受。例会上，主任说假期招生有些困难，因为本校高考重点率不高。校长很激动，说要是有几个清华北大生，形势会完全不一样。大家呢？也期盼招来好学生。因为好生源就有好成绩，好成绩就有好效益，好效益自然会有更好的学生，这样的良性循环，就是每个学校的追求目标了。

学校课程也有了变动。第一步就是师资配备和往年不同。不管年龄资历，科任教师每人一尖班一普班。晓华分到的是三班和六班。三班是尖子班，四十个人的教室整齐干净，宽敞明亮。六班为普班，人数超过九十多，学生站起来枪杆林立黑压压一片，坐下就蜷缩成一团，蚂蚁般挤在小小的桌凳上。然后就是各种会议。全校大会、年级组小会、班主任会、教研组会、党员会、例会，一周开了七个，最后一个居然是《关于取消各种不切实际的会议的会议》，真让人哭笑不得。会上，照例是每个领导先谦虚地表示只说两句，然后就如开闸江水滔滔不绝，毫无节制地展开话题。窗外暮色渐浓，学生们已吃完了晚饭，在操场上大呼小叫。会议室里，手机铃声此起彼伏，接孩子的人一遍遍看着手机，心急如焚，也只能抬起头无奈地笑。

晓华在自己所带的两个班悄悄开始了新的课堂模式，倒不是自己想当积极分子，她只是想体验一下导师所说的全国那么多学校同时进行的

课改，魅力到底何在？想亲自实践一下然后得出自己的结论，适用不适用只有实践了才有发言权。因为是二级培训师，也给本校老师讲过课，所以应用起来还算得心应手。她把新模式的具体要求和操作方法讲给学生，他们也很感兴趣。下次上课时，各小组就先预习、做导学案，然后对学习目标进行了探讨，并且学会了展示学习心得。到底是孩子，单是组名也很有意思。有文艺范的“辉煌岁月”“花样年华”，也有中规中矩的“绚烂星空”“我心飞翔”，还有让人哭笑不得的“至尊红颜”“战狼归来。”各组选出的发言人情绪饱满，回答问题准确到位，成员间分工明确，奖惩有力，配合非常默契。晓华很兴奋，觉得这样的课堂还真能激发学生的学习兴趣。

周一早上，屋外阴雨绵绵，办公室里阴冷潮湿，晨会也没开得成。大喇叭忽然吱啦啦，接着就是紧急通知：后天上级部门要来我校检查各基地校新课改的落实情况。学校一下慌了神，停下千头万绪工作，以最高效的措施准备迎接检查。领导们也从“中南海”——二楼行政办公室纷纷来到各年级组办公室，传达指示，布置任务。教科室主任更是情绪激动，说话都磕磕绊绊。各年级主任迈着沉重的步伐，在各个楼层爬上爬下。班主任们夹着笔记本跑步走向小会议室，回来时都阴着脸，只说中午不准回家，直接下班监督学生布置教室。

三班班主任一阵风过来：“学校规定现在不能用数字定班名了，你赶紧给咱想一个吧。”两个人商议了半天，一致认为尖子班的学生认真好学、勤奋努力，就取“笃学”二字。普班光高费生就几十个，平时乱象丛生，取个班名也困难。恰好第一节有课，晓华就和他们商量。一个男生喊“野狼野狼”，其他学生拍手叫好。语文课代表站起来，“难听死了，无组织无纪律无品位，我觉得‘皓月’好些”。大家乱嚷嚷了一阵，终于确定为“厚朴”。下午上课，高一年级所有的教室门口都张贴着喷塑的班名，绿底白字，花朵背景，整整齐齐，漂亮极了。然后各班乱哄哄地开始分组。因为新课堂模式的标志之一就是取消讲台，将三张课桌并在一起，学生四面围坐。尖子班人少，很快就搞定。普班九十多人，平时出进都难，四人一组不可能，只好八人一组，可课桌怎么摆都摆不下。师生们正满头大汗抬桌子，主任进来一看，“错了错了，咋这么摆？你们普班摆个桌子也摆不到位，去看看人家尖子班。”学生们气愤不平地盯着他。晓华忙派班干部去取经，自己也出了门，准备去隔壁教室，看看人家摆放的样

式。迎面遇见气呼呼的五班班主任，“尖子班将桌子合并一起就好了。我们班一百多人，教室就那么大，你说怎么摆？”主任看了看，小眼睛一眯，“反正想办法摆下就行了。”

一整天，班主任们顾不上喝口水，跑前跑后，一趟一趟下教室。副校长撵前撵后告诫：“一切行动听指挥啊。不能有差错啊，否则就是给学校抹黑。”高层、中层亲自下班检查。首先要求把教室前后门都打开，卫生打扫干净。其次是一定要改变传统课堂模式，撤了讲桌，四周围坐，营造师生一起学习、共同学习的氛围。再次是在教室四周挂了小黑板，充分利用后面黑板，形成随时答疑解惑的局面。老师们任务更重，备的教案不叫教案，叫作学案。编写的练习不叫练习，叫导学案。还要在前黑板右上角，画上统一规定的、各小组的评价分数格。所有人都紧张起来，积极认真地投入到工作中去。写学案、训练学生、编导学案、计算分数，间或打听怎么上课才算正确。同事们遇到困惑就来问晓华：“培训师，当时讲的是不是这样？”她心里更慌，生怕自己歪嘴和尚念错了经，忙打开电脑在网上一遍遍查看课堂实录，然后老老实实地说，“课堂流程就这样，咱跟着环节走就是。先确定学习目标，然后让学生自学，自学完了就是小组展示，展示完了就是集体评价。最重要的是要有导学案啊，没那个自学就是空话。”大家挤在一起写的写说的说，忙得脚炒菜。

旭日东升，风和日丽，星期三终于来了。早自习办公室的气氛就和往常不同，就像一个家族过大事。“来了吗？啥时候来？”同事们一边准备一边询问，一边查漏补缺一边忐忑不安；一边互相告诫必须按流程进行，一边怕自己操作不当给学校带来麻烦。张老师逗趣说，“不要紧。大家不要怕嘛，就凭咱这么努力，即使假戏真做，也会假出个水平来。好比唱戏，有时票友比角儿唱得更好演得更妙。”大家都没心事笑，在忐忑不安中，战战兢兢上完了一二节课。十点半，几辆车开进校园，下来了一群人，接着就浩浩荡荡杀上三四楼。教师们站在楼道里，远远观望。一二节课的人终于放下心来，三四节课的人却连连叫苦。准备上第三课的同事，紧张地提着书本学案，早早等在教室门口。

好容易等到下课铃响，上课的同事们陆续回来，满脸旧社会。问起来只说不知具体情况怎样，反正自己尽心了，学生配合也积极。一会儿，副主任飞奔而来。大家急忙迎上去，他笑得嘴都合不拢了，“我们的工作得到上级领导的高度赞扬，说不但环境卫生干净整洁，班级布置新颖别

致，上课井然有序，而且导学案也编写得适合学情，课堂使用效果较好。教师也没站在讲桌前大讲特讲，学生们也高高兴兴地在游戏中学习，总之课改真正落到了实处。特别感谢大家啊，校长说中午校食堂管饭。大家下班别走，有烩牛肉，吃了再回去。”真是个好消息啊！人们长长出了一口气，终于完成了一项任务，没有给学校脸上抹黑。

7

接下来的日子，新课程进行得风生水起，犹如点燃的火种，大有燎原之势。尽管偶尔还有点疑虑，但师生们还是积极响应号召，投身于新课堂模式的具体实施中。每天，老师们认认真真编写导学案，交流课堂上出现的各种问题各种惊喜，分享自己总结出来的经验教训。大家都说，最显著的变化就是上课很少有昏昏欲睡的了。学生呢？更觉得新鲜。不但上课抢着回答问题，而且热情高涨。做导学案时，成绩较差的可从同学那里得到帮助，成绩很好的也有帮助别人的快感。课堂如沸水，一时浪花四溢，热热闹闹。

课余，大家还是会激烈讨论。有人说虽然上课热闹了，可在集市般的课堂上到底能学多少东西，也是个问号。有人说不管怎么样，毕竟迈出了一大步。有人却表示这么上课轻松多了，过去天天讲，学生也不见得听进去多少，现在他们自己学，倒是积极性很高。当然最高兴的是终于可以不写教案了，直接编导学案，比重复抄老教案好得多。

弊端很快就暴露了出来。以学为主、不讲光练、小组讨论的课堂模式，对小学初中的学生来说，知识点少、信息量小还可操作，高中则是困难重重。对文科来说还算顺利，理科就困难得多。对自制力好的学生来说是福音，对爱凑热闹、不喜欢学习的学生来说就是放任自流。一周下来，大家反思自己的课堂教学，感觉就像唱大戏，戏终人散却少有留痕，浮躁不实作秀而已。

课堂热闹是热闹了，但学生下课不会做题。上课讨论很充分，但大多数在说闲话。自学做导学案，一节课只能解决一两个问题，进度太慢。评价机制鼓励学生发言就加分，结果抢分现象严重。有些学生为加分，学会了不择手段。小组成员关系越好，班级之间“帮派林立”现象越严重。男女间早恋现象明显增加，明显分了心。甚至科任老师反映有学生

上课光盯着对面的女生看，班主任也无可奈何。对老师们来说，还有个更重要的问题就是导学案到底怎么编，它和练习册有哪些区别，人人心里没底。因为导学案上的东西就是练习册上内容，现在只换了个叫法，猫儿叫个咪咪，重复不说，还浪费纸张要重新打印。对学生来说，以前也是边讲边练，大多难点跟着老师讲解就随堂解决了，现在遗留问题更多。做了导学案还要做练习册，说是减负，结果作业更多。说是同学讨论学习，一做题照样什么都不知道，还得晚自习重新听老师讲。加上家长心急如焚，拼命找辅导机构补课。他们都受不住了。

清晨，小区又一次修整下水道，车被堵在院子里出不来。晓华只好打车去学校。说到××学校时，健谈的女司机连连感慨："唉，还是你们当老师的好啊，一年有两个假期不说，工资还高，也能教育好自己的娃娃。"晓华解释说教师平时很辛苦，有假期也是应该的。工资并不高，杂七杂八扣掉后，到手的没有多少。那司机继续表示着羡慕："我当年没好好念书，现在只能自己后悔。嗳，听我家娃娃说你们这些老师现在连课都不上了，上课就走来走去地锻炼身体。多好的职业啊！我以后就是砸锅卖铁也要让我女儿考上学当个教师。"晓华非常奇怪，"谁说我们不上课？这是进行新课改呢，采用的是新课堂模式，就是要学生先学，然后老师再讲。"那司机却一下子气哼哼，"娃说的。说老师一天到晚不讲，上课光让学生讨论。一个个吵得屁腥气，一做练习啥都不知道。我说你们这些当老师的不好好教书，乱改个啥嘛？还不是胡折腾国家的几个钱呢。"到了门口，晓华气得放下钱就走。女人连声喊："没找钱呢。你还真生气了？"

早自习铃响了，一肚子气还没消化，晓华急忙抓起书就去跟早读。一进六班教室，就见四面的小黑板上写满了"四组四组，舍我其谁"？"我的地盘我做主！""誓与野狼组作对的人斗争到底！"等口号。正面黑板上，一个硕大的狼头，张牙舞爪狰狞着。地面上用粉笔画了一圈圈粗线，写着"××组阵地，闲人勿进"。晓华怔了半天，气得两眼发黑。"谁画的？这是干啥？是圈地运动还是势力范围？是学生还是黑社会？给我全擦掉！"班长上来，拿起板擦使劲擦，"老师，现在翻了天，天天上课争吵闹腾，说谁都不听。课后也一样，一组和一组都放不到一块儿去，打扫个卫生也吵半天"。见她发了火，其他学生都低下头，装模作样的一面背课文一面偷偷看。她没多说，只说"下午检查默写，默写不上的话就别上语文了”，学生们一看，马上收敛了，很快就大声背起课文来。

下了课，她气哼哼地和大家说，没想到其他人说一样。数学老师还补充说，“现在的课堂，只要抢答问题就会得分，结果小组间就为了几分赌气斗狠互相攻击，只盼自己组加分，完全不顾其他人。这哪是培养和谐团结，这是培养互相斗争呢。”正嚷嚷着，地理老师小秦气呼呼地进来，把教材摔在桌上。“这书简直没法教了。还真不让老师讲了，光让在地上转？那学生到学校干啥来了，以后高考怎么办？”大家问原因，她说，“我们地理中地球公转自转计算这块最难，学生讨论了半天也不会，我就想讲讲原理。正讲着，主任进来，当着学生面说不是学习新课堂模式吗，谁让你讲的。我只好说学生不会。他又说不是让学生自学讨论吗，你着急个啥。他走了，学生就齐喊老师你还是讲讲吧，我们真不会。我觉得良心上过不去，又偷偷讲了。教无定法，连圣人也说循循善诱呢，现在却不让老师答疑解惑了。我也不想讲，图个轻闲，可学生不会怎么办？咱们就只能这么糊弄自己的学生？”生物老师也说高中理科的确很难，这么下去真是耽误了。大家乱说一气，只有物理老师不慌不忙改作业，稳坐钓鱼台一般。不知谁问了一声：“你们物理怎么样，难道真不讲？”她笑嘻嘻站起来，“我们这个啊，基本上属于天书。谁不知道高中物理太简单了啊！”人们大笑，她照旧慢悠悠地说：“依我说，高中课程，就语文还可以变个花样，因为胡唱都是乱弹，咋讨论都说得通。高中物理，难于上青天，就是让学生讨论个八百遍还是不会。不讲怎么办？我管他呢，我天天讲。不要成绩谁都会教，花样百出也可以。有高考要成绩，谁敢这么放弃？”教语文的不同意了，“谁说语文可以胡说？一篇文言文，文言词汇、句式、语法知识、文化常识，不讲光让讨论，娃娃们还是啥都不知道。我看照这模式下去，单单一篇《鸿门宴》，讨论上一学期还上不完呢。”组长进来，脸色不大好，叫各班主任开会，大家吐吐舌头，四散开来。

下午上班，她才知道六班出了事。一个宿舍去另一个宿舍挑衅，结果打起了群架，五个人住了院，一个鼻梁被打折，直接参与人数达到四十多个，还不算起哄的、看热闹的。她叫来班长问情况，原来一个小组就是一个宿舍，天天上课抢分对峙，双方都憋着一股气，私下里就谋划着压压对方的狂劲。没想到一动手，就变成两个阵营，班里男生几乎全卷了进去。“老师，这么多人参与，不知学校怎么处理？”

"任何时候在任何情况下，打架斗殴都一票否决。别以为法不责众，只要参与打架的，都会背个处分的。"班长吐吐舌头跑了。她心灰意懒地坐了好一会儿，才开始改作文。

傍晚，晓华和小敏一起回家，问初中部情况。这个课改的忠实追随者也有了疑虑，"觉得以前的课堂也不错啊，现在不过是多分了个组，问题更多了。主要是进度太慢了，这么下去，进度赶不上，内容上不完，做题不扎实，回头又得补课。哎，教了几十年书，咋感觉现在有些乱套了？"

周五例会上，校长对集体斗殴事件非常气愤，说学校要严肃处理，绝不姑息，必要时甚至可以移送派出所。然后各种加油鼓劲，"新课改啊，只有开弓箭没有回头路，无论遇到什么困难，我们都得调整心态，积极适应。希望大家能找出最适合咱们学情的课堂模式来，力求既不盲从专家也不耽误学生。不要想着这是运动，会一阵风过去。我们要在没路中找出一条路，摸着石头过河。"有人悄声说，"就是照猫画虎也得给个猫儿的模样看吧，形式主义害死人啊！"

新课堂模式继续进行着，学生继续吵吵闹闹，可家长不买账了，社会上怨声四起，据说告状的电话都打到上级领导那儿了。新的一周，又来了一轮检查。这次的检查团进校，没有像往常一样检查各种档案，而是直接下了班下到办公室调研。在班里让学生做了问卷，近距离问询。在办公室里，让老师说真话，提出真实想法。老师们迫不及待向调研员提出了各种质疑：新课堂模式到底该怎么做，难道教师一句都不讲就叫高效？现在编写的导学案到底是对是错，有没有参照物？这样下去，教学内容那么多，教学任务完不成怎么办？学期末考核评价教师时，要成绩还是要过程？调研员们好像也不清楚，说了半天轱辘话，绕得人发晕，其实避重就轻，也没个明确态度。只是抽查了语文组的导学案，然后严厉地批评格式完全错了，"导学案不是学案也不是教案，是导学案。要把教学过程和学生活动写上去，你们写的这是啥？"人们顿时傻了眼，那不还就是老教案吗？忙活了这么长时间怎么又回到老路上去了？

天气开始冷起来，秋风刮过校园，树叶都落在了地上，蜷在角落里。一叶知霜降，一雨感深秋。霜降过后，寒雨淋淋，一夜之间秋就变成了冬。很快寒风瑟瑟，雪花漫舞，冬天正式登了场。又一个周末，好不容易等来的休息日，晓华又接到通知去某酒店参加新课程培训。哎，课改进行到现在，天天不能安宁，周周不能休息，光五花八门的培训就耗费掉了有限的时间和精力，大家怨声载道。培训费照例高得吓人，每人几千，学校也承受不了，所以只能指派几个人去听讲，一科一个。她愁眉苦脸地去了，才发现小城还真是个宝地，不但各种课改思潮都云集于此，还有各种流派的人来讲课做报告。山东杜郎口、山西太古、上海杨思……高效课堂、堂堂清、微课堂、反转课堂、周周清……虽然眼花缭乱，也算是开了眼界长了见识。只是每位老师在开讲前，都会大讲特讲自己所代表的教学理念、思潮，都会大夸特夸其形成的过程和既得的成效，同时坚决不忘对其他课改做法表示微词，总之是各说各的好，各说各的理。唯一统一的观点就是口诛笔伐传统课堂。听着一个个讲课人的表述，坐在晓华前排的人气得大骂，“课改就课改，凭什么完全否定传统课堂？夸自己就夸自己，为什么要否定别人？几千年来，师传亲授不是也出了无数的先哲大家？即使私塾教育那会儿的念背打，不也培养出了一批批优秀人才？当年咱们的老师，也是边讲边练，哪会一讲到底？教无定法，学无定法，怎么现在说起来就一棍子打死。这乱纷纷你方唱罢我登台的，把课改演变成一场场走秀表演了。不知这么做有啥意义？课改进行到现在，是不是骑虎难下了？到底是要我们学哪一方？我看这是邯郸学步，越学越不会走了，只能爬着了。”说完就站起来。

全场人看着他收拾了纸笔，大步走过去，一把拉开会议室的门，径直走了。更多的人悄悄坐着，默不作声。晓华旁边的一个人，从头至尾一直记笔记。等到休息时，那人唰的撕下一张纸递过来，“看了传后排”。原来是他的一幅漫画。画面上，一群人对着一个写着教育的大蛋糕，手持刀叉，唾沫飞溅，正准备分切。旁边还写着一副对联，上联为：纷扰扰群雄逐鹿山城。下联是：熙攘攘各派大显身手。横批为：武林争霸。晓华一看，“扑哧”一下笑出声来，就传给后排。一会儿，她看见那张纸就转到最前排去了。

接下来，就是各派老师们带来的观摩课，语数外居多。到底是大地方来的名师，课讲得的确好。上海一老师的语文课，设计新颖，妙趣横生，表述流畅，和学生的互动非常默契，课堂气氛超好。大家不由感慨，咱小地方的学生都配合得这么默契，人家就是有方法，后来才知道，和许多公开课、观摩课一样，学生早几天就便被拉去陪练，不但指定了回答问题的人，而且彩排了很多次。也有其他科老师嚷，还是语文好变花

样些，咋没人来讲物理化学呢。周一到学校，见调课单在桌上，大家才发现每人都多了一个班的课，原来上面组织各校教研组长到山西太古取经去了。出乎意料，这次大家谁也没提意见，都说赶紧让去取取经吧，到底怎么教怎么走，咱也好有个明确的方向。这样下去，太糟心了。

培训的人回来后，学校就紧急召开了备课组会议。教科室也连夜下发了通知，说现在不学杜郎口了，又改学山西太古。具体做法是四人一小组，让各班主任赶紧下班换座位，重新分组选组长，其他一切照旧。人们一听，啼笑皆非，冷了半截，再也没人急吼吼地去跟风了。教研会上，组长们一致变了口气，说现在形势发生了变化，要求教师上课一定要讲，但要精讲精练。大家听了，没一个人说话，实在是没啥说了。

8

今儿立冬！下课回来，同事们互相叮嘱中午一定要吃顿饺子，否则会冻掉耳朵的。老妈也打来电话，说老辈人传下来的习俗还是守着点，不要忘了。晓华只好说还上课呢，哪里来的时间中午吃饺子。老妈就问："星期六你们咋还上课？"晓华笑笑："这么多年，我们周六哪里休息过？"忽然同事叫苦连天，原来接到短信，周末又要听课了。

周日一大早，学校便停满了客车汽车摩托车，校园里热闹非凡。"山西、甘肃、内蒙古三地'高效课堂——同课异构'"的培训就在本校进行，依旧是语数外。所谓同课，就是授课内容完全一样；所谓异构，就是不同教师的不同讲法。几百人分聚三处，听两个老师同时作课。语文组被分在大会议室，一屋满满当当几百人。第一位作课的老师中等微胖，短烫发圆眼睛，略带口音的普通话、干净利落的表达、疏导有致的方法，一看就是沉着镇定、身经百战。可她把萧乾先生一篇四百字左右的短文《枣核》，整整上了两小时还在不停分析，不但设疑太多还过于抠字眼，把简简单单的课讲得无比复杂。听课者起初认认真真，接着玩手机说闲话，后来很多人就直接出去上厕所或过烟瘾了。前排认识的人回头问："你们语文课就这么分析？作者写文章时估计也没想这么多吧？怎么每一句话背后都有个意义目的？"晓华苦笑着摇摇头，不知说什么好。

已十一点了，可台上的老师还在继续挖掘。组织者觉得实在不敢再拖，便上去说了一声。好容易等下课，人们呼啦啦往外走，一些人出去了再也没回来。学校赶紧通知，中午在食堂吃饭，又开始发用餐券。接着就是另外一个男教师的同头课，因为留的作课时间少，人们都暗暗替他捏着一把汗。好在这位老师导入巧妙，疏导有方，紧抓线索，很快就突破难点重点，处理了结构主题，完成了学法指导。学生也蛮有兴趣，配合得很默契。一节课在不知不觉中度过了，大家受益匪浅。

十二点半，人们集体去食堂吃饭。烩肉馒头腌菜，略显寒酸，但热腾腾香喷喷。认识的人挤在一组，边吃边窃窃私语。大家很快吃完，坐着闲聊。老同事环顾着四周，“这么多人，不知又要花多少钱？”另一个同事戏谑，“你呀，总是吃的闲饭操的忙心”。过了好一阵，和晓华邻座的班主任匆匆跑来，连声嚷，“也太过分了。老师是人，学生就不是人？单给老师提供饭菜，我的学生整整坐了一上午，就这么打发回去？一共四十三个人，一碗烩菜也花不了多少钱。我带着学生出去吃面，下午还要陪着人家玩呢。”

一点半，人们准时赶到阶梯教室听讲座。主讲人是位干瘦的北师大博士，语速极快，边展示课件边侃侃而谈。除了讲学校管理、班级管理、班级小组建设、新课程理念实施过程，照例又夸自己的教学理念、思路及取得的成果。人们睡觉的睡觉，闲说的闲说。五点半，讲座结束。终于可以休息了啊！大家急急忙忙赶回家，连着几个星期不休息，都累坏了。

9

月考结束了，成绩出来了，简直惨不忍睹。平行班之间，相差三十多分，有的科目甚至相差四五十分。各年级和往年同期相比，均有下滑，而且幅度很大。学生一个个蔫头耷脑，老师一个个唉声叹气，家长电话一个接一个，社会上反响很大。学校忙着召开各年级组会议，强调教师要踏踏实实教，学生要扎扎实实学，不管用什么方法，一定要把成绩提上去。

又一个早自习，走进教室，晓华大吃一惊。门口的班名不知去向，铝合金的数字班牌挂在上面。进了教室，课桌整整齐齐向前，讲桌端端正正立在中央，粉笔盒整整齐齐摆在中间。“勤奋、笃学、踏实、扎实”几个大字也重新出现在黑板正前方，熠熠生辉。四面墙上的小黑板，均

被拆下搬了出去；前黑板上，用红漆涂写的组名被黑漆遮盖，黑得发亮。后黑板上，板报内容丰富，形式多样。教室里，格外干净整洁，学生也坐得笔直，声音洪亮地喊“老师好”。

“怎么回事？”班长站起来说，“不知道，今早教务处通知，悄悄把桌子搬回原样。”

晓华没说什么，稳稳地站在讲台上，开始上课。

10

“知道吗？导师被抓了？”小敏的消息发过来时，晓华正上完课往回走。

“啊？不会是假的吧？”她觉得太不可思议了。

回到办公室，正想问情况，见同事挤成一团看手机。她急忙凑上去，才发现新闻里，铺天盖地都是那个帅呆了酷毙了的导师，正以罪犯身份站在受审台上接受审讯的视频。默默看完，大家转身回到座位上，继续看手机。好久，一个同事才怅然所失地说：“真不敢相信啊，简直像梦一场。轰轰烈烈席卷全国的一场课改，怎么会是这样的结果？到底是谁的错啊？咱们怎么都跟着疯子扬土，当了一回群众演员？”老王也在叹息，“教育可是千秋大业民族之本，关系到几代人的事，说忽悠就敢忽悠？看来有些人真是想出名想疯了，想赚钱想疯了。现在怎么样？不过是昙花一现。那些削尖脑袋追名逐利的人，到头来还不是一场空？还是好好教咱的书吧。一根粉笔一个讲台，踏踏实实做点事，平平顺顺过日子，多好。”教政治的同事习惯了总结：“明明就是一场闹剧。木偶被人提着把戏演完了，到该收场的时候了嘛。”

逝者如斯夫，日子水般流过，校园恢复了平静，课堂也回到了原先的样子。每天早上，琅琅书声从门口窗缝飘出；每个夜晚，学生们在灯下静静做题读书。上课铃声响起，老师们步履匆匆，抱着教案作业走向讲台；铃声再响起时，学生们从门里拥出追逐打闹。从梦中醒来，人们忙忙碌碌，无比充实。

夜雾散开，月华皎洁，又一个晚自习，校园里灯火通明，一片静穆。晓华坐在办公桌前，翻开笔记本查找资料，一个学生喊报告。她看了看，是成绩最差的杨凡。

“怎么回事？”他羞涩地站在那里，像个女生。“老师，你能不能帮我补补课？前半学期我几乎没好好学，整天就知道混，现在成绩跟不上，父母着急我也着急。”

“可以啊，晚自习前的空档时间你来，我帮你理一理”。他感激地笑了笑，“老师，我还想问问地理老师有没有时间？上次月考，地理考了三十八分，羞得我只想扇自己几个耳光。我们老师课讲得好，我很爱听。前一个阶段不是不讲课了嘛，我就不学了，结果……我妈说老师要多少补课费都行。”

晓华也笑，“你看咱年级组的老师，哪个补课还要过钱？只要你们想学爱学，老师们欢迎都来不及呢”。

他鞠了个躬，“老师，谢谢你们！我觉得上课还是要老师多讲知识点，讲透彻了才会做题。前些日子，谁不让你们上课讲了呢？”

晓华一愣，不知道怎么回答，只好说“不是谁让讲不让讲的问题，这是一种新方法新模式的尝试”。“我妈说，不管哪个老师用哪种方法，能让我们考上重点大学才是最好的老师最好的方法。”

“对呀！现在你要好好学，把没有学懂的补上来。争取考个好一点的学校，不要辜负父母期望。”晓华望着满脸真诚的学生，语重心长地叮嘱。“目前你还有一个最重要的任务，就是练字。你看你写的那字，七扭八歪的，光卷面分就扣完了。买个字帖，好好练一下”。他脸更红了，“老师，小学时字还差不多，后来就几乎没练过。想着以后反正有电脑嘛，又不天天写字。现在字丑得没法看，才知道后悔。”

“不要紧。从现在开始，完全来得及。你们这一茬就没几个字写得好看的。都被耽误了。”晓华摆摆手。

学生走了，办公室里恢复了安静。她拉开抽屉找一本书，突然看见假期里的课改笔记本，顺手拿出来翻开。“世界上的风云大事，归根结底，都不重要。最重要的是个人的生活，这才是伟大变革的所在。整个未来、世界的整个历史，最终都是对个人潜在能量的宏大总结。”这是卡尔·荣格的一段话，当时自己放在首页首句，也是一种勉励吧。略显杂乱的笔迹，已有些陌生，不久前发生的一切，犹在眼前。现在想起来，那真是一场梦啊！一个人搅动了一个特殊领域，却以意想不到的方式结束。一个人带动着很多人上演的一幕幕戏剧，也降下了帷幕。但它给人们的震撼和思考，远远超越了事件本身。她想，为什么他能够一举成名？为什

么会有无数人相信他？为什么那么多人质疑却无济于事？为什么自己也是齿轮系统中的一环，而且起了传动作用？

晓华坐了很久，直到上课铃响了，才从沉思中醒过来。她收拾着书本，不由哑然失笑。卑微如蚁的生命，在滚滚洪流中不过一粒蜉蝣。世界正以光年速度飞向前方，个人的生活，时代的进程，都将在不断变革、不断迂回中前行。时间具体到每个人的生命中，似乎格外漫长。作为一名普普通通的一线教师，能为这个时代做点什么？是坚守不变中的演变，还是在不断演变中前进？是故步自封泥古不化，还是在时代大潮中相机而动？

她想，我不需要那么多高深的理论，也不想做什么成功人士，只要踏踏实实教书，认认真真育人，做好这一件事就够了。我要教会学生们用不一样的眼光看待世界，教会他们做不一样的自己。我希冀每个弱小的生命都受到重视，每个真实的心灵均有迹可循。我还期待用人格魅力，在实利主义的风气中，呼唤一种人文关怀的教育。我所能做到的，就是对学生负责，对自己负责，对良知负责。

想到这里，她合上笔记本，郑重地对自己说，“我相信今天远比往日更好，明天远比今日有希望。”

后　记

星渐隐，月如钩，静坐电脑前，一遍遍翻看这些故事，读着读着哭了，读着读着又笑了。

又一个黑夜结束，又一个白天来到，沉迷于文字，我甘心被俘。伸伸懒腰，走到窗前。岁月倏尔，又是初秋。此时天色微明，青云浅薄，街灯哗的一声，被集体拉灭。早起锻炼的邻居夫妇，从黑乎乎的楼道一前一后闪出，脚步声还在楼道里徘徊。吱呀呀，门自己关上了。我揉着疲惫的眼，盯着远方天空，百感交集。

我从事的职业是教书育人、传道授业，它不仅仅关乎技术与训练，更需要温情交流与语言张力，去化解内心的矛盾焦虑；需要知识滋养和人格魅力，去引领成长中的迷失背离；需要人文情怀与传统文化，去解决精神上的广度深度。事实上，这是一个相当漫长的过程。

人们常说，作家应当是精神上具有伟大潜力的人。可惜我没有，只能老老实实写。我相信勤能补拙，并以此为信条，努力实践。问题是写什么？当我从风花雪月、小情小绪里跳出来，开始放眼身边的人和事；当我在低处、在泥土中找寻写作真谛时，才发现素材就在身边。只是很多时候，我都选择了立在远处观看，从不走进。

社会转型期，价值观的坍塌、金钱观的倾斜、传统文化的不自信波及到校园，便有了不可思议的事例、形形色色的人们、矛盾复杂的心态。信息覆盖的世界、手机泛滥的现实、脱离实际的教材、偏离初心的思想、简单粗暴的方法和教育的终极目标相比，的确不堪一击。可是，人们仍然天真地以为，在消费娱乐时代，我们至少守候着学校这片净土。所谓的净土，难道真是一片净土？

所以，我有了记录平常教学教育过程的冲动，有了记载亲身经历的

职责。二十五个故事，每一个都是无数事例的叠加；二十五个人，每一个又是无数影子的交织。它们既是身边真实发生的，也是听到的想到的；既是从散文到小说的转型，更是嫁接和位移的结果。没有无病呻吟，也不会故作高深，真实真诚、真切真挚依然是我写作生命河床上唯一没有随波逐流的小舟。我希望自己把笔墨向下，伸向庸常的生活与平凡的生命，伸向卑微的角落与深处的挣扎。从回避到正视，从温暖到坚硬，我希望揭露一些真相，思考一些问题，唤醒一些渴望，甚至改良一些弊端。虽有些蚍蜉撼大树，却是朴素的、原生态的记录；虽不是锦绣绸帛，终究有点敝帚自珍。

无须对号入座，因为没有具体到某人某事，而是一个群体的展现，一个职业的缩影，一些时代的真相。之所以写出来，不但是一种责任，也是一种使命。我想通过自己的眼自己的笔，以故事形式，把底层的、一线的教育教学活动记录下来，把正在成长成熟、蜕变锐变的个体行为做一整理，把被动困惑中的师生状态做一还原。最重要的，是我还想把教书当作一项事业去经营，以热爱者的身份，正视工作中的困惑矛盾，自省和反思教育现状的复杂性、残酷性和紧迫性。

那么，我的观点是什么？我想通过这些故事传达什么？其实很茫然。作为西海固一名普通中学的一线教师，以狭窄的知识、视野、思维去判断衡量是非对错，无疑是蚍蜉与天地。我不想批评什么，也没有本事构建。只是忠实记录，如此而已。希冀这些故事，对我的教学过程、我可爱的学生、我们望子成龙的家长、我们期望突破的教师，我们还算清净的校园有点启示。它是一个缩影，也是一个窗口；是一些细节，也是一个整体。虽微不足道，也是无数个相似版本之一。一叶知秋，窥斑全豹，从这一点上来说，我相信这样的记录是有意义的。

但愿它能带给人们一点什么。一声叹息也好，一个微笑也罢，只要有一点点感触，便是收获！

二〇一八年八月二十四日